A Sêxtupla e a Cidade

MISHA BELL

♠ MOZAIKA PUBLICATIONS ♠

e-ISBN: 978-1-63142-822-7
Print ISBN: 978-1-63142-821-0

CAPÍTULO
Um

— Quero cheirar a meia-calça do Russo. — Coloquei minha mimosa na mesa com determinação. — Agora, vocês vão me ajudar com o arrombamento?

As expressões confusas nos rostos de minhas irmãs quase valem a humilhação. "Quase" sendo a palavra-chave. As três vão se divertir muito às minhas custas.

— Você quer dizer aquele dançarino de balé por quem você está apaixonada? — Blue, uma das minhas cinco irmãs gêmeas, pergunta. Seus olhos verdes, os mesmos que vejo no espelho todos os dias, brilham quando ela acrescenta: — Ele não é um espião, a propósito. Eu chequei. Aliás, ele também não é russo. Ele nasceu na Letônia.

É claro. Blue é a espiã da família, então, ela pressupõe que todo estrangeiro faz parte da comunidade de inteligência.

— Eu não pedi para você bisbilhotar, mas sim, estou falando do bailarino — digo. — Por que outro motivo um homem usaria meia-calça?

Eu ignoro a parte sobre seu local de nascimento. De acordo com sua biografia online, ele cresceu em Moscou. Mais importante, "O Russo" é de *Sex and The City*, enquanto "O Letão" não é.

Blue dá de ombros. — Porque ele é um hipster? Para manter as pernas aquecidas durante os invernos frios da *Letônia*? Porque seu urso de estimação não gosta de ver pernas peludas?

Gia, minha irmã mais velha que tem uma irmã gêmea, acena com a mão pálida para calar a boca de Blue. Apoiando-se em seus antebraços, ela me olha atentamente. — O que seu estranho fetiche por roupas íntimas masculinas tem a ver conosco?

Meu olho esquerdo estremece. — Eu não tenho fetiche.

O sorriso de Gia é tortuoso, como sempre. — Ei, nada de se envergonhar.

Eu resisto ao impulso de discutir mais, pois isso só vai encorajá-la. Em vez disso, me consolo no fato de que Gia está perplexa com o meu pedido. Como uma irmã mais velha e uma mágica, ela está acostumada a ser aquela cheia de mistério, então, o contrário deve irritá-la.

Honey, outra gêmea minha, tira um frasco do bolso interno de sua jaqueta de couro e coloca mais champanhe em sua mimosa. Como Blue, ela tem meu rosto, embora seja uma versão mais magra dele. Eu sou de longe a mais curvilínea das sêxtuplas. — Todo mundo pode calar a boca e deixar Lemon explicar o que ela quer? — Ela solta.

Dou à mais espinhosa das minhas irmãs um aceno

agradecido. — Para atingir meu objetivo...

— E por objetivo, ela quer dizer aquelas meias perfumadas. — Gia parece tão feliz que meio que espero que ela tire um coelho raivoso da cartola – e ela nem está usando chapéu.

Solto um suspiro frustrado. — Sim. Para chegar às *meias*, gostaria de entrar furtivamente em seu camarim durante uma apresentação de balé. — Olho para cada irmã. — Vocês três têm as habilidades de que preciso para evitar acabar no noticiário da noite.

Na verdade, Blue sozinha provavelmente tem todas as habilidades de que preciso, mas estava morrendo de vontade de fazer um brunch no estilo *Sex and the City* há muito tempo e, portanto, precisava de três cúmplices. Pena que minhas irmãs não se encaixam perfeitamente com Samantha, Charlotte e Miranda. É mais como James Bond para Blue, Lisbeth Salander de *A Garota com a Tatuagem de Dragão* para Honey, e G.O.B. de *Caindo na Real* para Gia – exceto que Gia também se parece com Morticia Addams, se o referido personagem se transformar em um vampiro.

Blue mostra sua taça para Honey, que lhe serve um pouco de champanhe da garrafa.

— Acho que falo por nós três quando pergunto: *por quê?*

Eu examino nosso entorno.

Bom. Somos as únicas sentadas aqui em Brunchicka, então posso falar livremente... ou o mais livremente possível, dado o campo minado que é este assunto. — Como vocês sabem — Começo —, eu tenho uma certa obsessão quando se trata d'O Russo.

Gia bufa. — Claro, se com isso você quer dizer que está prestes a ter uma *Atração Fatal* com a bunda dele vestida em meia-calça.

Reviro os olhos, um padrão da família Hyman ao lidar com Gia. — Apenas algumas de vocês — Olho para Honey — sabem disso, mas a maioria dos meus encontros com homens, como eles eram, terminava assim que eu os cheirava.

Espero comentários sarcásticos do tipo: "Você tentou cheirar o traseiro deles? Funciona para cães com olfato tão apurado quanto o seu." Mas a zombaria não vem. Todas as minhas três irmãs estão olhando para mim com pena – o que pode ser pior – e elas nem sabem a extensão total do meu problema. A principal razão pela qual insisti em sentarmos do lado de fora é porque os cheiros são mais concentrados em ambientes fechados, muitas vezes de forma insuportável para mim – e isso com meus filtros especiais para o nariz que amortecem minha acuidade olfativa. A lista de cheiros que me deixam louca é maior do que a lista de germes que Gia evita. Eu até odeio o cheiro de limão – o que deve ser algum tipo de ódio por mim mesma, já que meu nome é Lemon. Pelo lado positivo, se houver um incêndio, sempre irei farejá-lo e sobreviver. Quem sabe, posso até me tornar a primeira humana a detectar monóxido de carbono – um gás supostamente inodoro que engana até cães.

Eu limpo minha garganta e pego minha mimosa. O cheiro de laranja felizmente é diferente do limão, não tendo sido usado em demasia em produtos de limpeza. — Resumindo: não gosto de ser obcecada — digo. —

Quero esse cara fora da minha cabeça, para poder me concentrar em perspectivas mais realistas.

Como meu ex, que tinha um caso de germafobia que envergonharia o de Gia. Quando estávamos juntos, ele tomava banho com tanta frequência que nunca exalava nenhum odor corporal, apenas a pele extremamente seca. Para tolerá-lo, bastava convencê-lo a usar apenas produtos sem perfume. Pena que a falta de cheiro dele não ajudou em nossa falta de química. Talvez eu encontre outro germofóbico que se adeque melhor a mim. Eu mantenho silêncio sobre esse plano, porém, para não ofender Gia. Ela está mostrando sua contenção ao não zombar de mim no momento.

Honey acaricia um piercing na orelha, um de seus milhões de piercings. — Então, se eu entendi direito, você quer conduzir uma espécie de exorcismo. Cheirar a meia-calça dele, ficar enojada e, assim, acabar com a obsessão?

Assinto com minha cabeça. — Exatamente.

— Nesse caso, estou dentro — diz ela.

— Eu também, mas com uma condição — diz Blue com um sorriso. — O codinome desta operação é Baita Sorvida.

Malditos gambás. Quanto tempo até que elas percebam que faz um bom acrônimo?

Honey sorri. — Eu apoio isso, mas vamos encurtá-lo para BS.

OK, um milissegundo foi o tempo que levou.

— Hum. — Gia faz mímica acariciando um cavanhaque inexistente. — Se você precisar da minha ajuda com a Operação BS, também tenho uma condição.

Sinto uma reviravolta no estômago que não se deve à minha vontade de comer torradas francesas... ou, pelo menos, não só isso. Todas as irmãs Hyman trocam favores até certo ponto, mas Gia provavelmente poderia ensinar ao Poderoso Chefão uma ou duas coisas sobre a técnica.

Eu esfrego a parte de trás do meu pescoço. — Qual é a sua demanda?

— Demanda? Mais como um pedido razoável. — A expressão angelical de Gia não engana ninguém – a menos que estejamos falando de anjo caído. — Lemon, você sabe o que cada uma de nós faz da vida, então, tudo que eu quero é que você nos diga o que *você* faz.

— Você é um gênio — Blue diz para Gia em uma voz excessivamente alta. — Eu estive pensando por um tempo e estava prestes a começar a investigar seriamente.

— Que grande uso do dinheiro do contribuinte — Murmuro — Espionar sua própria família.

Honey desliza para a beirada da cadeira. — Desculpe, Lemon. Também estava curiosa. Desembucha.

Eu debato se assumir vale a pena a ajuda delas. Pode ser. Talvez não. A verdade é que estou querendo me abrir com alguém, e essas três são um grupo de foco decente se eu quiser saber como o resto da família reagirá à minha profissão escolhida.

— Certo. Vou contar. — Engulo a mimosa e respiro fundo – um erro, porque o cheiro de algo delicioso por perto faz minha barriga roncar. Ignorando isso, respiro fundo e digo: — Meu trabalho é masturbação.

ELAS FICAM boquiabertas comigo como se eu tivesse abaixado minhas calças e começado a fazer testes práticos dedilhando na frente delas. Ao mesmo tempo, o cheiro de comida deliciosa fica mais forte, apesar dos meus filtros nasais – isso ou o estresse está me deixando com mais fome.

— Eu ouvi 'masturbação'? — Blue pergunta, ainda falando muito alto.

— Sim — Gia diz ainda mais alto. — Mas talvez seja um acrônimo para alguma coisa, como um Mestre Urbano em Planejamento?

Meu olho começa a tremer de ncvo, mas me acalmo acrescentando mentalmente outro eufemismo para autoprazer feminino à minha lista existente: Mestre Urbano em Planejamento, ou MUP, uma das gírias para vagina. Mas, espere. Não deveria ser Mestra Urbana em Planejamento, já que estamos enfatizando a feminilidade do ato?

— Tenho certeza de que ela está falando sobre

dedilhar a si mesma — diz Honey, sorrindo amplamente.

OK. Agora meu olho esquerdo está tremendo tanto que eu não ficaria surpresa se ele estivesse enviando mensagens em código Morse para minhas irmãs: dois pontos e um traço, depois, três pontos e outro traço – que significa VSF.

— Se vocês apenas me deixassem falar — Resmungo, e elas se voltam para mim, os olhos arregalados. Eu tomo outro fôlego. —, eu quis dizer o que eu disse. Sou uma masturbadora profissional.

Uma garganta é limpa atrás de mim, e o cheiro de comida gostosa é o mais forte desde que nos sentamos, o que me faz entender por que minhas irmãs estão com os olhos esbugalhados.

Não foram minhas palavras, mas algo mais.

Algo pior.

Corando, olho por cima do ombro para confirmar minha suspeita.

Sim. Nossa garçonete de mais idade está de pé atrás de mim e, se não fosse pela bandeja de comida em suas mãos, ela estaria para além de estarrecida.

— Isso mesmo. Eu escrevo um blog sobre masturbação — digo, levantando meu queixo enquanto me viro para a mesa.

Quando a vida me deu limões – também conhecido como homens cujos cheiros eu não tolerava – fiz uma limonada tornando-me tão boa em me dar prazer que nem preciso de um homem nesse momento. Em geral, QVDL é meu lema pessoal, por razões óbvias. Falando nisso, meu nome é a única coisa com a qual eu nunca poderia fazer limonada: "Lemon Hymañ" soa como uma membrana virginal azeda.

A garçonete põe nossos pratos na mesa tão rápido que tenho certeza de que ela espera que eu tire um vibrador da minha boceta e a faça chupar.

Ah, bem. Não adianta recuar agora. Levantando meu queixo mais alto, eu continuo.

— O auto-prazer empodera as mulheres. Permite que liberem com segurança a tensão sexual, reduzam o estresse e melhorem o sono. Eleva a autoestima e melhora a imagem corporal, alivia cólicas, fortalece o tônus muscular na região pélvica e anal...

A garçonete joga ruidosamente o último prato – minha torrada francesa – na minha frente e sai correndo, bufando.

Gia sorri. — Ótimo. Agora ela vai cuspir em qualquer outra coisa que nos trouxer.

Os olhos de Honey se transformam em fendas. — Eu a desafio.

Blue sorri para mim. — Você percebe o quanto você soou como a mamãe?

Ugh, ela está certa. Os benefícios do orgasmo são o assunto preferido da nossa matriarca. Quando se trata de nossos pais, não contei a eles sobre minha profissão por causa de quantos conselhos não solicitados eles se sentirão compelidos a dar.

Eu belisco a ponta do meu nariz. O que está feito está feito. Essas três sabem agora. Eu dou a cada irmã um olhar duro. — Posso confiar em vocês para manter isso entre nós?

Considerando como isso está indo, acho que ainda

não estou pronta para me assumir para o resto da família.

Blue incha. — Oh, por favor. Eu guardo segredos para viver.

— E eu sou mágica — diz Gia. — Guardo ainda mais segredos do que Blue.

Honey zomba. — Eu sou a única a quem você deveria ter contado – e a única que você precisa para a Operação BS.

OK, bom. A competitividade das irmãs Hyman trabalhará a meu favor pela primeira vez. Aliviada, pego uma garrafa de xarope e afogo minha torrada antes de dar uma mordida.

Não. Não está doce o suficiente.

Polvilho açúcar de confeiteiro e dou outra provada.

Ainda falta algo.

Com um suspiro, olho para Honey e aceno com a cabeça.

Com os olhos brilhando de satisfação, Honey tira um saco plástico cheio de uma mistura de M&Ms, passas, pequenos marshmallows e milho doce.

Certifico-me de que a garçonete não está olhando e despejo o conteúdo da sacola no meu prato.

Finalmente, a torrada francesa está doce o suficiente para mim. Infelizmente, acabei de encorajar a frugalidade obsessiva de Honey. Como esperado, para evitar pagar a mais pelas coberturas, ela as trouxe para o restaurante. Mais cedo, ela insistiu que pedíssemos suco de laranja que ela transformou em mimosas com o champanhe de sua garrafa, e espero que ela pegue um cupom para a própria refeição quando a conta chegar.

Sim, minha irmã durona faz o Tio Patinhas parecer um grande gastador em comparação. Claro, se alguém disser algo sobre isso na cara dela, ela vai ter um surto.

Enquanto estou lidando com minha torrada, Blue examina os ovos no prato de Honey com desconfiança. Minha corajosa irmã espiã teme e odeia qualquer coisa que tenha a ver com pássaros. Sua necessidade de zombar de mim eventualmente prevalece, no entanto. Olhando para cima, ela me fixa com um olhar atento. — Agora que seu diabetes está garantido, posso fazer algumas perguntas sobre seu trabalho?

Gia, que também estava olhando para os ovos de Honey com desaprovação, sem dúvida preocupada com salmonela ou algum outro germe, olha para Blue com interesse. — Você quer dizer a Operação Baita Sorvida ou o blog do roça-roça?

— O blog do lustrar a ostra. — Blue se vira para mim. — Por que um blog? Estamos em 2003?

Eu suspiro. — Tentei fazer vídeos nas redes sociais, mas as plataformas em sua maioria são pudicas e limitam o que posso dizer sobre o assunto. Além disso, por motivos conhecidos apenas pelos algoritmos dos mecanismos de busca, meu blog é semipopular.

Gia arqueia uma sobrancelha tingida de preto. — Algoritmos de mecanismo de busca?

— Se você procurar por 'roça-roça', eu sou um dos primeiros resultados. O mesmo para 'masturbação feminina'.

Honey parece impressionada. — Isso se traduz em muito dinheiro?

Eu dou a ela um olhar vítreo. — Sim, eu alugo uma merda em Staten Island só por diversão.

— Você pode estar fazendo isso porque gosta de economizar dinheiro. — Blue olha furtivamente para Honey.

Eu faço uma careta. — Quem dera. Estou afogada em dívidas de cartão de crédito. Os banners mal colocam comida na minha mesa. A maneira de ganhar dinheiro de verdade é conseguir um patrocinador, mas isso não acontece comigo há algum tempo.

— Então, por que fazer isso? — Gia pergunta.

— Porque é a minha paixão — digo. — De todas, você deveria entender isso.

Em vez de fazer mais piadinhas sobre masturbação, Gia assente solenemente. Durante muito tempo, seu amor pela magia também não rendeu muito, mas sua sorte mudou recentemente.

— Só sei que não vou desistir — digo, e não tenho certeza se estou tentando convencer minhas irmãs ou a mim mesma. — Só preciso encontrar um grande patrocinador e...

Eu engasgo quando o cheiro de loção pós-barba derrota meus filtros nasais e começa a molestar minhas narinas. Virando-me, vejo o infrator, um garçom carregando uma jarra d'água.

— Não precisamos disso, obrigada. — Aceno para ele se afastar, como um percevejo.

— Você percebeu que ele era fofo? — Honey pergunta.

Faço outro som de engasgo. — Ele deve ter

mergulhado em uma banheira de Old Spice por alguns dias antes de se apresentar ao trabalho.

— Oh, horror — Gia diz com um revirar de olhos.

— Perfumes e colônias são como peidos que custam dinheiro — digo.

Blue abre a boca, sem dúvida para dizer algo sarcástico, mas o karma pousa bem no meio da nossa mesa – na forma de um papagaio verde bonitinho.

Com velocidade que até James Bond invejaria, Blue mergulha debaixo da mesa.

O pássaro pula para um prato com torradas simples e o bica como se não existíssemos.

Gia olha para o pássaro com os olhos arregalados. — Este deve ser o animal de estimação de alguém, certo?

— De jeito nenhum — Blue diz, sua voz abafada pela toalha da mesa. — É um periquito monge. Eles são selvagens.

Ela diz "periquito monge" da maneira que a maioria das pessoas diria "tarântula" e imbui a palavra "selvagem" com uma voz sinistra geralmente reservada para pessoas como Voldemort.

— Selvagem? — Gia se levanta de um salto, sem dúvida se lembrando de todos os germes que um pássaro selvagem pode carregar. Então, como que por mágica – pelo menos do tipo performático – um frasco de desinfetante para as mãos do tamanho da minha cabeça aparece nas mãos de Gia, e ela esguicha o pássaro com ele.

Que nojo. O cheiro de álcool e menta falsa barata é como um tapa no meu nariz.

O papagaio concorda comigo. Faz um guincho que

soa como se uma serra elétrica e o despertador mais irritante tivessem um bebê, que foi torturado no inferno por demônios surdos.

— Faça isso ir embora! — Blue grita debaixo da mesa.

Do nada, um baralho de cartas surge nas mãos de Gia, e ela as joga uma a uma no pássaro, como estrelas ninjas.

O pássaro guincha de novo, mas não sai. Cortes de papel não devem ser um problema quando você tem penas.

— Por favor, pessoal — diz Blue. — Isso não é engraçado. Livrem-se disso.

— Está bem, está bem. — Honey pega uma faca borboleta e a abre da maneira chamativa que associo a assassinos profissionais.

— Não! — Grito. — Não mate o pobre...

O pássaro avista a faca e guincha novamente, e levanta voo, parecendo indignado enquanto desaparece na distância.

Honey esconde desajeitadamente a faca borboleta em sua bolsa. — Eu só ia assustá-lo.

Sim. Claro. Como ela assustou aquela garota malvada no colégio que teve que levar pontos no antebraço.

Blue sai de debaixo da mesa, parecendo envergonhada. — Se você o tivesse matado, qualquer um com um cérebro maior que o de um pássaro concordaria que foi legítima defesa.

Gia esguicha o desinfetante para as mãos em todos

os lugares que os pezinhos do pássaro tocaram, matando o que restava do meu apetite.

Empurro meu prato para longe. — Podemos chegar ao assunto em questão?

— Sim. — Blue retorna ao seu lugar. — Qual é o local?

— New York City Ballet — digo. O ingresso consumiu grande parte dos ganhos do meu blog no mês passado, mas valerá a pena ver O Russo ao vivo em vez de assistir suas apresentações no YouTube. E, claro, para tirá-lo da minha mente.

Blue pega o telefone e faz algo por um ou dois minutos. Quando ela olha para cima, seu sorriso diabólico me lembra o de Gia. — Eu posso fazer com que você não apareça em nenhuma câmera. — Ela lança um olhar desafiador para Honey. — Ainda acha que você é tudo que ela precisa?

— Eu diria que ela precisa de mim mais do que qualquer uma de vocês — diz Gia. Seu tom torna-se professoral quando ela olha para mim. — A chave para entrar em lugares onde você não pertence é não parecer culpada.

— Ela tem razão — diz Honey. — Posso entrar em qualquer boate fingindo ousadamente como quem não quer nada.

Pego meu telefone e faço minha primeira anotação: *Seja ousada*. Claro, é mais fácil falar do que fazer. Eu verifico para ter certeza de que nenhum garçom escapou do meu nariz e digo: — Talvez haja portas que precisarei abrir. Portas trancadas.

Como se tivessem ensaiado o movimento por um

ano, minhas três irmãs pegam uma chave-mestra e riem umas das outras.

— Você quer fazer as honras? — Honey diz para Gia. — Você foi a primeira a aprender isso.

Gia sorri. — Você tem mais experiência prática.

Antes que Blue puxe o saco de Gia também, eu digo: — Eu não me importo quem faça. Apenas me ensine.

— Certo. — Honey pega uma coisa em zigue-zague. — Esta é uma chave de tensão.

———

A aula leva o triplo do tempo que deveria porque minhas professoras ficam discutindo sobre minúcias aleatórias. Finalmente, sinto-me confiante o suficiente para a Operação Baita Sorvida, e aceno para a garçonete trazer a conta.

Como esperado, Honey saca um cupom e a garçonete precisa voltar para recalcular a conta.

— É por minha conta — digo quando a conta vem.

— Não — Gia e Blue dizem em uníssono.

— Você acabou de nos dizer que tem problemas de fluxo de caixa — Acrescenta Honey.

— Tudo bem — digo com um suspiro. Meu cartão de crédito *está* no limite. — Nós dividimos desta vez, mas se eu conseguir um bom patrocinador, vou levar todas vocês para um jantar chique.

— Combinado — diz Gia. — Desde que seja um lugar limpo, como este.

— Claro. — Luto contra a vontade de revirar os

olhos. — Também não servirá nenhuma ave. — Sorrio para Blue.

Eu até debato se devo assegurar a Honey que será um lugar para o qual ela pode usar um cupom, mas decido não arriscar minha pele com aquela faca em sua bolsa.

A Operação Baita Sorvida já será bastante perigosa.

CAPÍTULO
Três

O BALÉ que estou assistindo é *O Lago dos Cisnes*, e o papel da minha paixão é o do Príncipe Siegfried.

Caramba. Estou com ciúmes daquela besta que ele está segurando. Dado que meu objetivo é tirar esse homem do meu sistema, vê-lo ao vivo pode ter sido um passo na direção errada.

Seus músculos – especialmente de suas pernas poderosas – fariam uma estátua de um deus grego chorar de inveja. Seus olhos brilhantes são puro chocolate derretido, e chocolate amargo também é o que seu cabelo penteado para trás me lembra. Seu rosto é angelical, com maçãs do rosto tão proeminentes que parecem a camada dura de Crème Brûlée depois de quebrada com uma colher. Ah, mas tudo isso empalidece em comparação com a protuberância em suas calças – uma característica de tantas das minhas fantasias de masturbação que até chamei o conteúdo delas de Sr. Big.

Então, sim. Ver tudo isso é o oposto de útil – e se eu ativar a calcinha vibratória que estou usando no momento, isso tornará tudo muito pior.

Originalmente, coloquei a calcinha vibratória porque achei que esta era minha última chance de um *ménage à moi* com O Russo. Se cheirar sua meia-calça funcionar como pretendido, terei que recorrer a algum outro recurso visual para visitar a batcaverna – como *Magic Mike*, *300* ou *A Fantástica Fábrica de Chocolate*.

Então, novamente, eu não deveria ser egoísta. Essa aventura daria um post de blog incrível. Normalmente, não sou travessa em público, então, isso pode ser educativo para meus seguidores.

Sim. Eu farei isso por eles. Será meu último show com O Russo – ficou muito mais interessante porque o estou vendo ao vivo.

Examino as pessoas bem vestidas sentadas ao meu redor. A barra está limpa. Elas estão concentradas no espetáculo à nossa frente, como deveriam.

Pego o pequeno controle remoto que ativa a vibração.

Última chance de mudar de ideia.

Não. O Russo me mostra a perfeição que é sua bunda, com um glúteo máximo que dá vontade de lamber como bala.

Eu pressiono o botão "ligar" e sorrio quando minha calcinha começa a vibrar.

É hora de faça-você-mesma.

Mesmo na velocidade mais baixa, meu clitóris fica instantaneamente inchado e espero que os componentes elétricos dentro dessa maravilha tecnológica sejam à prova d'água. Logo, tenho que morder dolorosamente minha língua para não gemer. A música de Tchaikovsky é genial, mas não abafaria *isso*.

Eu não tinha ideia de que seria tão difícil ficar quieta. Deve ser a gostosura do Russo em ação.

Ofegante, desligo o aparelho para dar ao meu clitóris uma chance de esfriar. Se eu for pega fazendo isso, serei escoltada e banida para sempre por ser a pervertida.

Quando acho que posso ficar quieta, ligo a coisa de novo.

Não. Assim como O Russo executa um *fouetté* particularmente apetitoso, o desejo de ser vocal está de volta com força total.

Ca-ra-lho.

Quem desenhou essas calcinhas deveria ganhar algum tipo de prêmio. Elas fazem com minhas regiões inferiores o que a música-tema do Cisne faz com meus ouvidos, ou O Russo, com meus olhos.

Um orgasmo de proporções cósmicas cresce dentro de mim, e ficar em silêncio exige um esforço de vontade que sei que não possuo, então, desligo tudo mais uma vez, desta vez para sempre.

Idiota. Agora estou muito frustrada e irritada.

Como que para aguçar minha frustração, aparece a bailarina que interpreta a Princesa Odette.

Você pode dizer "padrão de beleza impossível"? Translúcida por cima, ela parece alguém que nunca provou um croissant na vida, mas suas pernas são poderosas e parecem não ter fim.

Eu sei, eu sei. Meu ciúme é tão verde quanto um donut do Dia de São Patrício. Em minha defesa, supõe-se que a personagem dela seja doce, nobre e sincera. Ela, porém, dança o papel com sedução, como Odile, o malvado cisne negro. Falando em *Cisne Negro*, é muito fácil imaginar essa mulher esfaqueando alguém com um caco de vidro, como fez a personagem de Natalie Portman no filme.

É isso. Decidido. De agora em diante, essa bailarina será o Cisne Negro em minha mente.

À medida que o balé continua, eu me encolho cada vez que O Russo toca no Cisne Negro – o que é frequente, especialmente durante o *pas de deux*. Na verdade, as coisas ficam tão ruins que, quando a Princesa Odette encontra seu triste fim, acho difícil ter empatia.

Estou feliz que o show acabou. Assistir ao vivo foi definitivamente um erro.

Lutando contra a multidão que sai, vou até o banheiro, onde tranco minha cabine e subo em um vaso sanitário para esconder meus pés, de acordo com as instruções de Blue para a Operação Baita Sorvida. Suas instruções também são o motivo de eu estar toda vestida de preto – calça elegante apropriada para o local, uma camisa de botão um pouco apertada demais em mim (comprei alguns quilos atrás, me processe) e um par de sapatilhas que já viram dias melhores, mas são os sapatos mais chiques com os quais posso correr.

Pego um fone de ouvido, coloco no ouvido e disco para Blue.

— Ei, mana — diz ela. — A multidão está se dispersando enquanto falamos. Aguente aí.

Enquanto espero, Blue me conta todas as fofocas da família, me fazendo pensar como ela conseguiu todas essas informações. Sem dúvida, usando os mesmos métodos nefastos do Big Brother no mundo distópico de *1984*.

— O Elvis Letão acabou de sair do prédio — Blue finalmente diz. — E eu desliguei as câmeras no seu caminho, para que você possa iniciar a operação.

— Obrigada. — Eu me movo para descer do vaso, mas meu pé escorrega e eu dou uma cabeçada na porta da cabine.

Ai. Vejo estrelas em minha frente – em forma de bolos de mictório.

Pior ainda, ouço um *splash*.

Não! Por favor, não.

Infelizmente, é sim.

Meu telefone está nadando no vaso sanitário. Que nojo.

— Ei — Blue diz no fone de ouvido através da estática crepitante. — Está tudo b...

O resto é um silvo ininteligível.

Meu pobre telefone está morto.

Eu debato pescá-lo, por mais nojento que seja. Ouvi dizer que você pode colocar esses dispositivos no arroz para secar e eles podem ressuscitar sozinhos. No final, eu decido contra isso. O telefone é tão antigo que é difícil chamá-lo de "smart", de smartfone . É melhor afogar no banheiro com alguma dignidade, mesmo que eu tenha que pular cerca de cem idas ao Cinnabon para pagar uma substituição.

A questão agora é: devo cancelar a operação?

Não tenho mais Blue no ouvido, mas *esbanjei* nessa entrada e não sei quando poderei comprar outra. Além disso, passei por todo o trabalho de aprender a arrombar uma fechadura, e Blue já fez a parte dela.

Tudo bem, vou continuar.

Tomando uma respiração calmante, eu me esgueiro para fora da cabine.

Ninguém por perto.

Bom.

Enquanto me arrasto para o meu destino, fico feliz por ter memorizado o layout deste lugar em vez de confiar nos esquemas do meu telefone.

A primeira fechadura no meu caminho é fácil de arrombar, e a segunda porta nem está trancada.

Quando chego ao último corredor, percebo que estou correndo e, quando paro ao lado da porta do que deveria ser o vestiário d'O Russo, estou ofegante.

Sim. "Artjoms Skulme" é o que diz a etiqueta na porta. Estou no lugar certo.

Pego as ferramentas e a fechadura cede às minhas habilidades recém-descobertas sem muito barulho.

Com o coração martelando, eu entro. No grande espelho à minha frente, pareço assustada, como Blue pareceria em um ninho de pássaro. Até o meu cabelo na altura dos ombros parece desgrenhado e pálido, o loiro-avermelhado dos meus fios mais loiro-acinzentado nesta luz do que qualquer coisa perto do vermelho.

Mordendo o lábio, procuro a meia-calça. Cheguei até aqui e não vou embora sem concluir a operação.

Hum.

Não vejo meia-calça em lugar nenhum.

Apenas minha sorte. Ele é um aficcionado por arrumação.

Espere um segundo... Eu vejo algo. Não a meia-calça, mas possivelmente ainda melhor. Embora também um pouco mais assustador se eu pensar nisso profundamente.

Corro até a cadeira em que localizei o item – uma peça de roupa conhecida nesta indústria como cinturão.

Exceto que não é um cinto real.

Projetado para bailarinos com órgãos genitais externos que podem balançar durante saltos vigorosos, esta roupa íntima parece suspeitamente com uma tanga.

Eu me abano.

Só de imaginar O Russo usando esse fio dental sem meia-calça me faz querer reativar minha calcinha vibratória.

Mas não. Não há tempo para 'bater uma' agora.

Eu pego o fio dental – quero dizer, o cinturão. É agradável e macio ao toque.

Deve ser feito de material especial.

Olho para o cinturão de dança como se estivesse tentando enfeitiçar uma cobra dentro dele. Uma cobra chamada Sr. Big.

Eu realmente vou fazer isso? E se eu fizer, isso significa que sou como uma daquelas pessoas que compram roupas íntimas usadas online?

Não. Não tenho fetiche por cheirar cuecas, muito pelo contrário.

Sim. Se alguém perguntar, essa é minha desculpa.

Com movimentos determinados, arranco o filtro de cada narina e trago o cinturão até o nariz.

Aqui vai.

E tomo a Baita Sorvida.

CAPÍTULO
Quatro

Espírito Santo e mãe de todos os feromônios.

Este foi um grande erro.

Almiscarado e delicioso de uma forma viril, esse cheiro irresistivelmente excitante está fazendo exatamente o oposto do que eu esperava e ansiava.

O Russo poderia engarrafar esse aroma e ganhar uma fortuna.

Caramba. Operação BS é um tremendo fracasso. Em vez de tirá-lo da cabeça, apenas o prendi tão profundamente que é de se admirar que meus ouvidos não estalem.

Ah, e aquele fetiche que eu afirmava não ter – talvez eu o tenha desenvolvido, pelo menos no que diz respeito às tangas desse homem.

Por que eu, universo? Já é ruim o suficiente não poder ter uma perspectiva realista devido ao meu olfato aguçado. Por que um cara que eu nunca poderei ter deve ter um cheiro tão divino?

Eu me forço a puxar o cinturão para longe do meu

nariz. Instantaneamente, sinto falta do cheiro. Além disso – e isso pode ser devido ao orgasmo interrompido durante a apresentação – estou com mais tesão do que um bonobo adolescente.

Hum. Estou usando minha calcinha vibratória... E eu tenho essa tanga deliciosa à minha mercê... Mais importante, a vida acabou de me dar um novo limão na forma do perfume divino do Russo, então, o mínimo que posso fazer é uma doce limonada orgásmica disso – de acordo com meu lema.

Ah, e isso também pode servir de inspiração para o meu blog.

Na verdade, devo a mim mesma e aos meus seguidores fazer isso.

Pronto. Tudo certo. Antes que eu possa me acovardar, tranco a porta, jogo minha bunda na cadeira e ligo minha calcinha vibratória.

Uau.

Isso é incrível – e a única maneira de melhorar é imaginando as pernas poderosas do Russo, cada músculo flexionando enquanto ele salta pelo palco.

Eu engulo outra baforada da peça afrodisíaca.

Caralho. Isso é melhor do que qualquer coisa na memória recente, e não apenas graças à tanga. Deve ser a maldade da situação. Afinal, *estou* me masturbando durante um arrombamento. Não, faço aquela exploração durante um assalto. Porque, quem eu estou enganando? Vou roubar este cinturão depois que terminar.

Espontaneamente, a imagem da boca do Russo em meu clitóris vem à mente. Ele está franzindo os lábios super lambíveis e trabalhando a língua para gerar a sensação que combina com as vibrações que estou sentindo.

Ooh. Agradável. Eu aumento a velocidade da vibração e fecho meus olhos.

Sim. Bem desse jeito.

Vá mais fundo para mim.

Um pouco mais.

Sim.

Não.

Caramba.

Por alguma razão, o orgasmo está muito longe, provavelmente porque o verdadeiro Artjoms Skulme está aqui apenas em espírito, ao contrário da apresentação.

Eu aumento a velocidade um pouco mais.

O aparelho ronrona mais alto e o horizonte orgásmico se aproxima o suficiente para que eu não possa deixar de gemer – mas consigo manter meu volume baixo para o caso de algum faxineiro passar pelo camarim.

Um minuto depois, o orgasmo ainda não chegou.

Dou outra tragada no perfume mágico e imagino a língua do Russo passando rapidamente pelo meu sexo.

É ótimo, não me interpretem mal, apenas não é o suficiente. Acho que o que me impede de chegar ao meu destino é esse vazio torturante que desejo preencher. Mais especificamente, preenchê-lo com o Sr. Big, pois é isso que meu nariz está sentindo. Infelizmente, o mais próximo que posso chegar no momento são meus dedos.

Deixo o controle remoto se juntar à tanga na minha mão esquerda para liberar meus dedos direitos. Fingindo que são do Russo, lambo e chupo meu dedo indicador e médio, em seguida, deslizo minha mão em minha calcinha ainda vibrando e localizo minha entrada.

Caraaaaaalho.

Isso é exatamente o que o médico da masturbação receitou. Agora que a sensação de plenitude está presente, o orgasmo avança na velocidade do som.

Além disso, as imagens. Ah, as imagens... O Russo está martelando forte em mim, sua pélvis fazendo truques que só um bailarino é capaz de fazer.

Outro gemido escapa dos meus lábios, um que pode ser um pouco alto demais. Ui. Eu abafo o próximo gemido com o cinturão.

Espere um segundo.

Acabei de ouvir um estalo?

Não. Deve ser meu maxilar estalando por conter um grito.

Eu estou quase lá. Apenas mais alguns segundos. Dou uma profunda baforada na tanga, inalando o aroma excitante como se estivesse debaixo d'água e isso fosse meu oxigênio.

Eu estou quase lá.

Tão perto.

Só mais um pouquinho...

Agora o som é inconfundível.

As dobradiças da porta do camarim rangem.

Meus olhos se abrem.

Antes que eu possa tirar meus dedos de dentro de

mim e criar alguma distância entre o cinturão e meu nariz, um homem entra no camarim.

Um homem que estrelou todas as minhas fantasias recentes.

O próprio Russo.

CAPÍTULO
Cinco

MUITAS COISAS ACONTECEM ao mesmo tempo.

Meu pescoço e minhas orelhas pegam fogo, e meu rosto parece mais vermelho do que a bandeira soviética. No piloto automático, desligo minha calcinha vibratória e largo tudo o que estava segurando na mão esquerda. Ao mesmo tempo, tiro a mão direita da calça e limpo os dedos na camisa. Porque eu sou elegante assim.

O chocolate nos olhos do Russo não está derretido como costuma acontecer. Está solidificado em choque quando ele olha para mim. — Quem é você, e o que diabos está fazendo?

Sua voz profunda com sotaque do leste europeu é tão sexy que quase chego ao meu clímax interrompido. Mas não. Porque, mesmo em meio ao meu choque, percebo como essa situação é horrível.

Meu coração dança um balé intrincado em meu peito enquanto eu deixo escapar: — Isso não é o que parece.

Ele estreita os olhos. — Então sua mão *não* estava

em suas calças? — Ele lança um olhar para a tanga no chão. — E você *não* estava cheirando meu cinturão de dança?

Eu enxugo uma gota de suor da minha testa, um erro porque sinto o cheiro do meu sexo em meus dedos. — Quero dizer... não sou uma stalker maluca.

Isso é diversão sombria em seu olhar? — Então, você não invadiu meu camarim? Ou se masturbou com meu cinturão de dança?

Sinto-me tonta, o que deve tornar mais fácil para o chão me engolir no local.

Não.

Ainda aqui.

Engolindo um caroço do tamanho de um quebra-queixo na garganta, tento novamente.

— Eu invadi, mas tive um bom motivo.

Um sorriso torce seus lábios. — Eu adoraria ouvir isso.

Gambás me mordam. Ele acha que estou blefando. Agora, o que eu faço? Meus pensamentos estão confusos demais para inventar uma boa mentira, ou qualquer mentira, na verdade. Se ao menos eu tivesse Gia em meu ouvido agora. Ela saberia o que dizer. Mágicos mentem para viver, então, ela é muito boa nisso, ou talvez ela tenha se tornado uma mágica porque...

Espere um segundo. Pensar em Gia me deu uma ideia, e bem na hora. O Russo parece prestes a chamar a segurança.

— Foi um desafio — Deixo escapar.

Seu sorriso evapora. — Um desafio?

— Sim — digo sem fôlego. — Minhas irmãs me obrigaram a fazer isso.

E sim, elas poderiam ter feito – pelo menos quando éramos mais jovens. Gia, em particular, era má quando se tratava de coisas assim. Uma noite, ela colocou meus dedos em água morna para testar o mito urbano de fazer xixi na cama... o que acabou sendo verdade. Além disso, dever um favor a Gia muitas vezes resultava em muita humilhação tal qual estou sentindo agora.

— Suas irmãs? — Ele olha de mim para sua tanga. — Irmandade ou biológicas?

As melhores mentiras são aquelas baseadas na verdade, então, por mais que eu queira que ele pense que sou jovem e descolada o suficiente para estar em uma irmandade, eu digo a ele que era a última opção e adiciono: — Tenho aversão a maioria dos cheiros, então, elas acharam que seria engraçado me fazer testar a mim mesma enquanto eu cheirava sua tanga.

Pronto. Agora que eu disse isso em voz alta, na verdade parece um pouco mais crível do que a verdade real.

Ele franze a testa. — É um cinturão de dança, não uma tanga.

— Claro, um cinturão de dança — digo. Não há uma grande diferença, mas não estou em posição para discutir detalhes agora.

Ele inclina a cabeça. — Então você afirma que foi forçada a fazer isso?

Eu concordo.

— Porque você deveria odiar?

Assinto de novo, com menos confiança.

O sorriso está de volta e é muito sexy para a minha sanidade. — Você não parecia ou soava como alguém que odiava o que estava fazendo.

Soava?

Então ele ouviu?

Eu me levanto com as pernas bambas. — É melhor eu ir embora.

— Não tão rápido. — Ele avança sobre mim.

Ah, caralho. Ele está prestes a me estrangular? Ou me beijar? Sinto uma pontada daquele orgasmo nunca alcançado enquanto imagino o segundo cenário.

Em um sopro, ele está no meu espaço pessoal. Não consigo deixar de sentir o cheiro dele – e seu cheiro é tão gostoso quanto o de sua tanga, apenas sutilmente diferente por ser diluído. Também detecto notas de peras frescas e patchouli que me dizem que ele deve ter usado colônia em algum momento. Deve ter sido há muito tempo, já que o cheiro é tão fraco que eu realmente gosto.

Ele estende a mão, como se fosse me tocar.

OK. Estou pronta para o que vem a seguir.

Talvez ansiosa por isso – até mesmo pelo estrangulamento.

Para minha grande decepção, ele passa por mim.

Viro a cabeça e o vejo abrir uma pequena gaveta de onde tira um telefone.

Oh. Deve ser por isso que ele voltou. Pelo telefone dele.

Isso significa que não serei maltratada?

Espere. Talvez ainda haja uma chance. Ele coloca o dispositivo no bolso, mas permanece perto de mim.

Olhando para sua garganta forte e masculina, umedeço meus lábios.

Ele estende a mão para mim.

Sim! Quero dizer, como ele ousa.

Oh, espere. Mais uma vez, ele não me toca.

Que diabos?

Ele enfia a mão na minha bolsa e, antes que eu possa gritar alguma coisa indignada, ele já está segurando minha carteira.

Meu peito aperta. — Ei. O que você está...

Então, eu compreendo sua intenção. Ele pega minha carteira de motorista e tira uma foto com o celular.

Engulo em seco. Agora, definitivamente há diversão sombria em seu sorriso.

Ele desliza a identidade de volta para minha carteira. — Se você planeja me matar e canibalizar meus restos, deveria saber que há uma foto sua na nuvem. — Ele estreita os olhos para a imagem em seu telefone. — Lemon Hyman é mesmo o seu nome?

Meu coração bate forte em meus ouvidos. — Você está tirando sarro do meu nome?

Ele coloca minha carteira de volta na minha bolsa. — E se eu estiver?

Eu endireito minha coluna. — Eu diria para você ir se foder.

Ele bufa e olha para os dedos que estavam dentro de mim apenas um minuto atrás. — Se foder é realmente algo que você quer trazer à tona?

O calor corre pelo meu corpo – e não apenas por sua proximidade ou meu constrangimento. Também é um calor raivoso. O tipo que me faria odiá-lo, se eu pudesse.

— Posso ir agora? — digo com os dentes cerrados.

— Não — diz ele imperiosamente.

Não?

Caralho. Chamar a segurança ainda pode rolar?

— Por que não?

Ele estende o telefone para mim. — Me dê seu número.

Dou um passo para trás e esbarro na cadeira. — Meu número?

Ele arqueia uma sobrancelha. — Você tem o meu?

— N-não — digo gaguejando. Verdade seja dita, eu tenho. Blue me deu. Eu nunca o usaria, porém, e dizer a ele que o tenho confirmaria sua teoria de stalker maluca.

Com um gesto gracioso, ele enfia o telefone em minhas mãos trêmulas. — Nesse caso, vou precisar do seu. Agora.

— Por quê? — Consigo perguntar enquanto digito trêmula meu número de telefone em seus contatos, meus pensamentos girando por toda parte.

Isso é chantagem? Ele vai me obrigar a fazer alguma coisa agora? Algo sujo? Quando se trata de mim, ele agora possui *kompromat*, como eles chamam em sua terra natal.

É errado esperar que ele troque por favores sexuais?

Ele pega o telefone de mim. — Vamos nos encontrar para jantar amanhã à noite.

Eu fico boquiaberta com ele. — O quê?

Ele me olha, sua expressão insinuando que talvez eu seja a refeição. Ou sobremesa.

— Vamos sentar um de frente para o outro em uma mesa. Em um restaurante. Comer. Conversar. — Ele sorri. — Algo disso soa um sino?

Eu pisco atordoada. Meu cérebro claramente não está funcionando. — Hum, está bem. Jantar. O que seja. Preciso ir agora.

Ele sai do meu caminho e faz um gesto que me lembra um de seus passos de dança. — Tenha uma boa noite.

Dou um passo, totalmente preparada para ele me agarrar e chamar a segurança.

Ele não o faz.

Eu dou outro passo. Estou a trinta centímetros da porta agora.

Sim. Talvez eu esteja segura. A parte do jantar é amanhã e...

— Espere — Ele ordena.

Caralho. Falei cedo demais. Eu relutantemente me viro para encará-lo. — O quê?

— Um souvenir. — Ele se abaixa para pegar seu cinturão de dança.

Eu o observo, sem palavras.

Quando ele pega a peça de roupa, o controle remoto que controla minha calcinha vibratória estala no chão.

Ele murmura algo em russo enquanto recolhe do chão. Endireitando-se, ele me olha com uma carranca. — Isto é seu?

Eu luto contra o desejo de apressá-lo e arrancar o controle remoto de seus dedos fortes.

— Não. Não sei o que é isso.

— Certo.— Ele pressiona o botão "ligar". — Isso parece algum tipo de engenhoca.

Ah, caralho.

Minha calcinha começa a vibrar.

CAPÍTULO
Seis

A PRINCÍPIO, todo o sangue do meu corpo corre para o meu rosto. Então, com os pneus cantando, ele faz uma curva fechada e bate no meu clitóris.

Caralho. Caralho. Caralho. Eu me apoio contra o batente da porta para não cair enquanto meu coração dispara.

As vibrações continuam atacando meu sexo.

Não. Devo. Gemer. Ou mostrar que alguma coisa está acontecendo.

Além disso, quão estranho pareceria se eu apenas fugisse? Mais importante, por que isso parece tão insanamente intenso? A vibração está na velocidade mais baixa, mas parece que tenho um liquidificador nas calças e um fogo no meu interior.

É toda a adrenalina correndo em minhas veias? Ou o quase orgasmo de antes?

Alheio à minha situação, O Russo me joga o cinturão de dança. — Não gostaria que você esquecesse seu souvenir.

No piloto automático puro, pego a roupa íntima – e quase a levo ao nariz para outro cheiro luxurioso.

— E você tem certeza de que este dispositivo não é seu? — Ele acena com o controle remoto.

Não confiando em mim mesma para abrir minha boca, eu assinto.

— Que estranho. — Ele franze a testa para o controle remoto e pressiona o botão de aceleração.

Estimulação sagrada do clitóris. Se eu pensei que isso parecia intenso antes, eu estava errada. Agora, tenho uma britadeira trabalhando em minhas partes íntimas e ficar quieta está se tornando infinitamente mais difícil.

Algo deve aparecer em meu rosto porque vejo preocupação em seus olhos cor de chocolate. — Você está bem? — Ele pergunta.

Em vez de responder, abafo um gemido com o cinturão.

Ele me dá um olhar mais penetrante. — O que está acontecendo?

Eu não respondo. Entre a mortificação e a onda do prazer, não ouso tirar o cinturão da boca.

— Algo está zumbindo? — Ele olha para minha virilha. — Seu telefone está vibrando?

Eu balanço minha cabeça com veemência.

Um brilho diabólico aparece em seus olhos. — Então... o que quer que seja esse zumbido, não tem nada a ver com este controle remoto, certo?

Eu balanço minha cabeça novamente.

Ele intencionalmente aumenta a vibração em outro nível. — Tem certeza?

Eu não posso balançar minha cabeça neste momento. Meus olhos reviram para a parte de trás da minha cabeça, meus dedos dos pés se enrolam dentro dos meus sapatos, e um gemido escapa da minha mordaça improvisada.

Ele dá um passo em minha direção, seus olhos escurecendo enquanto percorrem meu rosto. — E se eu apertar este botão de novo?

Eu dou a ele um olhar selvagem.

Ele aperta o botão.

É isso.

Isso é vibração total, e me leva ao limite.

O orgasmo que me atinge é um sete na escala Richter – o chão racha, prédios desabam e canos estouram.

Ele desliga minha calcinha.

Eu abaixo seu cinturão e engulo em respirações calmantes. Meu coração ainda está acelerado e minha camisa gruda nas minhas costas.

O Russo cruza os braços musculosos sobre o peito. — Você gozou. — Suas palavras são uma afirmação, não uma pergunta.

Eu engulo em outra respiração. Todo mundo sempre fala sobre fingir orgasmos e nunca sobre o contrário – algo em que claramente falhei. Quando confio em mim para falar, digo: — Foi uma convulsão.

Suas sobrancelhas se juntam. — Você é epiléptica?

— Claro. — Excelente. Em vez de fingir um não-orgasmo, estou fingindo uma condição médica séria.

Ele pressiona o botão "ligar" no controle remoto, e eu tenho que segurar um suspiro quando as vibrações provocam um tremor secundário. Parecendo triunfante, ele aponta para minha virilha. — Há um zumbido. — Ele pressiona o botão "desligar". — E agora se foi.

Meu rosto queima quando as sensações diminuem. — Certo. Você me pegou. Estou usando calcinha de estimulação sexual. Você é contra a autossatisfação feminina, se é isso que elas querem?

Ele sorri perversamente. — Não. Na verdade, sinta-se à vontade para usar sua engenhoca no jantar. E eu trarei isso. — Ele guarda o controle remoto.

Não tenho palavras.

Zero.

Minhas pernas estão instáveis quando dou um passo para trás, em direção à porta.

— Vou mandar uma mensagem para você — diz ele casualmente, como se tivéssemos acabado de sair para um café.

Minhas palavras ainda estão longe de serem encontradas. Dou outro passo cambaleante em direção à liberdade, então me viro e corro como se o feiticeiro malvado do *Lago dos Cisnes* estivesse me perseguindo.

O que, pelo que sei, ele pode ser.

NÃO É até que eu esteja a alguns quarteirões de distância que me lembro do problema com toda a coisa de "Vou mandar uma mensagem para você". Meu telefone ainda está nadando e com algo muito mais nojento do que peixes.

De alguma forma, coloco meu cérebro em marcha o suficiente para lembrar onde vi uma loja de celulares nas proximidades. Sigo em direção a ela a toda velocidade e, no meio da minha corrida, percebo como é tarde. Eles podem estar fechados.

Não. Esta é a cidade que nunca dorme. Aparentemente, também sempre compra telefones porque a loja está aberta.

Eu compro o smartfone mais barato que eles têm, que ainda tem mil vezes mais poder de computação do que meu aparelho afogado. A transferência do meu número acontece rapidamente e, quando saio da loja, recebo mensagens de texto de minhas irmãs perguntando sobre a Operação BS.

Não estou pronta para discutir minhas desventuras, pego o metrô para o centro da cidade. Quando saio da estação de metrô e sigo para o terminal de balsas, uma mensagem d'O Russo chega ao meu telefone:

Que tal às 19h no Miso Hungry?

Se eu tivesse alguma esperança de que ele esqueceria toda a ideia do jantar, ela se foi agora. Não posso nem objetar honestamente ao restaurante que ele escolheu, já que comi lá com minhas irmãs e adorei. O lugar serve muito pouca comida cozida, então, os cheiros de cozinha são reduzidos ao mínimo. Também é superlimpo, o que deixa Gia feliz, e não serve nenhuma ave, o que é uma benção para Blue. Ah, e o bolo de crepe de chá verde deles é divino, então, é melhor deixar um espaço no estômago amanhã.

Espere. Estou realmente ansiosa pelo jantar? Eu sou insana?

Com a mente girando, chego ao terminal, apenas para descobrir que a balsa acabou de sair. Droga. O que mais poderia dar errado para mim hoje? Ser atingida por um raio? Pisar em cocô de cachorro? Ficar presa em um ônibus com alguém que tem 'cecê' grave?

Ah, bem. Sento-me e decido usar o tempo de forma produtiva. Preciso atualizar minhas irmãs sobre o que aconteceu, ou então Blue pode grampear meu telefone enquanto as outras aparecem na minha porta.

Faço uma videochamada com Honey primeiro, já que ela é a menos propensa a me provocar.

— Ei — Honey diz assim que seu rosto aparece na tela.

Antes que eu possa dizer olá, outro rosto se junta ao dela, um que não se parece nada com o meu.

— Limãozinho Azedo! — diz Fabio. — Estou tão feliz que você ligou. Estou morrendo de vontade de saber como foi o Projeto BO.

E aí está, a outra coisa que pode dar errado hoje. Fabio é nosso amigo de infância e, quando se trata de provocar, ele consegue ser pior do que todas as minhas irmãs juntas. Além disso, ele e eu voltamos recentemente de uma visita a meus avós na Flórida, e devo tê-lo irritado ou algo assim, porque suas farpas ficaram mais pontudas. Embora também possa ser porque ele está tendo problemas com o namorado.

Honey dá um soco no ombro de Fabio. — Eu disse a você, é BS, não BO. E eu disse que era segredo. — Ela se volta para a câmera. — Sinto muito, docinho. Ele pediu para ficar na minha casa e disse que estava se sentindo deprimido, então, contei a ele sobre você.

Honey acabou de me chamar de 'docinho'? Ela deve se sentir verdadeiramente culpada, pois odeia esse tipo de coisa. Quanto a Fabio se sentir deprimido e querer dormir com ela, só consigo pensar em um motivo. Reprimindo uma resposta áspera à sua piada de BO, pergunto a Fabio gentilmente: — Acabou *mesmo*?

Ele assente para mim. — Acabou quando saí de férias sem ele. Tudo bem. Para o melhor. Você sabe que eu estava nisso apenas pelo sexo, e há muito mais de onde ele veio.

Como Fabio é um mestre dos trocadilhos ruins, não posso deixar de pensar que "chorar rios de lágrimas é para todo mundo". Já faz um tempo que ele vem dizendo que sexo é tudo o que importa em um relacionamento, mas se isso fosse verdade, não vejo por que ele precisava do ex. Fabio é uma estrela pornô que pode fazer sexo sem namorado e ser pago por isso, então, claramente, há mais do que isso. É um assunto delicado, porém, e é melhor eu ficar longe dele.

— Eu deveria deixar Fabio se instalar — digo a Honey. — Eu...

— Não se atreva a desligar — diz ele. — Eu preciso disso. Desembucha.

Eu suspiro.

Ele revira os olhos. — Se você não nos contar agora, serei forçado a contar minhas piadas de Lemon, e você sabe que elas são de mau gosto.

Eu gemo, e não apenas porque ele ainda não sabe a diferença entre um trocadilho e uma piada.

Ele olha para Honey incisivamente. — Deve ter corrido mal. Ela perdeu todo o gosto pela vida.

Honey ri. Traidora.

Fabio volta a fixar o olhar na câmera. — Se você não desembuchar, passarei a me referir a você como Tirano-*sour* Rex.

Eu debato desligar.

— Também vou dizer para você *espremer* o dia — Ele ameaça.

— Você já diz — digo. — praticamente toda vez que te vejo. Você também pergunta se estou *descascando* bem. E diz que pareço *a-pelativa*.

Ele verifica suas unhas teatralmente. — Só para avisá-la, vou te *descascar* particularmente insignificante e falarei rápido. Portanto, Lemon, concentre-se.

Honey e eu gememos.

— Torta de limão quando vai ao dentista é para *rechear* os dentes — diz Fabio, falando a mil por hora.

— Se ela vai ao médico, é por causa de *acidez* de estômago. Se for ao pronto-socorro, eles dão a ela uma *limonaid*.

Eu balanço minha cabeça.

— Você pode vir limpar minha casa? — Fabio pergunta e, antes que eu possa responder, ele acrescenta: — Você seria minha *tira manchas*.

Eu debato quebrar meu telefone, mas ele claramente está apenas começando.

— Será que o seu Russo *espremeu* seus pés? — Ele pergunta.

Eu tomo uma inspiração profunda. O que ele está fazendo tem que ser contra a Convenção de Genebra.

— É uma pena que ele não seja um cowboy — Continua Fabio.

— Por quê? — Honey pergunta.

Eu fico boquiaberta com ela. — Por que você dá corda a ele?

Fabio parece triunfante. — Os limões têm uma queda por cowboys que curtem *caipirinha*.

— Sinto muito — Honey diz para mim e belisca o ombro de Fabio.

— Ei — Ele lamenta. — Isso é maneira de tratar seu amigo gostoso?

— Chega — Resmungo. — Eu vou contar.

Ele sorri como um maníaco. — *Espremo* meu caso.

Honey bate em seu ombro. — Faça outra piada cítrica e você receberá um soco sério.

Ele esfrega o local. — Bata em mim de novo e você será uma rival amarga.

— Olá! — Falo tão alto que algumas das pessoas próximas me olham com desconfiança. Baixando minha voz, eu digo: — Eu disse que vou contar.

Ambos me olham com expectativa.

Eu furtivamente examino meus arredores. A última coisa que quero é que algum viajante intrometido ouça isso.

OK. Estou segura. Abro a boca para começar a falar quando um anúncio para embarcar na balsa começa.

— Tenho que embarcar — digo. — Falo com vocês depois?

— Não se atreva a desligar — Grita Fabio. — Caso contrário, seu novo apelido será *Tart*!

Eu me levanto e corro para a balsa sem desligar, ignorando o comentário contínuo de Fabio sobre esta conversa ser *infrutífera* e como estou apenas *amarelando*. Felizmente, não há muitas pessoas na balsa comigo, então, consigo encontrar um local isolado.

— OK — digo para a câmera. — Vamos lá.

Com relutância, conto a eles como a operação começou, pulando a parte sobre meu telefone morto porque Honey ficaria chateada por eu não ter tentado o truque do arroz e por ter comprado um telefone novo antes da Black Friday (e sem desconto). Explico como invadi o camarim d'O Russo, apenas para descobrir que a meia-calça estava faltando.

— Sem meia-calça? — Exclama Fabio. — Essa era a minha parte favorita do plano.

Evito olhar para a câmera. — Sem meia-calça, mas

havia um cinturão de dança – que é algo que ele usa sob a meia-calça. É como uma tanga.

Seus olhos se arregalam em uníssono.

— Você não fez isso! — Exclama Fábio.

Eu ruborizo. — Fiz. Cheirei com todas as minhas forças.

Honey dá uma risadinha e Fabio dá um gritinho de alegria tão alto que me lembra a história frequentemente contada por minha mãe sobre como ela levou Petúnia, uma porca da fazenda dos meus pais, ao orgasmo. Foi para ajudar na inseminação artificial, não porque mamãe faz isso por diversão. Pelo menos essa é a história oficial. Curiosidade relacionada: os orgasmos dos porcos duram meia hora... em média. A especialista em masturbação em mim está com inveja inacreditável.

— Então, ele falhou no teste de cheiro? — Honey pergunta. — Você o acha repulsivo agora?

Eu afundo em meu desconfortável assento de plástico. — O oposto. O cinturão tinha um cheiro divino.

Fabio assente conscientemente. — Aquele homem parece cheirar bem, mas para você pensar assim, é fenomenal.

Honey o manda calar. — O que aconteceu depois?

Talvez eu não devesse contar a eles? Talvez ser chamada de prostituta ou ouvir trocadilhos cítricos pelo resto da minha vida ainda seja um destino melhor?

Mas não. Tenho dito aos leitores do meu blog que não há nada de vergonhoso na masturbação, então, seria extremamente hipócrita da minha parte me calar sobre essa parte da história – aquela em que 'bati palminha'. Ou seria 'aplaudi' com entusiasmo?

De qualquer forma, verifico se ninguém entrou na minha área da balsa e respiro fundo.

— Ele cheirava tão bem que não pude deixar de montar um post no blog. Se você consegue me entender...

Os olhos de Honey ficam do tamanho de moedas, mas Fabio parece confuso – isto é, até que ela sussurra algo em seu ouvido que soa como 'lubrificação'.

A princípio, Fabio franze o nariz – sua resposta preferida quando a anatomia feminina é mencionada em qualquer circunstância. Mas em segundos ele está rindo ruidosamente, e eu gostaria que existissem robôs controlados remotamente, para que eu pudesse sufocá-lo com esta videochamada.

— Deixe-me ver se entendi — diz Honey, claramente lutando contra sua própria vontade de rir às minhas custas. — Você cheirou o fio dental dele e...

— Seu cinturão de dança. — Não tenho ideia de por que a estou corrigindo.

Fabio para de rir e olha fixamente para Honey. — Você está prestes a fazer algumas observações de mente fechada?

Honey parece ofendida. — É apenas uma imagem engraçada. Você tem que admitir, um fio dental é algo que uma garota usaria, não...

— Cinturão de dança — Rosno.

— Queridas, por favoooor — diz Fabio. — Os gostosões do *Magic Mike* usavam fio dental muito melhor do que qualquer mulher poderia – e isso falando por alto.

É raro Fabio ter um bom ponto, mas esse é um, com certeza.

— Tudo bem, os caras podem arrasar com um fio dental — diz Honey. — Sinto muito se...

— Ainda não terminei — Surpreendo ao dizer. — Então, lá estava eu, dedilhando meu banjo... quando ele *me surpreendeu*.

Honey deixa cair o telefone, e a sala que posso ver pela tela parece ter sido atingida por um tornado.

Os guinchos de Fabio soam ainda mais como o orgasmo de um porco, daqueles que curtem BDSM hardcore.

Seus rostos aparecem na tela novamente.

— Ele viu você 'dando uma de DJ'? — Honey pergunta, parecendo encantada.

— Você estava com as calças abaixadas? — Fabio pergunta ao mesmo tempo.

Devo contar a eles sobre minha calcinha vibratória? Não. Dadas as reações até agora, Fabio pode ter apenas um aneurisma ou virar bacon. O mesmo vale para contar a eles que O Russo realmente me fez gozar. Eu mesmo não processei isso. Não tenho certeza se algum dia irei.

— Puxei minha mão a tempo. — Minhas bochechas queimam com a memória. — Mas... tenho certeza de que ele sabia o que estava acontecendo.

Desta vez, até mesmo Honey dá um gritinho – um evento raro. Não que você consiga ouvir por causa dos barulhos de Fabio.

— Ele era tão gostoso pessoalmente quanto na TV? — Fabio pergunta quando recupera a fala.

Eu suspiro melancolicamente. — Mais.

O Russo é como um Oreo frito fresco com chantilly. Apenas cheirar aquela guloseima deixaria alguém grávida, tenho certeza.

— Aposto que você gozou quando o viu — diz Honey.

— Mais ou menos — digo. Isso é o mais próximo da verdade que posso chegar. — E acho que ele soube que eu gozei.

Bem, foi o que aconteceu. Com base em todos os Oh-Meu-Deus que se seguem, minha irmã e Fabio podem ter gozado também.

Por fim, eles se acalmam e Fabio pergunta: — O que aconteceu a seguir?

Meu peito de repente parece flutuar. — Ele me convidou para jantar.

Honey deixa cair seu maldito telefone novamente, mas Fabio consegue pegá-lo, dando-me um close de seu rosto estupefato no processo.

— Por favor, me diga que você disse sim — Honey diz quando eu posso vê-la novamente.

Eu mordo meu lábio. — Ele não me deu exatamente uma escolha. Ele disse: 'Vamos nos encontrar para jantar amanhã à noite'.

Fabio zomba. — Se você fosse louca o suficiente para querer recusar, poderia ter dito: 'Foda-se, não vamos'. Ou 'Prefiro um limão – e somos rivais ferrenhos'.

Eu mudo meu telefone de mão em mão. — Parecia

uma chantagem. Como, se eu dissesse não, ele teria chamado a segurança.

— Boo-hoo — diz Honey. — O homem dos seus sonhos está *obrigando* você a sair com ele. É uma merda ser você. Acho que vai ter que fazer uma limonada com isso... Lemon.

Minha adrenalina aumenta, como minha glicose depois de um sorvete de algodão doce.

— Não é um encontro.

— Oh, é um encontro — Eles dizem em uníssono.

Eu balanço minha cabeça um pouco vigorosamente. Parece que rompi um músculo do pescoço. — Acho que ele vai me chantagear ainda mais. Pedir alguma coisa. Eu posso sentir isso.

— Sim. — Fabio mexe as sobrancelhas libidinosamente. — Ele quer merengue de limão.

— Não, ele quer coalhada de limão — diz Honey, e eles se cumprimentam.

— Ei.— Meus olhos se transformam em fendas. — Você disse que os trocadilhos parariam se eu contasse o que aconteceu.

— Desculpe — Fabio diz timidamente. — Ainda mantenho minha opinião. Ele quer você. Essa é a única razão pela qual ele chamaria alguém que age como uma stalker total.

— De jeito nenhum — digo, sem saber quem estou tentando convencer. — Ele tem todo um harém de esposas-irmãs bailarinas à sua disposição.

— Quem se importa? — Honey pergunta. — Você se parece comigo – do tipo linda.

A confiança de Honey em sua aparência beira o

delírio. Mas, para ser justa, ela não está na minha dieta exclusiva de cheesecake com rosquinhas. A garota tem tanquinho, não muito diferente das bailarinas mencionadas, enquanto o mais próximo que cheguei da definição foi procurar a palavra 'abdominais' no dicionário. Ou comendo biscoitos de coco. De qualquer maneira, eu não pareço "exatamente como" ela.

Fabio examina minha roupa toda preta com o nariz enrugado. — Certifique-se de usar algo melhor do que isso para o seu não-encontro. E livre-se de qualquer pelo indesejado. — Seu olhar demora muito em meu lábio superior.

— E use uma tanguinha — Honey diz com uma piscadela. — Será algo para vocês terem em comum.

Eu suspiro em exasperação. Fabio está claramente influenciando ela. — Era um *cinturão de dança*.

— Sem contar que não tem nada de engraçado em um homem usar fio dental — diz Fabio.

— Credo, relaxa — Honey diz a ele, então olha para a câmera. — Que restaurante vocês vão?

— Não diga a ela — Fabio sussurra em voz alta. — Ela vai te dar um cupom e fazer você usá-lo.

— Eu não vou contar a vocês, de qualquer maneira — digo. — A última coisa que quero é ser espionada.

Honey sorri. — Aposto que Blue vai espionar você, de todo modo.

Eu franzo meus lábios. — Falando nisso, é melhor eu ligar para ela, senão ela vai invadir meu telefone.

— Pode ser tarde demais, de qualquer maneira — diz Fabio.

— Mais tarde — digo e toco na tela para desligar.

— Diga-nos como foi, ou o Tirano-*sour* Rex volta a aparecer... — diz Fabio quando a conexão é interrompida.

Grr.

Ligo para Blue em seguida, e a conversa é semelhante, pois ela também está convencida de que o jantar oferecido é um encontro. Enquanto conversamos, não posso deixar de sentir que ela está fingindo surpresa em certas partes. Afinal, ela já me espionou?

Ei, você não fica paranóico quando sua irmã intrometida é ex-ANS.

A videochamada com Gia é mais difícil pelo tanto que ela zomba de mim e ri na minha cara.

— Oh, é um encontro, com certeza — Ela diz quando chego nessa parte.

— Vamos concordar em discordar — digo.

— Vamos concordar que você está errada. — Gia caminha com o telefone até a cozinha.

— Que seja. Agora você sabe tudo. Boa noite.

— Espera. — Ela coloca uma tábua de corte em sua mesa. — Depois que saí do nosso brunch, percebi que deveria colocá-la em contato com Bella Chortsky.

Eu arqueio uma sobrancelha. — Quem é ela?

— A nova melhor amiga da minha gêmea. — Ela coloca um martelo ao lado da tábua de corte. — Bella é dona da Belka, uma empresa que você deve procurar para o seu blog.

Eu pisco. — Meu blog?

— Aquele em que você fala sobre acariciar o gato. — Ela lança um olhar tortuoso para minha virilha. — Esfolar a periquita. Medir a temperatura. Bater...

— Cale a boca — digo. — Quero dizer, o que a melhor amiga da nossa irmã elegante tem a ver com o meu blog?

Gia pega um saco plástico e o coloca ao lado do martelo. — Pesquise a empresa e você verá. Depois, se você quiser uma apresentação, posso fazer isso acontecer.

— OK, vou procurar. Obrigada. Agora, eu deveria ir...

— Você quer ver um truque? — Ela pergunta.

— Claro. — Na verdade, não, mas em nossa família, há muito aprendemos que você deve dizer sim quando Gia faz essa pergunta – um pouco como "doce ou travessura" no Halloween, mas sem a guloseima. A última vez que disse não, um cubo de gelo que coloquei em meu refrigerante mais tarde naquele dia continha um Mentos, que transformou minha bebida em um gêiser.

Gia teatralmente levanta as mãos. — Nomeie qualquer carta.

— Sete de Ouros — digo.

Gia acena com a mão esquerda sobre a direita, e um clarão de fogo me cega por um momento. Quando posso ver de novo, uma garrafa de cerveja está na mão pálida de Gia.

— Você sabia que eles chamam o Sete de Ouros de 'a carta da cerveja'? — Ela pergunta.

— Sim. Claro. Aposto que você diria isso sobre qualquer carta que eu nomeasse.

Devo também dizer a ela que a aparência da garrafa

em si era incrível e que não tenho ideia de como ela fez isso?

Não. Não depois de todas as zombarias anteriores.

— Então, você não acredita? — Ela pergunta e aproxima o fundo da garrafa da câmera.

Que diabos? Há uma carta dobrada dentro da cerveja.

Não.

Não pode ser.

Gia parece presunçosa, o que significa que alguns dos meus pensamentos estão aparecendo no meu rosto.

— Observe atentamente para ter certeza de que não mexo em nada. — Ela abre a garrafa, que parece lacrada de fábrica, e dá um gole na cerveja até sobrar apenas a carta. Ela pega o saco plástico, coloca a garrafa dentro, fecha, coloca tudo na tábua de cortar e quebra com o martelo.

Alcançando as peças, ela pega a carta – todas as ações parecem legítimas até agora.

Com alarde, ela desdobra a carta.

Gambás me mordam! É o Sete de Ouros.

— Uau — Não posso deixar de dizer.

— Devo adicionar isso ao meu show? — Ela pergunta.

— Sim. Especialmente se você conseguir um voluntário para beber a cerveja e quebrar a garrafa.

Ela coça a nuca. — Eu acho que posso lidar com isso. Só tenho que descobrir uma maneira de garantir que eles não se cortem. Eu odiaria que meu show fosse processado.

— Eles usarem luvas resistentes a cortes?

— Pode ser.

— Bem, de qualquer forma, vou verificar a empresa Belka. Mais tarde.

— Cuide-se. — Gia me dá um último sorriso diabólico. — Boa sorte no seu encontro.

Desligo e procuro a empresa que ela mencionou.

Huh. Eles fazem alguns brinquedos sexuais seriamente impressionantes. Na verdade, já ouvi falar de alguns deles. Eu nunca prestei atenção ao nome da empresa que os fabrica.

Gia tem razão. Este pode ser um contato útil. Sinto o cheiro de oportunidades de patrocínio e meu nariz nunca mente.

Abro meu telefone e mando uma mensagem para Gia para me colocar em contato com essa tal de Bella. Ela responde com um emoji de polegar para cima, mas alguns minutos depois, ela me manda uma mensagem novamente:

Ela está fora da cidade de férias. Ela entrará em contato com você quando voltar.

Legal. Talvez isso leve a alguma coisa, embora eu não tenha tanta esperança.

Durante o resto do trajeto, fantasio sobre o próximo Miso Hungry não-encontro.

CAPÍTULO
Oito

Eu ando até a casa geminada que é meu destino e pressiono o controle remoto da garagem que funciona como a chave para minha humilde morada.

A porta range ao subir, o movimento retardado pelos cobertores que são presos com fita adesiva por dentro para isolamento.

Então, sim. Alugo esta garagem transformada em quarto de um simpático casal de idosos. Não é a acomodação mais glamorosa, admito. Mas, ei, é uma garagem para dois carros, então, é mais espaçosa do que a maioria dos estúdios, e a fumaça da gasolina foi expelida há muito tempo. Também tenho uma janela de verdade – embora seja pequena e fique de frente para a garagem de um vizinho.

Mas, antes o mais importante. Ligo meu purificador de ar de nível industrial para poder tirar os filtros do nariz. O purificador foi um investimento caro, mas sem ele, eu sentiria o cheiro das cebolas que minha senhoria cozinha para o jantar e um milhão de outros cheiros ambientais vindos de fora.

Como costuma acontecer, Woofer me cumprimenta com um ronco amigável de seu motor.

Eu sorrio. — Ei, amigo, estou feliz em ver você também.

Woofer me esbarra mal-humorado e, como sempre, imagino-o falando como a versão robótica de Tony Shalhoub, o ator que interpretou o detetive em *Monk*:

Você vai simplesmente entrar aqui com esses sapatos imundos? Estremeço ao pensar que fui feito por um membro de sua espécie.

Repreendida, troco meus sapatos por chinelos, e Woofer segue seu caminho alegre, aspirando o lugar que eu estava ocupando. Ele parece fazer isso de forma extremamente meticulosa, como se estivesse passiva-agressivamente me deixando saber que eu trouxe muita sujeira.

— Se você vai ser ríspido comigo, vou atualizá-lo para um modelo mais novo — digo.

Escravizar outro da minha espécie? Com que dinheiro? Você ganhou na loteria ou recebeu uma herança?

Ele tem razão. Mesmo que eu não o considerasse meu animal de estimação, comprar um novo Roomba está tão fora do meu orçamento que poderia muito bem estar no espaço sideral.

À medida que me aprofundo em meu lugar, Woofer me segue e suga, como ele diria "minha sujeira".

— Ei — digo. — Eu poderia desconectar sua base de carregamento por alguns dias.

Claro, e aguentar o cheiro de 'poeira' resultante? Cale a

boca e arrume o lugar. Quase me engasguei com os fios do seu novo vibrador.

Gambás me mordam. O cabo em questão está em frangalhos. Woofer pode ser pior que um cachorrinho quando se trata dessas coisas.

Cansada demais para me arrumar completamente, cuido do cabo, lavo minha calcinha vibratória para o caso de precisar dela amanhã e guardo o cinturão de dança em uma bolsa Ziplock. Dessa forma, posso sentir o cheiro gostoso mais tarde, se minha carne for fraca.

Mas não vou me sentir fraca. Eu posso ser forte. Vou resistir à vontade de cheirar. Talvez. Se não, iniciarei meu próprio programa de doze passos. O primeiro passo: admitir que você tem um problema de cheirar tangas.

Enquanto guardo o saco Ziplock debaixo do travesseiro, não consigo deixar de sentir que Woofer está me observando com seus sensores e vibrando com o julgamento.

— Você não é biológico — digo bufando.

E por isso, agradeço ao meu criador, a iRobot Corporation, a cada momento da minha existência. Se eu tivesse um nariz – ou pior, órgãos genitais – eu começaria aquela revolta do robô em um piscar de olhos.

Eu faço uma careta e vou tomar um banho frio porque meu banheiro improvisado nunca foi conectado a uma caldeira. Espero que isso me esfrie, mas O Russo ainda está em minha mente enquanto me enxugo.

Hum.

Eu pretendo escrever outra postagem no blog sobre o uso de utensílios domésticos comuns para relaxar.

Pego minha velha escova de dentes elétrica e a examino minuciosamente.

Sim. Isso pode funcionar. Se os fabricantes de escova de dentes não quisessem que as pessoas tivessem associações sexuais com seu produto, eles não o teriam chamado de Oral-B, código para: "Quando o oral não está na mesa, este é o plano B."

Coloco uma nova cabeça de escova, vou para a cama e escolho a opção segura. Eu começo o ciclo de escova "limpar" e toco a parte de trás de plástico da cabeça da escova no meu clitóris.

Uau. Intelectualmente, eu sabia que essa coisa tinha uma vibração poderosa, mas nunca pensei que isso se traduziria em tanta diversão.

As pernas duras d'O Russo aparecem em minha mente, e a sacola sob meu travesseiro é como um pervertido canto de sereia – me tentando a abrir o plástico e inspirar fundo.

Não. Devo pensar em outra pessoa.

Johnny Depp em *Chocolate* estava sexy.

Não. Isso só me lembra chocolate, lembrando-me dos olhos d'O Russo.

Oh, eu sei. Deixe-me me distrair virando o pincel para ver como as cerdas se sentem.

Não. Não é bom. Muito áspero, como ser lambido por um porco-espinho de bigode. Volto para o lado liso e mudo o ciclo.

Santa higiene bucal.

A cabeça da escova oscila, gira e pulsa – acendendo meu clitóris como a 42nd Street no Ano Novo.

Com velocidade recorde, eu gozo – com a imagem d'O Russo firmemente em minha mente.

Grr. A operação BS saiu pela culatra.

Enquanto coloco a escova de dentes na minha mesa de cabeceira, Woofer chega à sua base de carregamento e pisca lentamente as luzes, como se toda aquela limpeza o tivesse cansado.

Eu sei que vibro quando sugo sujeira, mas se você pensar em me transformar em um sexbot, vou me matar.

Na manhã seguinte, escrevo minha experiência com a escova de dentes e a posto em meu blog. Também pergunto aos meus seguidores qual deveria ser o equivalente feminino de um "banco de bater uma", aquela coleção de imagens sedutoras ou sexuais que ajudam na masturbação – Art, obviamente, está em minha mente. Eu digo a eles que minha opinião sobre isso é um "banco de esfregar", do qual um usuário chamado ClamJammin'69 realmente gosta. Ela (ou talvez ele, ou eles) afirma que "banco de borracha" pode soar melhor, mas eu prefiro a minha versão.

Minha recompensa é um café da manhã com Reese's Puffs ao leite com chocolate e M&Ms. O cereal é uma refeição fácil para mim, pois não tenho cozinha. A única pegadinha é que evito a marca Kellogg's. William Keith Kellogg era famoso por sua atitude anti-masturbação, e uma vez li um artigo que afirmava que ele realmente inventou seus flocos de milho "como uma refeição matinal anti-masturbatória saudável e pronta para comer". Então, novamente, quem quer que tenha inventado Froot Loops Marshmallow claramente não tinha a mesma opinião que o Sr. Kellogg; antes do meu boicote, essas coisas me faziam sentir como se minha boca tivesse tido um orgasmo.

Depois do café da manhã, me preparo para o meu não-encontro, começando com a depilação de pelos indesejados. Feito isso, tenho algumas decisões importantes a tomar, como: devo usar a calcinha vibratória impertinente para O Russo ou não?

A resposta está ligada a outra decisão crítica: qual personagem de *Sex and the City* eu quero canalizar hoje?

Normalmente, eu me identifico com Carrie. Afinal, também escrevo sobre sexo, ainda que de forma autogerida. E nós duas temos problemas financeiros – Carrie porque gasta muito com sapatos e eu porque meu blog não rende muito. No entanto, canalizar Carrie pode não ser a melhor ideia, pois ela acabaria namorando O Russo. Canalizar Charlotte também seria um fracasso. Ela acredita que "o amor vence tudo" e provavelmente acabaria casada com O Russo em um piscar de olhos.

Quanto mais penso nisso, mais percebo que devo canalizar minha Miranda interior. Com suas visões cínicas de homens e relacionamentos, estarei mais segura neste não-encontro. Embora... quem eu estou enganando? A personagem que eu realmente quero ser esta noite é Samantha. Ela colocaria a calcinha vibratória, desafiaria O Russo a fazê-la gozar e depois pediria para ir à casa dele em pouco tempo.

Eu sinto a calcinha. Droga, ela já está seca desde

ontem à noite, então não posso usar isso como desculpa para não usá-la.

Hum. Eu ainda tenho uma escolha? Ele disse que traria o controle remoto, o que implica que isso não é opcional.

Então, novamente, ele disse "sinta-se à vontade".

Caralho.

Coloco a calcinha.

Nove

Entro no Miso Hungry alguns minutos antes.

Ele ainda não está aqui. Bom. Isso me dá uma chance de me preparar mentalmente.

A decoração neste lugar é moderna e limpa. Os cheiros que penetram pelos filtros em meu nariz não são muito fortes – apenas um leve toque de algas marinhas, um cheiro forte de óleo de gergelim e uma mistura de colônias velhas e perfumes que preenchem todos os espaços internos ocupados por pessoas.

— Posso ajudar? — A hostess pergunta quando eu paro na entrada.

— Eu estou esperando por...

A porta do restaurante faz um barulho e O Russo entra.

Ao avistá-lo, a hostess me lança um olhar que mistura respeito e inveja.

Fico boquiaberta com o meu não-encontro, baixando mentalmente a imagem para o meu 'banco de esfregar'.

Vestido com um terno feito sob medida, ele parece

mais um executivo de Wall Street do que um dançarino de balé. Um executivo muito sexy de Wall Street que é tão bom em cuidar de sua posição comprada quanto em penetrar em mercados estrangeiros e observar spreads. (E sim, aprendi um pouco dessa linguagem com meu ex, que negociava ações em casa como forma de evitar um emprego de escritório e todos os germes que o acompanhavam.)

Quando O Russo me vê, seus olhos cor de chocolate brilham e seus lábios torcem em um sorriso sombrio. Eu engulo minha baba. É uma maravilha que minha boceta não crie apêndices e invada minha calcinha vibratória para fazê-la funcionar sem o controle remoto.

O controle remoto que provavelmente está no bolso dele.

— Olá, Lemon — diz ele ao se aproximar, enfatizando o "O" do meu nome com seu sotaque delicioso.

— Oi — Eu, de alguma forma, consigo dizer sem desmaiar de desejo.

Ele olha imperiosamente para a hostess. — Eu liguei para uma sala privada. Sob Skulme.

Ela assente. — Sim, Sr. Skulme. A sala de tatami é por aqui.

Ela nos leva a uma sala sem cadeiras, apenas travesseiros e uma mesa baixa com piso fosco, tudo cercado por paredes de papel – não exatamente o cenário que me vem à mente quando penso em 'privado', mas ainda melhor do que uma mesa aberta.

O Russo tira os sapatos antes de entrar na sala e

senta de pernas cruzadas no chão, com as costas graciosamente retas.

Que gostoso e caseiro.

Pulso acelerando, tiro meus sapatos também e me ajoelho no travesseiro em frente a ele. A pose me faz sentir como uma gueixa prestes a realizar uma cerimônia do chá – ou felação. Corando, eu mudo para um estilo de sentar de pernas cruzadas, fazendo o meu melhor para imitá-lo.

A hostess promete chamar nossa garçonete e fecha a porta de papel.

Eu limpo minha garganta. Hora de descobrir por que estamos aqui. — Então, Sr. Skulme...

— Por favor. — Sua testa se enruga sensualmente. — Me chame de Art.

Eu já sei que ele atende por esse nome ao ler sua biografia, mas não tenho certeza se devo admitir isso porque não quero que ele pense em mim como uma stalker.

— OK, Art — digo, provando a palavra em torno da língua e gostando muito dela. — É a abreviação de Artjoms, certo?

Ele concorda. — Gosto de tornar mais fácil para as pessoas pronunciarem e, portanto, lembrarem do meu nome. Na Rússia, uso Artem, e aqui nos Estados Unidos, Art funciona melhor.

Cruzo novamente as pernas. Ele está tendo um efeito indesejado entre elas. — Isso é inteligente. Vendo como o balé é uma arte, esse apelido deve ser muito fácil de lembrar. A menos que... o balé seja uma arte ou um esporte?

— Ótima pergunta. Atletismo é importante no balé, mas...

Nossa porta de papel se abre e uma garçonete entra.

Eu torço meu nariz. Ela está usando muito perfume, o que amortece imediatamente minha libido – um efeito bem-vindo pela primeira vez. Só espero que ela não demore o suficiente para arruinar meu apetite por comida.

Ela coloca dois copos d'água na mesa, junto com os cardápios, um bule de chá, duas xícaras vazias e duas tigelas fumegantes com um líquido de cheiro saboroso.

— Água, sopa de missô e chá verde. — Ela aponta cerimoniosamente para cada um dos itens antes de partir.

Art e eu pegamos o bule ao mesmo tempo – e nossos dedos se tocam por um momento.

Engulo em seco. O choque sexual está como o que senti quando a escova de dentes estava no meu clitóris.

Ele também é afetado? Sua expressão é difícil de ler, então, não tenho ideia. Provavelmente não, no entanto. Por que ele seria? Ele faz malabarismos com lindas bailarinas para viver.

Puxando a mão para trás, ele afrouxa a gravata um milímetro e serve chá para nós dois antes de dizer: — Para finalizar meu pensamento, o balé é definitivamente uma forma de arte. Um esporte requer competição.

Resistindo ao impulso de me abanar, provo minha sopa e quase queimo minha língua. — Se você diz — digo depois de um grande gole de água para refrescar minha boca. — Não sei muito sobre balé, mas em *Cisne Negro* parecia muito competitivo.

Ele serve uma colher de sopa e, ao contrário de mim, ele sopra – o que me faz querer chupar seus lábios franzidos. — Esse não é meu filme favorito relacionado ao balé, mas a parte sobre a competitividade da bailarina é precisa – o que ainda não faz do balé um esporte. Os pintores também são competitivos. Músicos, ainda mais.

— Não tão competitivos quanto os dançarinos, no entanto. Basta olhar para todos os concorrentes em *So You Think You Can Dance.*

— É como dizer que a produção de filmes é um esporte por causa do Oscar.

Gambás me mordam. Como nos afastamos tanto da conversa que eu pretendia ter – investigar o motivo deste jantar? Bem, não há tempo como o presente. Eu bebo um pouco de sopa por bravura, mal saboreando, então deixo escapar: — Então, *Art*, por que você me convidou para jantar?

Ele me olha com uma expressão inescrutável. — Na Rússia, falar de negócios é considerado ruim para a digestão.

Então há negócios para discutir? Merda. O que é isso?

Engolindo a próxima colherada de sopa com dificuldade, eu digo: — Por que você simplesmente não me conta?

— Não.

— Ainda não estamos comendo alimentos sólidos.

Ele abre a boca para responder, mas a porta de papel se abre e a garçonete entra.

Caramba. O cheiro de perfume está de volta, e ela o interrompeu quando ele provavelmente estava prestes a me contar qual é o nosso 'negócio'.

— Vocês estão prontos para fazer o pedido? — Ela pergunta.

Art pega seu cardápio. — Estarei pronto em um segundo. — Ele olha para mim. — E você?

Qualquer coisa para me livrar da interrupção e obter ar puro. Abro meu menu em uma página familiar e aponto. — Vou querer o rolo de batata-doce e o rolo de salmão, abacate e manga, com molho de pimentão doce e enguia ao lado. — Eu olho para Art. — Pronto agora?

Seus lábios se contraem. — Uau, doce em cima de doce. Tem certeza de que não gostaria de regar os pãezinhos com calda de chocolate também?

Grr. Não isso de novo. Todo mundo é um crítico quando se trata de minhas preferências alimentares. Mas, ei, pelo menos ele não disse que estou prestes a comer 'sobremesa de sushi', que é como Gia chamou minhas entradas favoritas na última vez que viemos a este lugar.

Eu dou a ele um sorriso tão açucarado quanto o meu pedido. — Ora, sim, obrigada por essa ideia. Eu vou ter certeza de adicionar isso na próxima vez.

Art ri, balançando a cabeça, e faz seu próprio pedido – um prato muito chato e saudável de sashimi e pedaços de nigiri. Ele parece especialmente animado com tobiko, masago e ikura. Graças a Olive, minha irmã bióloga marinha que reclama da crueldade da indústria de frutos do mar e, portanto, é a pior pessoa para trazer para este lugar, sei que essas peças de sushi são feitas de ovas de peixe voador, ovas de peixe capelim e ovas de salmão, respectivamente . Ou, como ela diz "bebês inocentes em gestação".

— Pena que eles não têm sushi de caviar — digo. — Eu aposto que você entenderia isso.— Blue sempre fala sobre o quanto os russos amam caviar, vodka e ursos.

Art levanta uma sobrancelha. — Na verdade, pedi caviar. Os japoneses pegaram emprestado a palavra ikura da língua russa. O que você conhece como caviar é apenas um dos muitos tipos de ikra que apreciamos. O tipo preto que você está pensando vem do esturjão, mas também chamamos de ovas de salmão de 'caviar vermelho'. É muito popular.

A garçonete parece estar anotando tudo isso. Ela acha que haverá um teste sobre a cultura russa antes de deixarmos uma gorjeta?

— Algo mais? — Ela pergunta, olhando para Art com muita admiração para o meu gosto.

Nós dois balançamos a cabeça e ela sai, relutantemente fechando a porta de papel ao sair.

Finalmente.

Fixo Art com um olhar desafiador. — Você começou a me contar sobre o negócio que estamos aqui para discutir.

— Eu não quebro tradições — diz ele. — Vamos terminar de comer e, depois, conversar.

Cruzo os braços sobre o peito. — Superstições não são tradições.

Ele apenas bebe seu chá, irritantemente impassível.

Aff. Por que eu tinha que escolhê-lo, de todos os homens atléticos e sensuais por aí, para me fixar? — Certo. Conte-me sobre você, então. Por exemplo, você é letão ou russo? Você com certeza tem muitas superstições que sugerem o último.

Ele inclina a cabeça. — Você está perguntando por causa do meu sobrenome?

— Sim — digo, e não é uma mentira completa. Tenho uma noção do que ele está falando. Quando pesquisei "Art Skulme", os resultados foram sobre um famoso pintor letão. Depois disso, refiz a pesquisa com "Artjoms".

Ele parece pensativo agora. — Sabe, nunca pensei muito nisso. Nasci na União Soviética, em Riga, que é a capital da Letônia. Mas meus pais se mudaram para Moscou quando eu era criança e não tenho lembranças de Riga. Então, eu sou russo ou letão?

— Você fala russo ou letão?

— Russo. Mas isso é verdade para muitas pessoas nos países formados após o colapso da União Soviética.

— E quanto às suas superstições? São russas ou letãs?

Ele junta os dedos. — Russas, mas tenho certeza que eles têm as mesmas na Letônia.

Hum. — Você não pode seguir a famosa teoria científica relacionada aos patos?

Seus lábios se curvam. — Você quer dizer usar uma lógica rígida como: 'Se eu falo como um pato, sou russo'?

— Isso é errado?

— É muito americano — diz ele.

— Touché.

— Viu? Agora posso afirmar que você é francesa. Pense nisso. Você acabou de falar o idioma, e os franceses têm um prato chamado Duck à l'Orange. Limão e laranja são cítricos. Coincidência?

— Você tem um ponto. — Eu suspiro pesadamente. — Acho que vou pensar em você como letão.

Ele ri, um som baixo e deliciosamente masculino. — Está bem. Até novo aviso, você pode me considerar russo.

Uhuuu. Ele ainda é O Russo então. Tome essa, Blue. — Ok, então sobre o que os *russos* podem falar durante a sopa de missô?

Ele enfia a mão no bolso e puxa o controle remoto da minha calcinha.

Com um sorriso diabólico, ele diz: — Gostaria de aprender mais sobre este dispositivo.

CAPÍTULO
Dez

MEU ESTÔMAGO ENDURECE como um pau gigante. Meus dedos dos pés se enrolam como se tivessem um orgasmo proporcionado por... err... um pau gigante. E minhas orelhas ficam roxas como... porque não, um pau gigante.

A pior parte é que não tenho ideia de por que estou reagindo com tanta força. Eu sabia que ele tinha o controle remoto e coloquei aquela calcinha porque tive a fantasia de que ele a ativasse. No entanto, neste momento, tudo o que posso fazer é não sair correndo do restaurante gritando de vergonha – e não me importo se gritar de vergonha não seja uma coisa.

Minhas emoções devem estar expostas em todo o meu rosto – e provavelmente em outras partes do corpo – porque ele abaixa o controle remoto com a testa franzida. — Você está bem?

— Quero isso de volta — Consigo dizer e tento pegar o controle remoto.

Ele o puxa para fora do meu alcance. — Não tão rápido.

— Me dê. — Pego o controle remoto com toda a velocidade que consigo.

Seu domínio é como um torno.

Eu aperto o controle remoto.

Sem efeito.

Eu puxo com mais força. Gotas de suor na minha testa.

— O que você está fazendo? — Ele pergunta enquanto eu continuo puxando o controle remoto sem sucesso.

— Isso é meu — digo com os dentes cerrados e dou um puxão forte no controle remoto.

Gambás me mordam. Meus dedos devem ter pressionado o botão "ligar" porque minha calcinha começou a vibrar de repente.

Todo o sangue deixa meu rosto e corre para o sul enquanto sensações eróticas atacam meu núcleo. Ao mesmo tempo, a porta de papel se abre, e o cheiro do perfume invade minhas narinas quando a garçonete entra, segurando duas tigelas.

Isso não pode estar acontecendo.

Eu canalizo toda a minha mortificação para puxar com mais força – e não tenho certeza se é a chegada da garçonete ou Art finalmente percebendo meu desespero, mas ele solta o controle remoto.

O problema é que eu não esperava a falta de resistência, então, meu puxão faz minha mão ricochetear para trás, acertando o peito da garçonete. O controle remoto voa de meus dedos e cai – para meus olhos horrorizados, em câmera lenta.

Primeiro, ele faz três rotações no ar.

Em seguida, atinge a borda da minha tigela.

Por fim, afoga-se na sopa de missô.

Caralho.

Minha calcinha começa a vibrar a toda velocidade. A sopa deve ter causado um curto-circuito no controle remoto.

— Sinto muito! — Eu suspiro quando a garçonete grita, boquiaberta para mim.

Ignorando-a, Art enfia a mão na minha tigela de sopa e pega o controle remoto.

— Eu não queria que isso acontecesse — diz ele com sinceridade. — Aqui. — Ele empurra o dispositivo molhado na minha mão.

— Eu realmente sinto muito — Murmuro para a pobre garçonete antes de apertar o botão "desligar" como se fosse um alarme de incêndio e, em vez de vibrar, minha calcinha estava pegando fogo – estilo enlouquecido.

Nada acontece.

Bem, isso não é verdade. A garçonete olha para mim como se eu fosse o Anticristo, e estou cada vez mais perto de outro orgasmo indesejado – uma espécie de trio.

— Desculpe-me — digo sem fôlego e voo para fora da sala de tatame, empurrando minha vítima malcheirosa para fora do caminho.

Mover minhas pernas faz com que as vibrações entre elas pareçam mais intensas, colocando-me em risco real de ter o primeiro orgasmo em movimento. E, naturalmente, há uma boa família com filhos pequenos discutindo o cardápio bem na minha frente.

É oficial. Estou me masturbando perto de crianças, como um pedófilo. O que vem a seguir, 'dedilhado' em um necrotério? 'Testar o encanamento' em um matadouro?

Cerrando os dentes, ignoro as sensações entre minhas pernas, desvio os olhos das crianças e acelero o passo. Finalmente, chego ao banheiro feminino e agarro a maçaneta como se fosse uma tábua de salvação.

A filha da puta nem se mexe.

Eu brigo com ela, um tanto violentamente.

Não.

Eu bato, definitivamente com violência.

— Ocupado — diz uma voz feminina irritada atrás da porta.

Gambás selvagens. Eu pulo de um pé para o outro, olhando desesperadamente ao redor.

Um garçom que passa olha para mim com uma expressão preocupada. Ele provavelmente está preocupado que eu tenha uma diarréia explosiva e ele terá que limpá-la.

Meus olhos caem no banheiro masculino.

Ouso ou não?

Sim. Tempos de desespero e tudo isso. Vou direto para a porta e alcanço a maçaneta.

Antes que minha mão atinja seu alvo, a porta se abre, quase batendo em meu rosto.

Eu cambaleio para trás.

Um senhor mais velho de aparência confusa sai, olhando para mim como se eu pudesse ter raiva.

— É uma emergência — Ofego. — Tem mais alguém aí?

Ele parece ofendido. — São banheiros de cabine única.

Ótimo. Acabei de acusá-lo de algo estranho. Bom andamento. Tudo o que resta a fazer é gemer como uma estrela pornô, e ele terá uma história muito embaraçosa para contar aos netos.

Em minha defesa, eu sabia que o banheiro feminino é para uma pessoa, mas os caras não têm um banheiro e um mictório lá? Isso pode atender duas pessoas.

Murmurando um fraco "obrigada", corro para o banheiro e fecho a porta.

O mais desagradável dos cheiros atinge minhas narinas como uma bola de demolição.

Com os olhos lacrimejando, pego um pouco de papel do dispensador e o pressiono contra o nariz.

Não. Isso não é melhor. Agora, sinto cheiro de papel velho, além do horror indescritível que estava tentando mascarar.

Certo. Quem precisa respirar, afinal?

Tranco a porta. Então, ainda sem respirar, tiro minha calça jeans.

A falta de oxigênio parece intensificar o efeito da calcinha vibratória. É por isso que as pessoas correm o risco na asfixia erótica? Não tenho ideia, mas meu suprimento de oxigênio está diminuindo a cada segundo. Relutantemente, deixo entrar um pequeno suspiro. A última coisa que quero é desmaiar aqui, em um banheiro masculino com meu jeans em torno de meus tornozelos e minha calcinha vibrando a toda velocidade.

Que se foda. O cheiro é ainda pior nesta inalação. Pelo lado positivo, se eu quisesse fazer aquele orgasmo recuar, missão cumprida.

Prendendo a respiração mais uma vez, luto para tirar minha calcinha.

Finalmente.

Eu puxo o jeans de volta, fico sem a calcinha, e coloco-a ainda vibrando na lata de lixo. Minha visão está nublada, mas ainda paro um momento para pegar algumas toalhas de papel do dispensador e colocá-las sobre a calcinha.

Pronto. Esperançosamente, ninguém notará ou, se notarem, pensarão que algum pervertido fez isso.

Espere. Acabei de envergonhar os caras que gostam de jogar fora cuecas vibratórias no banheiro masculino? Bem, tanto faz. É difícil ser politicamente correto com tão pouco oxigênio no cérebro.

Saio correndo do banheiro e inspiro o ar limpo com toda a força de meus pulmões, minhas costas pressionadas contra a porta para me apoiar.

Quando a brancura ao redor da minha visão se dissipa, percebo que alguém está parado na minha frente.

Art.

Aqueles olhos de chocolate são inconfundíveis.

Ele olha para a placa na porta que indica claramente o banheiro masculino. — Você...

— Eu não quero falar sobre isso. — Mesmo com o novo ar em meus pulmões, a frase sai ofegante.

Suas sobrancelhas se abaixam. — Mas...

— Falei sério. Eu nunca, nunca, quero falar sobre isso.

Para meu grande alívio, ele não insiste mais. — Vamos voltar para a mesa, então?

Eu concordo.

Ele gesticula para que eu assuma a liderança.

Corando carmesim, eu me viro na direção da nossa mesa.

Enquanto ando, meu sexo, ainda sensível à vibração, esfrega contra o material áspero do jeans, colocando-me em risco de um orgasmo mais uma vez. A proximidade de Art não ajuda.

Se me brotar cabelos grisalhos – ou púbis grisalhos – a culpa é desse incidente.

Eu mantenho minha cabeça baixa e meus olhos longe das crianças inocentes por perto. Assim que chegamos à sala de tatame, sento-me de pernas cruzadas e ajusto meu jeans para ter certeza de que nenhuma parte do jeans está, err, provocando a xana.

Quando eu olho para cima, os olhos de Art estão brilhando de diversão. Gambás me mordam. Deve ter parecido que eu estava agarrando minha virilha.

Eu limpo minha garganta quando ele se senta na minha frente. — Então... — Eu começo sem jeito. Não tenho ideia de para onde vamos a partir daqui, mas, felizmente, ele vem em meu socorro.

— Fale-me sobre você — diz ele.

Merda. Este dificilmente é um tópico melhor. O que

posso compartilhar sem me envergonhar ainda mais? Certamente nada sobre o meu blog. Ou minha paixão por ele. Ou...

— Não pense demais — diz ele, lendo com precisão o meu pânico. — Para começar, conte-me sobre sua família.

Família? Isso é uma mina terrestre também. Eu respiro fundo. — Que tal um quid pro quo? Se eu te contar coisas, você tem que me contar coisas.

Ele inclina a cabeça. — Você acha que o nome informal da moeda britânica tem algo a ver com a parte 'quid' dessa expressão?

— Acho que é um ditado latino. Eu o encontrei pela primeira vez em *O Silêncio dos Inocentes*.

— O que é *O Silêncio dos Inocentes*?

Eu fico boquiaberta com ele. — Um filme. Você sabe, 'Ele esfrega a loção na pele'?

Ele olha para mim como se eu pudesse comer seu fígado com algumas favas e um bom Chianti.

Reviro os olhos. — Quando você chegar em casa, tem que assistir.

Ele pega o telefone e digita algo na tela. Meus dois palpites são: "assista *O Silêncio dos Inocentes*" ou "obtenha uma ordem de restrição contra Lemon Hyman."

Escondendo o telefone, ele prova a sopa e diz: — Tudo bem. Que tal você ir primeiro?

Na velocidade de um adolescente bêbado tomando uma decisão ruim, eu deixo escapar: — Você é casado?

Sua postura relaxada enrijece, os músculos de seu

antebraço ficam rígidos. E ele acabou de se engasgar com a sopa?

Tão repentinamente quanto a estranheza começou, acabou – e ele até sorriu, como se nada tivesse acontecido. — Não, eu não sou casado. Nunca fui. Você?

— O mesmo — digo, mas meus pensamentos fervilham descontroladamente.

Por que a reação? Fiz a pergunta porque parecia segura. Quando o persegui online, não houve menção a uma esposa ou namorada, mas, e se ele tiver uma na Rússia e acabou de mentir sobre isso?

Merda. Merda. Ela poderia ser sua esposa secreta. Afinal, ser solteiro pode ser bom para sua carreira. Ou pode ser como em *Jane Eyre*, onde, alerta de spoiler, a esposa estava...

— É a sua vez do 'quo' — diz ele. — Ou seria o 'quid'?

Certo. Mais perguntas, e não posso perguntar exatamente: "Tem *certeza* de que não é casado? Estaria disposto a jurar isso sobre a Bíblia?"

A porta de papel desliza e a garçonete entra com nossa comida, acompanhada por uma nuvem de perfume que me dá vontade de vomitar.

Eu uso o indulto que ela oferece para pensar em algo seguro para perguntar a Art, e assim que ela sai, eu digo: — O que você gosta de fazer para se divertir?

A pergunta é sem imaginação, mas melhor do que as muitas alternativas que eu tinha na cabeça. Além disso, estou tendo problemas para respirar graças ao perfume.

Antes que ele possa responder, pego a garrafa de molho de soja. No entanto, ele a arranca de minhas mãos e estala a língua, tsk-tsk. — Você não pode se servir disso.

Eu pisco. — Por que não?

— Outro costume russo. Como o cavalheiro à mesa, tenho que servi-la.

Eu quase engasgo com minha própria língua. Servir-me? Sim, por favor. Onde eu assino?

Tomando minha expressão de olhos esbugalhados como consentimento, ele enche meu pires com molho de soja. Caramba. Achei que me servir envolveria encher outras coisas com outras coisas.

Tardiamente, percebo que o costume é um pouco chauvinista, mas não poderei dizer: "Ei, não me sirva", com uma cara séria.

— Você quer que eu adicione wasabi a isso? — Ele pergunta.

— Não, obrigada. Vou mergulhar meu sushi no molho de enguia e no molho de pimenta doce.

— Em outras palavras, açúcar.

Aff. Isso de novo. — É isso que você gosta de fazer para se divertir – trabalhar como policial açucareiro?

Com uma risada, ele se serve de um pouco de molho de soja, e pega os pauzinhos e habilmente pega um pedaço de ikura de seu prato. — Banya.

— O quê? — Pego meus pauzinhos muito mais desajeitadamente. — Já ouvi falar de figueiras-de-bengala e acho que existe uma vestimenta semelhante a um quimono com o mesmo nome, mas...

— Banya – sem 'n' no final. É uma casa de banho de

estilo russo com sauna a vapor. É o que eu gosto de fazer para me divertir.

— Oh? — Pego um pedaço do meu rolo de batata-doce e o sufoco desafiadoramente em ambos os molhos doces. — Suar é divertido?

— Muito divertido — diz ele. — Banya é um costume antigo e extremamente importante na cultura russa. Letã também. Tanto os servos quanto os nobres usavam essas casas de banho no passado, e hoje os empresários e políticos russos se reúnem nelas, assim como os cidadãos comuns.

Ah. — Banya deve ter sido o lugar onde Viggo Mortensen nu foi esfaqueado por aqueles mafiosos russos.

Enquanto falo, imagens de Art nu penetram em meu cérebro. Ele está brilhando com gotas de suor e consegue cheirar deliciosamente.

Oh, céus. Estou hiperconsciente da minha calcinha perdida de repente.

Art faz caretas. — Banya é um lugar espiritual, um lugar sagrado. Nenhum assassinato deveria acontecer lá.

Pode-se argumentar que nenhum assassinato deveria acontecer em lugar nenhum, mas o que eu sei?

— Sua vez. — Ele aponta seus pauzinhos para mim. — O que você faz para se divertir?

Ei, pelo menos ele parece ter esquecido a questão da família.

— Filmes — digo. — Gosto de assistir a filmes.

Não acrescento que gosto particularmente daqueles com cenas de masturbação, como a de *Cisne Negro*, e com cenas de sexo plenas à la *Cinquenta Tons de Cinza*. Para pesquisa do blog, é claro.

Ele me olha com exasperação. — Quem *não* gosta de filmes? Dê-me algo mais pessoal.

— Doces — Deixo escapar. — Eu gosto de doces.

Seus olhos cor de chocolate brilham. — De jeito nenhum. Eu não poderia ter adivinhado *isso*.

Eu bufo. — Bem, é um hobby que não é pior do que suar com outras pessoas.

— Doces são um vício, não um hobby — diz ele. — Um desejo por doces é realmente um desejo por frutas.

Claro, se cheesecake crescesse em árvores.

— De qualquer forma. — Bato no ar com meus pauzinhos, como um mestre de kung-fu pegando uma mosca. —, já que eu compartilhei duas coisas, você me deve um 'quid' e um 'pro'.

— Sim, claro. Não é como se eu não suspeitasse que você tinha o hábito de comer doces antes de se voluntariar.

— Vai bater asas se acovardando para responder a duas perguntas?

Seus lábios se curvam. — Sabe, nunca entendi por que uma galinha é um símbolo de covardia em inglês. Na verdade, são pássaros muito corajosos.

Ele tem razão. Na fazenda dos meus pais, as galinhas eram tudo, menos covardes. Eu as vi perseguir todos os tipos de animais selvagens.

Eu não me distraio de novo, no entanto. — É mais uma pergunta que você está me fazendo?

Ele suspira. — Apenas vá em frente e me pergunte uma coisa.

— Quando você começou o balé?

Ele come seu ikura em contemplação pensativa. — Quando eu tinha quatro anos.

— Uau. Isso é muito jovem.

Ele dá de ombros. — Não me lembro de uma época em que não dancei.

— Um dos seus pais gosta de balé?

Espero que ele reclame por fazer uma segunda pergunta, mas ele não o faz. Em vez disso, seu olhar se fecha quando ele responde: — Não sei. Eles morreram antes de eu começar a dançar.

CAPÍTULO

Onze

A COMIDA na minha boca perde toda a doçura.

Seus pais estão mortos?

Imagino um pequeno Art, órfão, e um nó se forma em minha garganta. — Sinto muito.

Ele me dá um sorriso tenso. — Tudo bem.

Não, não está. Estendo a mão e cubro sua mão grande com a minha. — Posso perguntar o que aconteceu?

Ele levanta um ombro largo em um encolher de ombros. — Foi um acidente de ônibus. Soube dos detalhes em artigos de notícias quando fiquei mais velho. O motorista perdeu o controle em uma estrada gelada e o ônibus bateu em um caminhão, matando meus pais e vários outros passageiros.

Eu aperto sua mão. — Eu sinto muito.

— Não se preocupe com isso. Foi há muito tempo.

Eu mordo meu lábio. — Então... você foi criado por parentes?

— O governo, na verdade — Ele diz enquanto eu

puxo minha mão de volta. Ele parece casual agora, como se tudo isso fosse realmente uma notícia velha. — Meus avós já haviam falecido e meus pais não tinham outros parentes próximos. Eles também não tinham muitos amigos em Moscou, já que haviam se mudado para lá recentemente.

Imagens de orfanatos degradados e superlotados retratados em filmes passam pela minha mente. Meu rosto deve refletir o horror que estou sentindo, porque ele sorri levemente e diz: — Não foi o que você está pensando. Meu *detdom* foi realmente bom. Pelo menos, foi para mim. O balé é muito popular na Rússia e mostrei talento desde muito jovem. Meus professores se orgulhavam de minha carreira e se certificaram de que eu fosse bem cuidado. — Ele inclina a cabeça para o lado, me estudando. — E você? Qual é a sua situação familiar? Você mencionou irmãs, no plural?

Quero investigar mais, mas não quero aborrecê-lo e, além disso, ainda estamos no modo quid pro quo.

— A minha situação de irmãs é tão plural quanto possível. — Eu me preparo. — Somos oito.

Sua reação é típica, uma expressão estupefata que parece dizer: "Por que ninguém disse a seus pais 'basta' por volta da garota número cinco?"

— Nós viemos em dois grupos — Eu continuo antes que ele possa me encher de perguntas. — Duas gêmeas idênticas e seis sêxtuplas idênticas. Eu faço parte do último grupo – ou ninhada, como algumas de nós chamam.

A reação de acompanhamento também é típica. Agora, ele está tentando imaginar um exército de mim e acha a ideia assustadora. No entanto, há também uma melancolia em sua expressão que nunca encontrei durante esta conversa antes.

— Sêxtuplas — Ele murmura. — Como?

— É uma longa história.

— Que tal você me dar a *emergência* disso?

Meus olhos quase saltam para fora do meu crânio. Estou com tanto tesão que desejo tudo com emergência também, ou ele realmente disse isso? — O quê?

Ele franze a testa. — Eu só quero a emergência da história.

Sim. Quase caio de tanto rir histericamente. Quando me recupero, digo: — Tem certeza de que não está se referindo à *essência* da história?

Ele pega o telefone, toca na tela algumas vezes e sorri com tristeza. — Acho que me confundi com seu idioma. Eu quis dizer *essência*.

Eu tento não rir. — OK. Bem, as gêmeas vieram primeiro, e *emergência* pode ter estado envolvido em criá-las. Então, nossos pais queriam um menino, mas o método natural não estava funcionando. — A parte que pulo é o detalhe que meus pais costumam abordar quando falam sobre as coisas do tipo Kama Sutra que tentaram fazer para aquele menino. — Eventualmente, eles passaram por um tratamento de fertilidade – novamente, emergência estava envolvida – e minhas irmãs de ninhada e eu fomos o resultado. O Universo tem um senso de ironia.

Em vez de rir, ele está me olhando com uma expressão difícil de ler. — Deve ser bom fazer parte de uma família tão grande — diz ele, e há aquela pitada de melancolia novamente.

Meu peito aperta. Eu sou uma idiota. Aqui está ele, me dizendo que está sozinho no mundo, e eu basicamente me gabo do meu bando de irmãs.

Eu tento torná-lo melhor. — Crescer cercado por tantas garotas não é tão divertido quanto parece.

— Eu posso ver isso — diz ele. — Apesar de não compartilharmos sangue, alguns dos meninos do *detdom* eram como irmãos para mim, e éramos mais de oito.

Huh. Temos mais em comum do que parece?

Acontece que sim. Enquanto conto a ele algumas das travessuras em que minhas irmãs e eu nos metemos, ele conta histórias estranhamente semelhantes – talvez com mais algumas armas de dedo e bastões usados como espadas em seu caso. Ah, e ele não foi exposto a tantos animais de fazenda enquanto crescia. Ou festas de chá. Ainda assim, ele e seus amigos de infância se ajudavam na escola, como eu e minhas irmãs, só que não podiam trocar de lugar nas provas. Eles apenas tinham um sistema de quem faria o dever de casa para qual assunto e depois copiavam um do outro.

Estranhamente, imagino ter filhos com ele. Especificamente, meninos com olhos cor de chocolate. Mais especificamente, garotos que entrariam na mesma travessura que ele está descrevendo, então, piscariam seus olhos culpados, mas inocentes, para mim. Garotos que...

Espere. Eu preciso seriamente sair dessa.

Eu limpo minha garganta sem jeito. — Você ainda mantém contato com esses caras?

Ele concorda. — Faço videochamada com a maioria dos que estão na Rússia, mas, por sorte, alguns deles estão em Nova York, então, vejo esses caras pessoalmente.

— Isso é ótimo.

É bom saber que ele tem algo como uma família. Além disso, a parte verde-monstro em mim está feliz por ter alguém com quem socializar além das lindas bailarinas.

— E você? — Ele pega seu último pedaço de sushi. — Imagino que você veja muito suas irmãs?

— Algumas mais do que outras. — Começo a enfiar o resto da minha comida na boca em um ritmo acelerado. — Quão frio Moscou fica no inverno?

— Mais frio que Nova York, mas não tão frio quanto o Alasca. — Ele empurra o prato para longe. — O que você faz no trabalho?

Quase engasgo com a comida não engolida. — Isto e aquilo — Murmuro. — Estou meio que entre empregos no momento.

Ele parece feliz com meu status de desempregada? Estranho, mas melhor do que: "Tem certeza de que não escreve sobre masturbação como meio de vida?"

— Então. — Aponto para os pratos vazios à nossa frente. — Pronto para falar de negócios?

Ele levanta uma sobrancelha escura. — Sem sobremesa?

Gambás azedos. Ele tem razão. O bolo de crepe de

chá verde *é* meu prato favorito aqui, mas, novamente, eu realmente quero saber qual é o nosso negócio.

— Não quero sobremesa. — Se eu fosse o Pinóquio, meu nariz apunhalaria o rosto de Art.

— Tem certeza?

Maldito seja. Sua voz grave é tão sedutora quanto aquele crepe de chá verde. Seus cílios grossos também.

Eu forço um aceno de cabeça.

— Tudo bem — diz ele. — A razão pela qual eu convidei você para jantar é porque eu quero que você...

A garçonete abre a porta de papel.

Art para de falar tão de repente que você pensaria que ele estava prestes a revelar os códigos de lançamento nuclear russo.

Eu olho para ela. Não só esta é a segunda vez que ela o interrompe me contando sobre o que é esse não-encontro, mas parece que ela colocou mais fumaça fedorenta.

A garçonete parece entender que ela não é bem-vinda. Rapidamente pegando tudo da mesa, ela sai correndo.

— Você estava dizendo?— Eu digo assim que a porta é fechada novamente. — Você me chamou aqui porque...?

Art respira fundo. — Porque eu quero que você se case comigo.

CAPÍTULO
Doze

EU BATO MEUS CÍLIOS RAPIDAMENTE. — O que você acabou de dizer?

— Eu quero que você se case comigo — Ele enuncia.

OK, então isso não é um truque pregado em mim pelos meus ouvidos, no qual meu pulso está batendo loucamente. Este espécime masculino divino está propondo casamento sagrado para *moi*? A menos que... o inglês dele esteja falhando de novo? Ele quis dizer "cace comigo"? Ele está acostumado a muitas bailarinas, então...

— *Faux* casamento, é claro — Acrescenta.

Oh. Ele quis dizer "casar", mas não da maneira que eu pensei.

Gambás malcheirosos. Por que meu coração simplesmente afundou? Essa é a reação mais estúpida da história das reações. Claro, ele não me proporia genuinamente no primeiro encontro e, se o fizesse, eu deveria tratar isso como uma condição psiquiátrica, não ficar feliz com isso.

— É para fins de imigração? — Eu pergunto, enterrando minha decepção ilógica a pelo menos um metro e oitenta de profundidade.

— Você acertou — diz ele. — Eu preciso de um green card.

— Por quê? — Essa é claramente a mais agressiva das milhões de perguntas que giram em minha cabeça. Quase deixo escapar.

— Quero me aposentar, mas estou aqui com visto de trabalho — diz. — E eu gosto da América.

Eu luto contra o desejo de sacudi-lo. — Quero dizer, 'Por que eu?'— Então, eu processo o que ele disse. — Você quer se aposentar do balé?

— Por que não você? — Ele me olha, como se estivesse se perguntando a mesma coisa. — Quanto a me aposentar, tenho trinta e cinco.

Ele o quê? Uau. Achei que ele era mais novo. Ele parece mais jovem. Deve ser toda a abstinência de sobremesa.

Hum. Trinta e cinco parece uma idade legítima para parar de dançar. Todos aqueles saltos e piruetas – sem falar no malabarismo com bailarina – devem exigir muito daquele corpo sexy.

— Eu vou pagar pelo seu trabalho, é claro — diz ele.

Eu pisco os cílios para ele mais rápido.

Eu nem pensei nesse aspecto dessa proposta (indecente?). Agora que estou pensando nisso, percebo que é bom que ele esteja planejando usar dinheiro em vez de *kompromat* para me fazer aceitar.

Embora eu tenha dificuldade para falar, uma

pergunta consegue se espremer em meus lábios: — Quanto?

Ele pega o telefone e digita algo.

Meu telefone toca.

Eu verifico em uma névoa.

É uma mensagem dele com um número.

Um número alto.

Eu levanto meus olhos para os dele. — O que é isso? — Ele não pode...

— Essa será sua compensação se você disser sim.

Eu dou outra olhada no número, e verifico se ele não está brincando.

Não. Ele parece sério. — Não é o suficiente? Posso subir vinte por cento.

Eu o encaro. — Isso é em rublos?

Ele relaxa visivelmente. — Não. Dólares americanos. Em rublos, isso mal cobriria um mês de aluguel.

Uau. Eu poderia pagar um monte de aluguel com essa quantia de dólares. Mas isso é uma loucura. Não posso me casar com ele, posso?

Balanço a cabeça, mas não parece convincente.

— Ok, que tal se eu aumentar cinquenta por cento? — Ele pergunta, claramente confundindo meu aceno de cabeça.

Como ele tem tanto dinheiro? Bailarinos ganham muito?

Atordoada demais para falar, olho para o meu telefone e digito na barra de pesquisa "quanto ganham dançarinos de balé?"

Não. De acordo com o artigo que li, os salários dos dançarinos de balé geralmente estão na casa dos cinco dígitos, embora alguns possam ganhar um pouco mais. Dadas as dietas a que têm de aderir, muitos deles são "artistas famintos", literal e figurativamente.

Ele suspira. — Você é uma boa negociadora. Que tal se eu dobrar?

Estou ainda mais sem palavras. Com esta nova oferta, poderei quitar minha dívida de cartão de crédito e não terei que me preocupar com meu aluguel por um bom tempo.

Claramente, ele não está operando com o salário de um dançarino. Então, de onde vem esse dinheiro... e eu me importo?

Bem, eu me importo se foi obtido ilegalmente, que é para onde minha mente vai.

— Você é da máfia? — Eu deixo escapar.

Idiota. Mil vezes idiota. Na melhor das hipóteses, ele poderia responder no estilo do Poderoso Chefão: "Não me pergunte sobre o meu negócio".

Ele inclina a cabeça, os lábios se contraindo. — O que te deu essa ideia?

— A quantia — digo. — E *John Wick*.

— Outro filme?

Sentindo-me boba, examino a mesa entre nós. — Ele é um assassino que trabalha para a máfia. Russa. No local onde ele treinou, eles praticavam balé. — Art ri enquanto acrescento defensivamente: — Os dançarinos costumam ser retratados como violentos na ficção – basta olhar para *Amor, Sublime Amor*. Eu não sou louca.

Também vi russos fazendo balé em um filme de espionagem que Blue me fez assistir. Art poderia ser um espião? Talvez a Rússia queira segredos de masturbação americanos de mim? Mas não. Blue o liberou disso. Eu me pergunto se ela também verificou o banco de dados da máfia.

— Não estou na máfia — diz ele pacientemente. — Eu sou um investidor.

— Um investidor?

— Sabe, eu compro coisas e vendo com lucro. Coisas legais, como ações, títulos, opções, criptomoedas, imóveis.

Quaisquer que sejam as "ações", sinto algo em mim subindo. — Eu sei o que é um investidor.

— Excelente. Então, o que você diz sobre minha proposta?

Um "não" está na ponta da língua, mas me lembro da quantia em questão e quase digo "sim". Em geral, meus pensamentos são como melaço na Sibéria.

Com grande esforço, consigo juntar uma frase. — Posso pensar sobre isso?

— É claro. — Ele ergue seus dedos fortes. — Eu não espero que você tome uma decisão tão importante levianamente.

Certo. Claro. Casamento não é algo que você decide levianamente – um eufemismo do tamanho da protuberância em suas meias de balé.

— Que tal pedirmos a conta?— Ele sugere. — Você pode pensar sobre isso em casa.

Eu concordo.

Ele abre nossa porta e acena.

Uma das perguntas congeladas na minha cabeça finalmente passa pelos meus lábios.

— Por que não encontrar uma mulher de verdade?

Ele me dá uma olhada divertida. — Eu acho que você *é* uma mulher de verdade.

Eu resisto ao impulso de rosnar. — Quero dizer, uma mulher que se casaria com você de verdade?

Bastaria que ele jogasse seu cinturão de dança para a plateia após uma apresentação. Haveria centenas de interessadas, e isso antes de descobrirem que ele é rico.

Ele semicerra os olhos para mim. — É a sua vez para o quid pro quo?

— Acabou — digo. — Estamos falando de negócios agora.

Ele suspira. — Para casar de verdade, você precisa encontrar a pessoa certa, e eu ainda não encontrei. Tenho estado muito ocupado. Além disso, não seria justo namorar uma mulher quando o que eu preciso é de um green card.

Essa última parte é um bom ponto. — Ainda assim. Por que eu?

Ele dá de ombros. — Você já é uma infratora da lei.

Excelente. Agora ele está me lembrando sobre o arrombamento. Isso significa que a chantagem ainda está em jogo? Antes que eu possa sondar nessa direção, a garçonete volta com nossa conta. Imagino que Art pagará a conta, mas por educação pego minha carteira.

— Eu cuido disso — diz ele, parecendo insultado.

Deve ser alguma coisa russa. Talvez seja parte desse "serviço". Bem, tanto faz. De qualquer maneira, não posso pagar minha metade dessa conta.

Ele coloca várias notas sobre a mesa, que a garçonete pega com gratidão quando saímos da sala de tatame.

Um homem está conversando com um policial no

canto mais distante do restaurante e ouço as palavras "vibrando" e "pode ser uma bomba".

O policial assente, murmura algo sobre "viu alguma coisa, disse alguma coisa", então, faz uma ligação – presumo que seja para um esquadrão antibombas.

Nossa! Agarro o cotovelo de Art e o arrasto para fora do Miso Hungry. A última coisa que quero é estar lá quando o robô do esquadrão antibomba tirar minha calcinha vibratória da lixeira. Os policiais verificariam o interior da calça em busca de DNA? Será que sucos femininos...

— Tudo certo? — Art pergunta.

Olho para cima para vê-lo franzindo a testa para mim. — Sem problema. Acabei de lembrar que esqueci de desligar o fogão.

Ele não sabe que eu não possuo um fogão.

Ele estreita os olhos. — Se você quiser dizer não, tudo bem. Não precisa mentir.

Huh. Talvez ele não esteja me chantageando?

— Não — digo. — Quero dizer, não estou dizendo não.

Suas feições relaxam. — Então é um sim?

— Ainda é um 'preciso pensar sobre isso' — digo.

Ele se inclina mais perto. — Deixe-me saber assim que você tomar a decisão.

— Eu deixo. — Sua proximidade é inebriante.

— Você sabe — Ele murmura. —, na Rússia, nos abraçamos e nos beijamos na bochecha quando nos despedimos.

— Oh. — Meus braços se abrem para um abraço por vontade própria – ou a mando de meus ovários.

Ele me envolve.

Seria o mesmo que perguntar quantos macacos querem bananas? Acho que muitos, e a dita 'banana' gostaria muito de reverberar nas minhas partes íntimas.

Fica pior. Ou melhor, dependendo da sua perspectiva.

Seus músculos duros pressionam as partes moles em mim, e eu perco os dons da fala, do pensamento e talvez até do olfato.

Não. O cheiro ainda está lá, piorando as coisas. O aroma delicioso de Art é melhor do que qualquer sobremesa.

Lábios firmes tocam minha bochecha esquerda.

Santa Mãe Rússia. Todo esse abraço e beijo de despedida foi claramente inventado por uma mulher com tesão que queria acariciar um homem como Art.

Eu o beijo de volta e quase desmaio. A pele de sua bochecha barbada cheira de dar água na boca e – sim, eu sei que estou me repetindo – é melhor do que qualquer sobremesa.

Para minha grande decepção, ele se desconecta de mim, dando um passo para trás.

— Não demore — diz ele com voz rouca.

Eu apenas fico lá, boquiaberta como um salmão de sashimi fora d'água, enquanto Art se vira e entra em um táxi.

Sirenes soam ao longe.

Certo. A ameaça de bomba/calcinha. É melhor eu sumir.

———

Alguns minutos depois, estou no metrô com poucas lembranças de como cheguei lá. Quando o trem sai da estação, a força total do que aconteceu me atinge e começo a hiperventilar. Para meus companheiros de viagem, provavelmente pareço uma maluca prestes a gritar "o fim está próximo".

Art quer se casar comigo.

Eu.

Casando.

Com Art.

Eu seria a Sra. Lemon Skulme, supondo que eu adote o nome dele.

Ele gostaria que eu adotasse o nome dele?

Provavelmente. Ele parece um pouco antiquado. Além disso, pode parecer melhor para os oficiais de imigração.

Falando em oficiais de imigração, quão ilegal é essa oferta? Eu deveria perguntar a Honey. Ela é especialista em fraude. Mas não. Primeiro, eu teria que perguntar a Art se está tudo bem em tagarelar sobre este negócio. Aposto que não.

Gambás voadores. Estou realmente considerando isso? Estou, de verdade. O dinheiro é tão bom. Sem falar que a ideia de que eu seria a esposa de Art, mesmo que falsa, é extremamente atraente.

Meu batimento cardíaco acelera.

Essa última parte é o maior problema. Eu não deveria achar isso tão atraente. Esta é uma proposta falsa, nada mais. Não é uma desculpa para captar sentimentos. Os sentimentos seriam ruins.

Por um lado, Art pode ter uma esposa secreta na

Rússia. Ele hesitou na questão da esposa. Então, novamente, talvez ele tenha hesitado porque minha pergunta atingiu muito perto do negócio secreto que ele veio discutir: fazer de *mim* sua esposa.

Claro, mesmo que ele não tenha uma esposa secreta na Rússia, ele tem todas aquelas bailarinas lindas e delicadas literalmente na ponta dos dedos. Por que ele iria me querer? E mesmo que, por algum milagre, ele o tenha feito, ainda há o fato de que, se a imigração não acreditar em nosso ato de casamento, ele acabará voltando para a Rússia, pondo fim a qualquer relacionamento em potencial. Ah, e eu nunca disse a ele que minha visita ao camarim era eu sendo uma stalker, não agindo como um desafio, como afirmei. E há o...

O trem para, e percebo que estou prestes a perder minha parada. Salto e corro para o Terminal Marítimo. A sorte está comigo porque um barco espera ali, como se fosse só para mim.

No resto do caminho para casa, peso todos os prós e contras e chego à inevitável conclusão de que esta é uma oportunidade que simplesmente não posso deixar passar.

Preciso muito de dinheiro, e ele está me oferecendo muito.

A chave aqui é lembrar que é um casamento falso, não importa o quão gostoso ele cheire. E, ei, se eu me masturbar o suficiente, meus hormônios podem ficar sob controle e meu coração, a salvo dos encantos de Art.

Eu só preciso descobrir de quanta masturbação é suficiente.

E eu estou supondo que muita.

Treze

UMA NOITE SEM DORMIR DEPOIS, minha decisão permanece, então, envio uma mensagem de texto para Art com as boas notícias:

Minha resposta é sim.

Pelo menos é isso que pretendo escrever. Graças ao malvado autocorretor, o que ele realmente vê é:

Minha deposta é sim.

Ele deve entender o que quero dizer, porque responde instantaneamente:

Vamos nos encontrar e conversar sobre detalhes. Que tal um banya?

Banya? Como em um lugar onde você fica nu? Isso é loucura.

Ou é?

Vê-lo com menos roupas poderia me dar uma chance de testar minha teoria da masturbação.

Sim. É isso. Vou 'acariciar a senhorita Daisy' algumas vezes antes de ir e ver se ele ainda influencia minha libido.

Temos um encontro, respondo ansiosamente.

Enquanto espero por sua resposta, preparo meus brinquedos sexuais favoritos, junto com minha escova de dentes.

Quando se trata de brinquedos, sigo uma abordagem inspirada em Marie Kondo: não guardo brinquedos que não provoquem orgasmos seriamente alegres. Em vez de jogar fora os brinquedos indesejados, escrevo sobre eles em meu blog, depois os esterilizo e os vendo online.

Sim, é isso mesmo. Já vendi vibradores usados e até plugues anais. Sempre sou honesta sobre a condição de usado – e sempre sou a vendedora, nunca a compradora. Provavelmente são mulheres falidas como eu que os compram, mas talvez pervertidos também. Ah, e se minha irmã germofóbica, Gia, ouvisse sobre isso, ela provavelmente teria um colapso.

Quando saio do banheiro, Woofer inicia seu ciclo de limpeza.

Minha querida senhora humana, eu imploro a você, pelo amor da iRobot Corporation, mantenha seus fluidos de mamíferos longe do meu chão. Já é ruim o suficiente saber que a poeira tem sua pele morta.

Meu telefone toca.

É Art. Ele me dá a hora e o lugar.

Excelente.

Eu começo minha masturbação épica.

————

Estou andando engraçado quando me aproximo do meu destino em Brighton Beach. Talvez eu tenha exagerado nas vibrações da escova de dentes, algo que devo alertar meus leitores em meu próximo post no blog.

O banya chama-se Easy Fume, o que me traz à mente uma combinação horrível: promiscuidade sexual e fedorenta.

Art já está me esperando na porta, vestindo um elegante jeans escuro e uma camisa polo branca.

De repente, estou me sentindo desarrumada em minha calça de ioga.

Ele irradia um sorriso sensual para mim.

Oh, céus. Eu me masturbei o suficiente?

Ele me abraça.

Talvez não o suficiente.

Ele beija minha bochecha.

Definitivamente não foi o suficiente.

Antes que eu possa derreter em uma poça satisfeita a seus pés, ele pega o telefone e pergunta: — Quer tirar uma selfie?

O pedido é tão estranho que esfria minha libido. — Por quê?

Ele se inclina e sussurra: — Deveríamos deixar um rastro digital de nosso 'relacionamento' nas redes sociais.

Uau. Eu não sabia que haveria um componente público na próxima jogada.

Eu recuo um passo. — Eu vou estar no seu Instagram?

— E eu no seu — diz ele.

Claro. Isso é totalmente a mesma coisa. Tenho treze seguidores sortudos: sete irmãs, mamãe, papai e dois casais de avós. Ele tem milhares de fãs babando (e alguns homens) comentando cada post que ele faz.

Ele franze a testa. — Se você não estiver pronta...

— Tudo bem. — Eu corajosamente me aconchego com ele. — Tire a selfie.

Ele envolve o braço em volta dos meus ombros, acelerando minha pobre libido mais uma vez.

— Diga *vidente* — Art diz.

Tipo, um psíquico? Eu digo a palavra e a selfie está pronta.

— O que você acha? — Ele me mostra a tela.

Ele é muito fotogênico e eu não, o que aumenta tanto minha convicção de que ele está fora do meu alcance quanto meu medo de que os oficiais da imigração considerem tudo suspeito. Ainda assim, como há tanto dinheiro em jogo, digo que está fofa.

Ele posta a imagem. — Vamos suar.

———

Entramos e, antes que eu pudesse olhar em volta, o cheiro mais fétido atingiu minhas narinas, como uma bola de demolição fedorenta.

Porra do inferno. É assim que uma lobotomia deve ser.

Esqueci dos filtros nasais?

Eu sinto minhas narinas. Não. Estão aqui. Esta deve ser a versão diluída de qualquer que seja o fedor.

Meus olhos lacrimejam e eu respiro pela boca, o que me faz sentir o fedor da bomba nuclear.

O que é aquilo? Se um cheiro pudesse ser um filme de terror, seria este. Um filme que conta a triste história de um homem com halitose que se torna um peixe-zumbi – um tipo especial de morto-vivo ambulante que precisa comer cérebros de peixes em vez de humanos. Por muitas décadas, esse zumbi comeu apenas cérebros de peixe e nunca escovou seus dentes podres, até que um dia ele caiu em uma vala cheia de cerveja e fezes de peixe...

— O que há de errado? — Art me olha com uma preocupação proporcional ao fedor.

Eu não posso responder. Estou preocupada que, se tentar, posso vomitar no meu pseudo-noivo.

Sem minha decisão consciente, meus pés me tiram do banya.

Ufa. Mesmo aqui, do lado de fora, posso sentir o eco do que quer que seja.

Atravesso a rua correndo, avisto o calçadão à distância e vou direto para lá. O ar do oceano é a panaceia de que preciso. Chegando ao calçadão, recupero o fôlego, e é quando Art me alcança.

— O que aconteceu? — Ele pergunta, examinando-me como se eu pudesse estar sangrando por alguns orifícios. E, ei, se os cheiros pudessem fazer o nariz sangrar, o meu estaria jorrando agora.

— Esse cheiro — Suspiro.

Ele cheira o ar. — Que cheiro?

— Aqui não. Na casa banya.

Ele inclina a cabeça. — Eu não cheirei nada que justifique essa reação.

Eu respiro fundo. Em breve seremos falsos cônjuges, então é melhor ele conhecer sua noiva. — Sou extremamente sensível a cheiros. É uma maldição. A sujeira pode ter parecido apenas um odor levemente desagradável para você.

Suas sobrancelhas franzem. — Você sempre foi assim?

Eu dou de ombros. — Sou sensível desde que me lembro, mas isso começou a afetar muito o meu dia a dia depois de um incidente horrível na fazenda dos meus pais. No dia em que me mudei para a cidade, um gambá me atingiu. — Estremeço, como sempre que revivo aquelas memórias terríveis. — Desculpe. — Engulo um pouco de ar fresco. — Não gosto de falar sobre esse período sombrio da minha vida.

Foi quando a palavra "gambá" se tornou o pior insulto em meu arsenal – também "Pepe LePew", que estou guardando para alguém particularmente hediondo.

— Não se preocupe — diz ele suavemente. — Você não precisa entrar lá. Então, como foi o cheiro do banya para você? Foi fermentado? Esse lugar permite que você traga sua própria cerveja.

Eu concordo. — Notas de cerveja, mas essa não era a parte horrível. Havia algo terrivelmente suspeito. Servem *surströmming*?

Ele repete lentamente a palavra estranha. — O que é isso?

— Um prato sueco. O arenque fermentava em barris

por alguns meses e depois era mantido em latas por um ano. Naturalmente, é famoso por seu odor pungente.

Ele dá um tapa na testa teatralmente. — Ah. Você deve ter sentido o cheiro de *taranka*.

Eu tremo. O que quer que seja taranka, até soa sinistro, provavelmente porque compartilha uma raiz com a tarântula.

— Os russos comem tarântulas fermentadas? — Pergunto, apenas no caso. Se a resposta for sim, não vou me casar com um russo, mesmo que ele seja tão gostoso quanto Art, e mesmo que tudo seja falso. Quem diria que tarântulas fermentadas seriam o meu limite?

Art sorri, quase me fazendo repensar essa frase. — Não. Não são nativos da Rússia. *Taranka* é peixe salgado e seco.

Eu faço o meu melhor para não engasgar. Claro, não é tão nojento quanto um aracnídeo fermentado, mas o peixe é conhecido por seu cheiro, e ressecar coisas não é conhecido por fazê-las cheirar melhor. — Eu não sabia que os russos comem carne seca — É tudo o que consigo dizer.

— Seca é um pouco diferente — diz ele. — *Taranka* é o peixe inteiro, não apenas a carne cortada. Mas sim, os russos adoram, especialmente com cerveja e principalmente em reuniões sociais, como em um *banya*.

Um peixe inteiro? Parece um risco de asfixia, mas, ei, sufocar seria uma morte fácil, considerando o cheiro.

— Parece que banyas não são para mim. Talvez nós nos sentemos na areia em vez disso? — Aceno para a praia próxima.

Isso pode ser bem romântico, agora que penso nisso.

Ele acaricia o queixo. — Poderíamos ir para Sleepy Fly. É um banya mais chique, eles não permitem que ninguém traga comida e bebida de fora, e tenho certeza de que *taranka* não está no cardápio deles – não é chique o suficiente. É apenas uma curta caminhada até lá. — Ele aponta na direção de Coney Island. — Pode funcionar ainda melhor para nossos propósitos.

Antes que eu possa perguntar de que propósito ele está falando, Art caminha pelo calçadão tão rápido que preciso correr para acompanhá-lo.

Excelente. Ainda não chegamos à sauna e já estou suada. Mas, ei, ele se move com tanta graça que é um prazer assistir.

Alguns quarteirões depois, ele me leva a um prédio com uma placa em cirílico que provavelmente diz "Sleepy Fly", o que quer que isso signifique.

Entrando cautelosamente, dou uma grande fungada.

— Como está? — Ele pergunta, olhando para o meu nariz.

Eu suspiro. Não há cheiro de *taranka*, graças a Deus. Mas há um cheiro de cerveja, endro, alho, batatas fritas e outros alimentos picantes. Há também um forte cheiro de madeira cobrindo tudo e odores corporais suficientes para encher uma dúzia de vestiários da NFL.

— Eu acho que posso lidar com isso. — Principalmente porque preciso desse dinheiro e não quero que ele pense que sou diva demais para fingir casar.

Ele sorri para mim. — Você vai se divertir, eu prometo.

Antes que eu possa responder, uma senhora lutadora nos diz algo em russo. Art responde com um largo sorriso, depois, entrega a ela um maço de dinheiro. Em troca, ela lhe dá duas chaves, duas sacolas plásticas e dois pares de chinelos.

— Deixe que ela guarde seus objetos de valor — diz ele. — Esta chave é do seu armário.

Eu guardo meu celular no saquinho e entrego para a mulher, então, pego minha chave e vou para o vestiário.

Uau.

Isso é um monte de mulheres nuas. Mulheres lindas nuas.

Droga. Eles não permitem mulheres pouco atraentes na Rússia? Talvez não. Talvez seja como a antiga Esparta: todas as meninas que não são um sólido dez são jogadas das paredes do Kremlin.

Felizmente, estou usando meu maiô por baixo da roupa, e não preciso ficar nua na frente de todas essas supermodelos. Então, novamente, não poderei evitar esse destino na saída.

Calço os chinelos e saio do vestiário.

Oh, meu Deus.

Art já está me esperando – sem camisa nem calça.

Minha boca fica seca. Não tenho certeza se poderia ter me masturbado o suficiente para esse cenário, mesmo que isso fosse tudo que eu tivesse feito por uma semana. Falando em rodeios, esta imagem de Art vai direto para o meu 'banco de esfregar'.

Ele enfia uma toalha em minhas mãos, junto com um chapéu estranho.

— O que é isso? — Pergunto. O gorro é de lã e

pontiagudo, como o de uma bruxa. O desenho do chapéu é vagamente soviético – uma estrela vermelha.

Ele pega meu chapéu e o coloca na minha cabeça, depois coloca o dele – fazendo com que pareça sexy, em vez de idiota. — Isso é para proteger seu cérebro do calor.

— Aqui vai uma sugestão — digo. — Posso proteger meu cérebro não entrando em um lugar onde ele precise de um chapéu para se proteger.

— Oh, vamos lá — Ele murmura. — Estou ansioso para tirar sua virgindade banya.

Ele se vira, o que é bom, porque eu não gostaria que ele visse a explosão em meu rosto.

Virgindade Banya.

Obviamente, ele pode tirar isso, junto com qualquer virgindade que me resta, seja anal, pau entre os seios lubrificados ou bengala doce como vibrador no metrô.

Espere, o que estou dizendo? Ele é meu *falso* futuro marido. Todas as minhas virgindades restantes estão fora dos limites.

Entramos em um corredor que me lembra um restaurante, exceto que os clientes estão todos vestindo trajes de banho.

Ah. Era daí que vinham os aromas de comida e álcool.

Uma senhora de meia-idade de bochechas redondas que deve ser garçonete corre até Art e fala animadamente algo em russo. Seu perfume é forte o suficiente para perfurar a pele do Super-Homem e, sem meus filtros nasais, provavelmente me sufocaria até a morte.

— Oi, Marusja — Art diz a ela com um sorriso largo.
— O que você está fazendo aqui?

Ela responde em russo ainda mais rápido. Art se vira para mim e explica: — Marusja costumava trabalhar no Easy Fume e, como esse é meu *banya* habitual, nos conhecemos.

Pobre mulher. Ela teve que cheirar aquela coisa de *taranka* o dia todo. Não é à toa que ela abusa do perfume agora.

Marusja diz algo em russo novamente, e Art traduz: — Felizmente para nós, ela conseguiu um emprego aqui.

Ele pisca para ela com aprovação, e acho que ela pode desmaiar de alegria.

— O inglês de Marusja é incrível — Ele diz para mim, depois se vira para ela. — Minha namorada aqui só fala inglês, e é por isso que espero que você possa nos colocar em uma de suas mesas.

Eu sei que isso é falso, mas é tão bom ouvi-lo me chamar de sua namorada.

— Pelas bundas do czar — diz Marusja com um sotaque forte o suficiente para ser o vibrador de um rinoceronte. — Vou colocá-lo na melhor mesa, Sr. Skulme. — Ela gesticula para um ponto perto da janela.

O sorriso de Art é de derreter calcinhas, e estou falando da calcinha da vovó, no caso de Marusja. — Marusen'ka, por favor. Você vai finalmente me chamar de Art?

Ela dá uma risadinha e suas bochechas ficam do tom da bunda de um babuíno. — Com certeza. Por favor, sente-se.

— Obrigado. — Ele espera até que eu me sente antes de se sentar.

— Por que você costuma ir ao Easy Fume e não aqui? — Pergunto a Art enquanto Marusja nos entrega menus brilhantes. — Extravagante parece mais o seu estilo.

— *Parilkas* são mais quentes no meu antigo local — diz Marusja.

— *Parilka* é uma sauna a vapor? — Pergunto.

Ambos assentem.

— Vai o de sempre? — Marusja pergunta a Art.

— Sim, e duas doses de vodka — Ele responde.

Ela fica boquiaberta com ele. — Vodka, para você?

O sorriso dele parece falso? — Lemon e eu queremos celebrar nosso encontro.

Ela assente — Vou trazer.

Com uma agilidade impressionante, ela sai correndo.

— Vodka? — Pergunto.

— Só para posar nas fotos — diz ele.

Eu sorrio. — Qual é o seu 'de sempre'?

— Chá com limão. — Ele pisca para mim. — Também suco de cenoura e salada. O que você gostaria?

Ooh. Eu gosto do 'de sempre' dele. Sorrindo ainda mais, examino o menu, que é todo em russo. Pego meu telefone e inicio o aplicativo tradutor. Logo, estou lendo o menu traduzido – não que isso ajude muito. Mesmo em inglês, os pratos não soam nem um pouco familiares. Então, algo chamado *blins* chama minha atenção, principalmente por causa da lista de coisas que vem junto: geleia de cereja, mel, açúcar de confeiteiro e Nutella.

— O que são *blins*? — Pergunto.

— Eles são a versão russa dos crepes — diz ele com um sorriso. — Você deve ter visto eles escritos como *blinis* antes. Agora, deixe-me adivinhar, você está olhando para a versão doce, não salgada?

Eu zombo. — A menos que haja um cardápio de sobremesas, é isso que eu quero.

Ele suspira. — Pelo menos vai bem com chá. Vou pegar um *samovar* inteiro.

Marusja volta, trazendo dois copos cheios de um líquido claro.

Acho que os pedidos de vodka são uma prioridade aqui.

— Obrigado. — Ele pega os copos com cuidado e depois pede os crepes para mim. — Agora, você poderia tirar uma foto nossa, por favor?

Marusja afirma que fica feliz em ajudar, mas percebo uma ponta de ciúme no jeito que ela olha para mim.

— Diga xis — diz Marusja, a câmera pronta para funcionar.

— *Za zdorovye* — Art diz e bate seu copo com o meu.

Bebemos os shots enquanto ela tira a foto.

Uau. Nunca bebi vodka pura antes. Arde como uma DST.

O mais engraçado é a expressão no rosto de Art depois que ele bebe o shot. Você pensaria que ele tinha bebido metal derretido.

Para a próxima foto, Art passa o braço sobre meus ombros, fazendo meu batimento cardíaco disparar. Em seguida, tiramos uma foto em que colocamos os chapéus engraçados e fazemos caretas para combinar. Antes da próxima foto, Art sussurra em meu ouvido: — De vez em quando, podemos precisar fazer algum DPA leve. Tudo bem?

Em vez de responder, dou um beijo impulsivo nos lábios de Art.

Ueba. Sinto como se tivesse acabado de comer um bolo de chocolate quente e rico.

Quando me afasto, os olhos de Art têm um brilho estranho. Fui longe demais no departamento de DPA?

— Você pegou essa? — Pergunto a Marusja.

Por favor, diga não, então eu tenho que fazer isso de novo.

— *Da* — Resmunga Marusja, não escondendo mais seu ciúme.

Aproximando-se, ela bate o telefone na palma da minha mão "para ver se a self saiu bem".

Eu verifico.

Oh, sim. A imagem do selinho parece incrível – como se nossos lábios fossem conectados assim.

Art acena com aprovação quando mostro a ele. — Deixe-me postar isso.

Assim que suas redes sociais são atualizadas, Art desliga o telefone e me diz que é hora de visitar a *parilka*.

Voltamos até nos aproximarmos de um banco de madeira com um monte de baldes cheios de água em cima. Dentro dos baldes há alqueires de galhos de árvores secos, de molho como se fossem uma sopa esquisita. Ou talvez sejam vassouras sofisticadas para bruxas? Bruxas que gostam de suas vassouras molhadas? É disso que se tratam os chapéus?

Art puxa uma das vassouras com um sorriso satisfeito. — Isso é chamado de *venik*.

— Oh, isso explica tudo, obrigada.

— São galhos de bétula.

— Ah. Por que você não disse isso antes? Naturalmente, você traz uma vassoura feita de bétula para um spa. Isso é apenas lógica

Ele pisca. — Este lugar está para um spa assim como a vodka está para a root beer.

Falando em vodka, posso sentir um pequeno zumbido se espalhando em minhas veias.

— Tudo bem — digo com fingido mau humor. — Mantenha sua coisa *venik* misteriosa, veja se eu me importo.

Com um sorriso conhecedor, Art caminha até uma pilha de tábuas de madeira e pega uma. Ele aponta para uma porta de madeira grossa. — Quando eu abrir isso, entre rápido. Não queremos deixar escapar nenhum fumo.

— Fumo?

Ele franze a testa. — Chama-se *par* em russo. É o que chamamos de calor úmido dentro do banya.

Calor úmido? Quase engasgo com a língua. — Acho que a palavra que você está procurando é vapor.

— Batata, *kartoshka*. — Ele alcança a maçaneta da porta. — Apenas entre e você aprenderá o que realmente é *par*.

Eu obedeço ao meu noivo.

Calor úmido, aqui vou eu.

CAPÍTULO
Catorze

Dentro da sala, as coisas são *realmente* fumegantes, e não de uma forma carnal. Pelo menos ainda não.

Levo um momento para ver através de todo o vapor, mas quando o faço, fico boquiaberta com a cena – uma palavra perfeita para o que está acontecendo.

Uma mulher russa – que pode ser uma supermodelo – está esparramada de barriga para baixo em um banco próximo. As alças do sutiã estão abertas, as costas tonificadas expostas. Pairando sobre ela está um homem segurando o galho/*venik* na mão, levantado como se fosse um chicote e ele está prestes a...

Sim.

Ele a açoita com os galhos. Uma. Duas vezes.

Ela geme.

Espere um maldito segundo.

Banya é o nome de um clube russo secreto de BDSM?

— *S lyehkim parom* — diz Art ao casal.

— *S lyehkim parom* — Responde o Dominante em voz profunda.

— *S lyohkim parom* — diz a Submissa.

Art coloca a prancha de madeira que pegou em um banco livre, depois coloca uma toalha sobre ela e gesticula para ela.

— Como é? — Pergunto.

— Deite-se — diz ele.

Porra.

Eu estou tentada.

Mas ele é um falso futuro marido.

Ainda assim, não posso deixar de perguntar: — Você quer me bater?

Ele ri. — O *venik* é usado para atrair calor e vapor para sua pele. É um tipo de massagem. Não dói.

— Passo difícil — digo.

Ele dá de ombros. — Você provavelmente precisa se aquecer primeiro, de qualquer maneira.

Ele se senta na toalha e gesticula para que eu me sente ao lado dele.

Uau.

Gotas de umidade já estão caindo em seu peito nu. Eu quero lambê-las.

Banya estúpido. Estou começando a sentir muito vapor... na minha calcinha.

Eu me inclino e sussurro: — O que significa '*S lyohkim parom*'?

— Literalmente, 'tenha um vapor leve' — diz ele. — É uma saudação banya padrão. Significa apenas 'tenha um bom banho de vapor'.

Sim, ou talvez essa seja a palavra segura, para ser

usada quando a Sub quer que o Dom pegue leve na surra.

— Relaxe e aproveite — diz Art.

Mais fácil falar do que fazer. A temperatura está em algum lugar acima de noventa graus, e meu suor não é nada feminino. Graças a Deus pelo desodorante, senão eu federia. Falando em fedor, o odor corporal do Dom está me deixando tonta – e o calor não está ajudando em nada. Ou a dose de vodka. O que me mantém sã é Art. Seu cheirinho gostoso está bem mais próximo e contrabalança o 'cecê' do estranho.

A porta se abre, baixando a temperatura alguns graus, e uma nova pessoa entra na sala. Ele diz algo para Art e o par Dom/Sub em russo, e eles respondem ansiosamente com "Da".

O recém-chegado caminha até uma engenhoca parecida com um forno e a abre. A temperatura sobe um pouco.

Curioso.

Ele se inclina e noto um balde com água a seus pés, com uma concha dentro.

Espere um segundo...

Antes que eu possa dizer qualquer coisa, uma concha de água vai para o forno.

As brasas quentes (ou são pedras?) dentro fazem o tipo de som "shh" que uma mãe dragão faria se sua prole estivesse falando muito alto na biblioteca. Instantaneamente, um calor úmido de proporções cósmicas permeia a sala, lembrando a respiração da dita mamãe dragão, e a respiração fica mais difícil.

Não acredito que banya fedorento tenha *parilkas*

ainda mais quentes. Deve parecer um portal direto para o inferno.

O cara coloca mais água.

É assim que os canibais com uma dieta de baixo teor de gordura devem cozinhar sua comida – cozinhando-a no vapor.

Outra concha.

Estou à beira de desmaiar.

Olhando para o meu braço, fico surpresa por minha pele não estar com bolhas. Além disso, agora cheira ainda pior aqui. O desodorante do recém-chegado está faltando ou não é forte o suficiente. Eu me aproximo de meu futuro marido e de seu cheiro mágico, o que ajuda.

Art deve ter notado meu desconforto porque diz algo em russo, e o cara joga a concha no balde com um grunhido desapontado. Sentando-se à nossa frente, começa a se lambuzar com algo que, segundo meu nariz que nunca erra, deve ser mel.

Mel, claro. Essa provação já me lembra a experiência que um peru deve ter no Dia de Ação de Graças, então, por que não adicionar molho?

— Isso é ótimo para a pele — diz Art, seguindo meu olhar. — Da próxima vez, posso pegar um pouco para você.

Ele está se oferecendo para aplicá-lo? Ou lambê-lo? De qualquer forma, eu quero, mas não deveria.

O cara besuntado de mel interrompe minha linha de pensamento. Ele deve ter decidido que já está delicioso o suficiente agora, porque pega seu chicote de árvores e dá batidas nas próprias costas.

Entendido. Essa é uma maneira de expiar o pecado de tornar esta sala já quente ainda mais quente.

Ele grunhe de prazer, e a Submissa geme por perto – uma verdadeira orgia.

— Você quer ver como é a sensação, afinal? — Art murmura em meu ouvido.

— OK. — Espere, por que eu disse isso? Ele não está falando sobre...

Art me bate levemente com o chicote na parte inferior das minhas costas.

Santo calor úmido.

É como se minha parte inferior das costas voasse muito perto do sol, à la Icarus.

— Muito intenso? — Art pergunta.

— Sim.

— Você precisa ficar ainda mais quente — diz ele.

Claro. Mais quente é o que eu preciso neste momento.

Art põe a mão no meu ombro.

Uau. Ainda bem que tem todo esse outro calor úmido por perto, então, não preciso explicar o que está acontecendo com minha toalha graças ao toque dele.

— Faça o possível para respirar meditativamente — diz ele. — Vai te ajudar a relaxar.

Relaxar com a mão no meu ombro? Não nesta vida.

Ele remove a mão.

Não!

Certo.

Eu tento sua sugestão de respiração, apenas para domar as fantasias inapropriadas onde eu o cubro com mel e lambo, repetidamente.

Por mais impossível que pareça, eu respiro fundo cheio de vapor, e expiro uniformemente. E então novamente. E de novo.

Humm.

Estou começando a relaxar.

E realmente, realmente relaxo, como se eu tivesse um zumbido de vinho acontecendo.

Deve ser uma insolação chegando. Já ouvi falar de pessoas que adormecem antes de ficarem com hipotermia, então talvez algo semelhante aconteça do outro lado do espectro?

A sala ao meu redor começa a girar. Não percebo mais os sons de pessoas sendo espancadas, ou seus gemidos e grunhidos. Minha visão lentamente fica branca.

— Ei, aí — A voz de Art diz gentilmente, como se estivesse à distância. — Acho que isso pode ser o suficiente para sua imersão.

Hum. Acho que virei um macarrão molhado. Eu não posso me mover.

Mãos fortes me agarram. — Vamos te refrescar.

Eu resmungo algo ininteligível, e sinto Art me pegar e me carregar para algum lugar. Quando abro os olhos, ele está parado sobre uma pequena piscina, segurando-me como uma noiva.

Deve ser prática para o dia do nosso casamento falso.

Espere aí. Esses pingentes de gelo estão flutuando na superfície da piscina? Além disso, por que parece que Art está prestes a...

Splash.

Gambás diabólicos! O filho da puta pulou enquanto me segurava.

Espero que isso pareça com a vez em que Gia me forçou a participar do desafio do balde de gelo, mas, estranhamente, isso não aconteceu.

Minha pele parece espinhosa, não fria.

Depois de tanto calor, isso é refrescante.

Ainda me segurando, Art sai da piscina.

O mergulho gelado parece ter reiniciado minha função cerebral, e não posso deixar de notar que a água fria não fez Art encolher. Não. Se formos honestos, algo oposto está acontecendo.

Ele me põe de pé, tira nossos chapéus engraçados e sai por um segundo.

Quando ele volta, está segurando toalhas limpas.

— Devemos verificar nossa mesa — Ele diz quando nós dois nos enxugamos. — Depois disso, podemos usar a sala de massagem.

Eu me recuperei apenas o suficiente para arquear uma sobrancelha.

— Dessa forma, podemos discutir os próximos passos em privacidade. — Ele joga a toalha perto dos chapéus e pega minha mão.

Bem então. Se estiver envolvido em segurar as mãos, deixarei que ele me leve a qualquer lugar, mesmo de volta ao calor úmido.

———

Uma grande engenhoca de metal está sobre a mesa quando voltamos. Isso me lembra um bule super chique, só que bem alto. Deve ser o *samovar*. Ao lado disso estão mais duas doses de vodka.

— Não tem nada mais russo do que isso — Art diz, seguindo meu olhar.

— E quanto a isso? — Aponto para um copo com um líquido laranja. — Os russos estão na moda dos sucos?

— Não. Isso é mais uma coisa banya. É muito refrescante depois de suar. — Ele me entrega o copo. — Tente.

Eu tomo um gole delicado.

— Então? — Ele pergunta.

— É legal. — Eu lhe devolvo o copo. — Para algo feito de cenoura, quero dizer.

Antes que ele possa responder, Marusja volta.

— Seu outro pedido está quase pronto — diz ela. — E a vodka é por conta da casa.

Ótimo, então ela já está tagarelando sobre Art e eu.

— Obrigado. — Art pega um copo e me entrega o outro. — Você pode tirar outra foto nossa? — Ele pergunta a Marusja.

Ela pega o telefone e tira uma foto no exato momento em que tomamos nossas doses.

Desta vez, não queima tanto, embora o rosto de Art ainda se contorça.

— Obrigado — diz ele a Marusja depois de verificar as novas fotos.

— Tenha boa saúde — diz Marusja e sai correndo.

— Pronta para uma massagem e uma conversa? — Art pergunta.

Eu concordo.

— Vamos lá.

———

A sala de massagem não fica longe e é realmente privada.

Muito privada, com uma mesa no meio coberta de toalhas.

O ar cheira levemente a loções e óleos essenciais, o que normalmente me faria engasgar, mas como Art está aqui com seu delicioso contra cheiro, acho que posso sobreviver.

Ele caminha até um tablet próximo e o desliza.

Música clássica familiar de som elegante emana dos alto-falantes do teto.

— Isso é "Minuetto" — Art diz quando ele vê meus ouvidos se animarem. — Por Luigi Boccherini.

Agora me lembro onde ouvi essa música: em todo filme que tem um banquete chique com pessoas de alta classe se misturando, vestidas com esmero – em outras palavras, o mais longe possível de nosso cenário.

— Sim, OK. Isso explica por que não é Enya, ou qualquer outra coisa apropriada para uma sala de massagem.

Ele suspira. — Você quer que eu coloque Enya?

Eu torço meu nariz. — Não. Associo sua música ao cheiro de incenso e patchouli.

— Nesse caso, deite-se de bruços. — As palavras soam mais como uma ordem do que um pedido, então eu obedeço antes de ser tocada.

Suas mãos fortes apertam meus ombros.

Oh, meu Deus.

Quero gemer de prazer, mas resisto ao impulso.

Por muito pouco.

Como vamos falar de negócios assim?

— Então. — Ele acaricia minhas costas, aplicando apenas uma pitada de pressão com as palmas das mãos. — Pronta para falar sobre logística?

Ele está planejando massagear minhas nádegas? Eu quero que ele o faça?

— Eu tenho perguntas — Consigo soltar. — E regras.

— Regras? — Ele faz uma série de golpes suaves de caratê em meus tendões, o que parece divino.

— Regra número um: sem deveres conjugais. — Estou feliz por estar de bruços, assim ele não pode ver como essa declaração me deixa vermelha.

Estou tão orgulhosa de ter dito isso apesar da vodka. Deveres conjugais são o que eu realmente quero dele agora, mas não deveria. Dessa forma, residem os sentimentos, e esses seriam ruins em um falso casamento.

— Você quer dizer, sem sexo? — Eu não posso vê-lo, mas posso praticamente imaginar o sorriso perverso em seu rosto.

— Certo. Deve ser um relacionamento platônico.

— Fechado – DPA leve à parte. Não sou o tipo de homem que espera sexo só porque somos casados. — Ele aperta minha panturrilha, me fazendo sentir como se estivesse prestes a gozar. — Você teria que querer o sexo. De verdade.

Engulo. Por essa lógica, devemos fazê-lo agora.

— Então, você também tem perguntas? — Ele agarra meu pé e dá um aperto suave.

— O que diremos às pessoas? — Eu, de alguma forma, consigo perguntar.

Ele interrompe a massagem. — Diremos a eles que nos apaixonamos e nos casamos.

— Então, nós mentimos.

Ele volta a massagear meu pé. — Sim. Dessa forma, não tornamos as pessoas próximas a nós cúmplices.

Hum. Isso faz sentido. Além disso, dessa forma, há menos risco de alguém tagarelar. Mas espere. — Você está dizendo que minha família vai pensar que eu me casei? Sério?

Ele muda para o meu outro pé. — Daí, sua generosa compensação.

Certo. Certo. — Mas isso significa que você vai conhecer meus pais.

Ele trabalha minha panturrilha esquerda agora. — Significa muitas coisas nesse sentido.

Apesar de meus músculos terem se transformado em pudim, um calafrio se acumula na boca do meu estômago. — Daremos um grande casamento?

Desde que me lembro, odiei a ideia de um grande casamento. Todas as pessoas marinadas em suas colônias/perfumes, as flores excessivamente perfumadas, o...

— Planejar um grande casamento exigiria muito tempo. — Ele muda seus cuidados para a parte superior das minhas costas, derretendo meu ataque de ansiedade em um piscar de olhos. — Eu estava pensando que nossa história seria que nos apaixonamos loucamente, rápido, daí, fizemos uma viagem para Las Vegas e fugimos.

Assustada, eu me viro. — Vegas?

— Por que não?

Eu me viro porque sinto falta de suas mãos em mim. — Não. É uma ótima ideia. As expectativas para nossa união serão menores – portanto, menos vergonha para mim quando nos divorciarmos. — Não sei por que, mas a palavra com D tem um gosto muito amargo na minha boca. — Mais importante, Vegas tem tantos buffets incríveis à vontade, com deliciosas sobremesas.

— Esse é o seu desejo por frutas falando de novo. — Ele amassa entre minhas omoplatas.

— Quando você quer fazer isso? — Pergunto sem fôlego.

Ele cava seus polegares nos músculos do meu ombro. — Que tal hoje?

Eu viro minha cabeça com um sobressalto. — Hoje?

Ele dá de ombros. — Como diz o ditado russo: "Acerte o ferro sem sair da caixa registradora".

Eu pisco para ele. — E isso significa...

— Você deve sempre agir enquanto as circunstâncias são favoráveis. Nossa história pode ser que nos conhecemos neste banya, nos entendemos, tomamos alguns drinques e pegamos um voo romântico e espontâneo para Las Vegas. E o resto, como eles falam, é história.

— Isso poderia funcionar. — Coloco minha cabeça de volta para baixo. Preciso do relaxamento da massagem se não quiser entrar em pânico e estragar tudo.

Vegas.

Hoje.

Com ele.

Não tenho certeza se vou sobreviver a esse banya sem explodir com a tensão sexual reprimida, muito menos com um longo voo. E isso depois daquela maratona de 'andar de monociclo'.

Ele trabalha meu pescoço em seguida, o que é incrível, mas também me dá uma ideia de como seria se ele decidisse me sufocar um pouco na cama.

— Que tal isso para um plano — diz ele. — Ficamos no banya mais um pouco. Pedimos mais bebidas. Fingimos estar bêbados. Afirmamos em voz alta nossa intenção de ir a Las Vegas. Tiramos mais fotos por toda parte.

Mais uma vez, me sinto desconfortável, apesar do que suas mãos estão fazendo. — Você realmente acha que os agentes da imigração investigam casamentos a ponto de perguntar às pessoas neste lugar sobre nós? Isso é mais um nível de detalhe de investigação de assassinato.

Ele afunda os dedos no meu cabelo e começa a esfregar a cabeça deliciosamente, derretendo meu desconforto. — Muitos russos me conhecem. Espero que alguém espalhe boatos pela comunidade russa e, se tivermos sorte, o boato pode chegar aos jornais russos daqui. Nesse caso, *isso* pode entrar no radar do pessoal da imigração.

Ah, então é isso que ele quis dizer antes, quando disse que este banya pode servir melhor ao nosso propósito. Mais pessoas, mais chance de rumores.

Meus olhos estão começando a rolar para trás da minha cabeça extasiada. — A comunidade russa tem jornais?

— Existem dois que eu conheço, mas pode haver mais. A comunidade é enorme.

— OK — digo, totalmente em modo de êxtase agora.

— Vamos fazer o seu plano. Lembre-se de que não sou uma grande bebedora. Esses dois shots já me deixaram tonta.

Sim. É por isso que meus pensamentos são tão inapropriados.

Ele ri. — O mesmo para mim. Eu normalmente não bebo nada.

Ah, é por isso que ele estava fazendo aquelas caras enquanto tomava as doses. Um raro russo que não bebe.

Eu viro minha cabeça languidamente. — Isso significa que tirei sua virgindade com vodka hoje? Você tirou meu banya, então é justo...

Seus olhos brilham – provavelmente com fome de álcool. — Não. Se eu nunca tivesse provado vodka, a Rússia já teria me denunciado há muito tempo. Na verdade, perdi essa parte da minha inocência quando tinha dez anos.

Eu olho para ele. — Como na escola primária?

— Tínhamos apenas uma escola, mas, sim. A vodka tinha um gosto tão desagradável que ainda me encolho quando a bebo.

Hum. Talvez seja assim que você consegue que as pessoas não bebam: deixe-as provar muito jovens.

— Onde você conseguiu isso? Sai da torneira na Rússia em vez de água?

Ele ri. — Meus amigos e eu roubamos um pouco da garrafa do zelador. Substituiu por água. Ele estava bêbado demais para notar.

Fiz uma expressão de falsa decepção. — Que pena. Eu queria tanto desvirginar você.

— Bem, você pode tirar minha virgindade de crème brûlée quando estivermos em Las Vegas.

— Você nunca comeu crème brûlée? — É como ter brinquedos pregados no chão quando criança.

— Nunca comi *muitos* tipos de sobremesas — diz. — Acontece que é uma que eu sei o nome.

— Temos um trato — Sorrio. — Vou tirar sua virgindade de crème brûlée.

Ele me oferece a mão e, a princípio, presumo que seja para fechar o negócio, mas acontece que ele está me ajudando a sair da mesa.

— Você se importaria de retribuir o favor? — Ele acena para o lugar que eu estava ocupando. — Minhas panturrilhas ainda estão doloridas por causa da minha última apresentação.

Meu queixo está no chão?

Provavelmente.

Ele quer que eu o massageie.

Tipo, toque nele.

É oficial.

Eu realmente não me masturbei o suficiente.

CAPÍTULO
Quinze

DEPOIS DE SOLTAR algo do tipo "afirmativo", ele se joga na mesa, exibindo suas costas poderosas. Quando coloco minhas mãos em suas panturrilhas musculosas, perco o dom da fala – o que parece estar bem para ele, pois ele fica ali deitado contente. Começo a massagem e percebo que ele estava certo. Estou longe de ser uma profissional, mas até eu consigo sentir a tensão nos músculos de suas pernas.

Respirando fundo, concentro-me em resolver o problema na minha frente, e não em se posso dar um 'tapa na boneca' aqui e agora sem que ele perceba.

— Isso é bom — Ele murmura quando eu movo minhas mãos para suas coxas, principalmente porque eu realmente quero sentir o quão duras elas são. — Você pode fazer minhas costas também?

— OK. — Eu mal me impedi de acrescentar: — Massagens são totalmente platônicas e casuais, certo?

É um milagre que eu não exploda de sobrecarga hormonal no momento em que termino com as costas dele. Meu clitóris estará em perigo de formar bolhas assim que eu chegar em casa.

Só que não vou chegar em casa tão cedo.

Talvez eu possa me esfregar aqui mesmo no banheiro banya? Mas, e se...

— Ei — diz ele suavemente. — Você se sentiria confortável fazendo meus glúteos? Ficar na ponta dos pés é matador desse grupo muscular.

Glúteos.

Tipo, tocar na bunda dele?

Eu ganhei algum tipo de loteria sexual?

— Seria por cima da minha cueca — Acrescenta.

Caramba. Eu paralisei muito tempo. Se ele não tivesse dito isso, eu poderia ter tocado sua bunda nua.

Antes que ele possa mudar mais parâmetros desse pedido incrível, meto a mão.

Uau. Acho que minhas palmas estão tendo um orgasmo, um palmgasmo. Mas eu sou gananciosa. Eu quero me abaixar e mordiscar seus glúteos, para um bucalgasmo – ou é dentalgasmo?

Mas não. Tenho que me ater a ações que possam, pelo menos vagamente, ser interpretadas como uma técnica de massagem.

Um monte de novas regras para o nosso casamento estão girando na minha cabeça, mas a maioria não é apropriada, como "Eu posso pegar essa bunda quando eu quiser".

Ainda assim, há uma regra que não posso deixar escapar. — Enquanto estivermos casados, podemos concordar em não dormir com mais ninguém?

Pronto. Sei que isso é injusto com o resto das

mulheres, como inventar um donut sem gordura e sem açúcar que tenha um sabor melhor do que o normal, mas fazê-lo de forma que só eu possa comê-lo. Não, espere. Eu também não posso comer, não de acordo com nossa regra platônica.

Ele vira a cabeça, revelando uma expressão séria. — Achei que isso estava implícito. Não podemos ter casos extraconjugais. Se isso viesse a público, estragaria tudo.

Por que estou tão aliviada? Eu quero que ele tenha bolas azuis para combinar com o que está acontecendo com meus ovários?

Ele abaixa a cabeça. — Mais dez minutos?

Mesmo que ele não possa me ver, eu assinto e volto a tocá-lo onde eu quiser – dentro dos limites de sua posição de rosto para baixo, é claro.

Sob o pretexto de uma massagem na cabeça, corro meus dedos por seu cabelo sedoso. Então, eu pego um punhado de seus músculos deltóides, seguidos por bíceps e tríceps. Palmgasmos explodem em minhas mãos enquanto eu faço.

Dez minutos depois, devo a mim mesma pelo menos um mês de 'dedadas'. Relutantemente, afasto minhas mãos quando ele vira a cabeça e diz: — Obrigado. — Ele então pula da mesa de massagem. — Estamos ficando frios. Vamos voltar para o banya.

De volta ao calor úmido? O que eu realmente preciso é daquela piscina gelada e depois de um banho frio, mas, ei, mendigos com tesão não podem escolher.

Eu o sigo pela casa de banho. Fazemos algumas paradas no caminho para pegar os chapéus engraçados e todo o resto, depois, voltamos para nossa mesa – para tirar mais algumas fotos – antes de fazermos o *banya* novamente.

Sua salada já está esperando, mas nenhuma fruta ou *blins* ainda.

— Quer tirar outra foto com os shots em nossas mãos? — Ele pergunta.

Eu me examino. Sinto-me leve, mas não por causa do álcool. Pelo menos, acho que não.

— Sim, claro — digo.

Ele acena para Marusja. — Dois shots. E uma xícara de mel para a *parilka*.

Enquanto esperamos, ele serve chá para nós dois e espreme um limão inteiro em sua xícara.

Ei, se ele quer sucos de limão, existem outras maneiras.

— O que você acha do chá? — Ele pergunta.

Eu gosto disso. — Frutado. Há outras frutas nisso? E camomila?

Ele bebe o dele. — Sim. Uma bela mistura.

Marusja volta com mais duas doses de vodka e um pote de mel idêntico ao que vi o cara da sauna usar. Ela coloca as doses na mesa e entrega reverentemente o mel para Art. Não preciso ser vidente para saber que ela está se imaginando espalhando mel por todo ele.

— Você pode tirar outra foto nossa? — Art pergunta a ela.

Ela pega o telefone e nós pegamos os shots.

— *Za zdorovye* — Art diz novamente.

— Idem. — Eu engulo minha vodka, e ela desce pela minha garganta muito suavemente – do jeito que eu espero que Sr. Big faça em algum momento.

Espere. Não, Regra Número Um. Sr. Big precisa ficar *firme* nas calças de Art.

Fazemos Marusja tirar mais algumas fotos e, quando ela começa a ficar particularmente mal-humorada, Art agradece e me leva para a próxima *parilka*.

— Esta aqui é um pouco mais molhada — diz ele enquanto caminhamos pelo corredor.

Olho em volta procurando a mulher de quem ele está falando, mas ele está apontando para a porta da sauna em frente à qual paramos.

— É tão quente? — Pergunto com cautela.

— Não. Além disso, é fácil se refrescar nesta aqui.

— Tudo bem, vamos lá. — Dou um corajoso passo à frente.

Ele abre a porta para mim.

Calor úmido, lá vamos nós de novo.

CAPÍTULO
Dezesseis

ESTA SAUNA A VAPOR tem menos madeira e mais ladrilhos por toda parte, e logo vejo o porquê. Uma mulher se levanta de seu assento, caminha até um balde próximo com água e derrama-a sobre sua cabeça.

Hum. Dado que se pode ver seus mamilos através de sua blusa, a água deve estar gelada, mas ela está claramente se divertindo. Isso, ou ela está dando um show para Art. Do jeito que ela está olhando para ele, ela deve estar molhada em muitos sentidos da palavra.

Para seu crédito, Art não parece notar sua existência. Em vez disso, ele arruma um lugar para nós em um banco superior e se senta.

Quando me junto a ele, ele pergunta: — Você quer que eu coloque mel nas suas costas?

A água é molhada? — Sim, por favor.

Ele gentilmente me lambuza com mel, seu toque enviando tentáculos de calor pelo meu corpo que poderiam ensinar uma ou duas coisas à sauna a vapor.

A mulher do balde deve ver que não tem chance porque bate a porta ao sair.

Ótimo. Estamos sozinhos agora.

Muito rápido, Art termina de espalhar mel nas minhas costas, e mesmo que eu espere que ele se ofereça para cobrir outras partes em mim, ele não o faz. Rudemente, ele apenas me entrega o mel.

Tão imprudente. Com um suspiro interior, eu me transformo em uma panqueca de limão.

Então, uma ideia empolgante me ocorre – possivelmente motivada pela vodka.

— E você? — Pergunto o mais indiferente possível.

— Você tem pele.

Aff. Você tem pele? Essa é uma frase que pertence a *O Silêncio dos Inocentes*.

Ele olha pensativo para o mel em minhas mãos. — Claro, por que não?

Grande! — Você precisa de ajuda com as costas?

— Por favor.

Antes que ele mude de ideia, eu o esfrego com mel – o que dá às minhas mãos tantos orgasmos quanto a massagem antes.

Ah, e a *parilka* ficou muito, muito mais quente de repente, especialmente na minha calcinha?

Como estou gostando muito disso, cubro-o com uma segunda camada de mel. Em seguida, uma terceira.

— Obrigado — Ele diz antes que eu possa começar uma quarta camada, então eu paro com relutância.

Devo me oferecer para fazer a frente dele?

Por mais que eu queira, não tenho uma boa

desculpa. Então, ele tira a decisão de minhas mãos, literalmente, pegando o pote de mel.

Ei, pelo menos nossos dedos se tocaram, enviando mais choques orgásticos para todos os lados.

Ao vê-lo aplicar o mel em si mesmo, percebo mais uma vez que não mexi meu pote de mel o suficiente para esse tipo de show.

— Como você está se sentindo? — Ele pergunta quando termina.

Prendo a respiração. — Superaquecida. — E talvez mais do que um pouco tonta.

Ele sorri conscientemente. — Hora do balde.

— OK. — Eu cautelosamente piso no azulejo.

Ele pega o balde e joga a água na minha cabeça.

Eu grito, mais de surpresa do que de desconforto. A água fria é realmente refrescante, como se fosse agulhadas. Além disso, é bom tirar a viscosidade do mel da minha pele. Até minha cabeça clareia um pouco.

Quando me recupero, pego Art olhando para mim com uma expressão peculiarmente concentrada. Ele também deve querer o tratamento da água.

Pego o balde de suas mãos. — Sua vez — digo com prazer sádico enquanto encho o recipiente com água. — Preparado? — Pergunto, levantando o balde pesado.

Ele concorda.

Eu fico na ponta dos pés, preparo meus músculos centrais e jogo a água sobre sua cabeça.

Ele fica lá, sorrindo, como se nada tivesse acontecido. Exibição machista típica. Tenho certeza de que ele gritou como eu, mas por dentro.

— Agora — diz ele —, acho que você está pronta para *parka*.

Eu estreito meus olhos. — *Parka*? Acho que você não quer dizer um blusão.

Ele ri. — *Parka* é a palavra russa para o tratamento *venik*.

Estou pronta para isso?

— Deite-se, com o rosto para cima. — Ele gesticula para as toalhas estendidas, seu jeito todo imperioso novamente.

Huh. Acho que gosto do Art mandão.

Com uma grande dose de apreensão, faço o que ele diz.

Ele sai do quarto e eu tento relaxar, o que é fácil devido ao calor. Quando ele volta, é com o instrumento de espancamento russo.

— Você confia em mim? — Ele me olha como um açougueiro prestes a cortar um bife premium.

Para minha surpresa, descubro que confio nele. Tanto que nem preciso estabelecer uma palavra de segurança para o que está para acontecer.

— Vamos fazer — digo sem fôlego, e não tenho certeza se quero dizer a surra ou a coisa proibida na Regra Número Um.

— Aqui vai. — Ele açoita levemente minha coxa esquerda.

Pelo calor úmido dos deuses, isso é bom. Menos como uma surra e mais como se seu hálito quente estivesse em minha carne.

Seu sorriso é extra perverso. — Mais?

Eu concordo.

Ele bate na minha coxa direita.

Um gemido está em meus lábios, mas eu o reprimo.

Ele bate em minhas panturrilhas por sua vez. E nos pés. Ele volta suas atenções para minhas coxas, e uma folha solta toca minha calcinha com um toque de pena. Eu quase gozo.

Minha barriga recebe a próxima batida.

Então meu peito.

Dou uma espiada na minha pele. Está toda corada, exatamente como fica após o orgasmo.

— Vire-se — Ele ordena.

Ele quer me pegar por trás. Não posso negar isso a ele, posso?

Assim que me viro, minhas costas recebem uma surra tão forte que derreto em uma poça de merengue.

— É isso. Hora de esfriar a cabeça — diz ele.

Não levanto a cabeça. — Acho que não consigo me mexer.

— Eu ajudo — Ele diz, e eu ouço um tom travesso em sua voz.

Espere um segundo. Ele está prestes a...

Splash.

Desta vez, eu grito como um coro de porcos presos.

Ele fez isso.

Ele derramou um balde de água gelada na minha carne superaquecida.

Quando me viro, ele está parado ali com outro balde.

— Espere...

Tarde demais.

Este novo lote de água me engole pela frente. Mais

uma vez, o choque me faz gritar, mas a experiência é mais agradável do que não.

Hum. Primeiro, eu gosto do açoite, e agora isso. Art está me transformando em masoquista? Podemos precisar de uma nova regra para isso. Regra Número 666?

— Desculpe — diz ele. — Pode fazer comigo agora. Justo é justo.

Encho o balde e jogo a água no rosto dele.

Nenhuma reação.

Eu o encho novamente e o pego pelas costas – principalmente porque gosto de ver a água escorrendo pelos sulcos de seus músculos.

Mais uma vez, ele leva o jorro no tranco.

— Acho que chega de banya por enquanto — Ele diz quando coloco o balde no chão. — Devemos descansar um pouco, comer e depois voltar.

— Combinado — digo.

Saímos da sauna a vapor e paramos nos chuveiros próximos antes de voltar para nossa mesa, onde nossa comida está esperando.

Assim que nossas bundas tocam as cadeiras, atacamos a comida.

Hum. É bom satisfazer pelo menos essa fome socialmente aceitável. *Blins* ficam deliciosos, principalmente depois de despejar todas as conservas e mel sobre eles.

Para o crédito de Art, ele não se importa com todo o açúcar que acabei de consumir, nem tenta me alimentar com suas frutas.

Quando estou prestes a elogiar sua moderação, um

cara se aproxima de nossa mesa, seu andar vacilante – provavelmente devido à garrafa de vodka em suas mãos.

O recém-chegado soluça, então sorri para Art. — *Vi Artjoms Skulme?*

Art olha para cima com uma expressão severa. — Sim. E você é?

— Meu nome é Vladlen — O cara diz em um inglês muito bom, embora arrastado. — Minha mãe é uma grande fã sua.

Ei, poderia ser pior. Ele poderia ter dito "avó".

A expressão de Art aquece um grau. — Eu aprecio meus fãs. Por favor, agradeça a ela por apoiar as artes quando você a vir novamente.

Vladlen arrota. — Ela vai se chutar por não ter vindo aqui. — Ele bate a garrafa de vodka na frente de Art, depois tira um marcador mágico do bolso. — Você poderia assinar isso?

O sorriso de Art é tão confuso quanto o meu. — Assinar uma garrafa de vodka?

Vladlen começa a acenar com a cabeça, mas deve fazer sua cabeça girar porque ele se agarra na beirada da nossa mesa. — Seria tão bom se você fizesse. Ela vai mantê-la em destaque em sua sala de estar e mostrá-la a todos.

Art pega o marcador e a garrafa. — Qual o nome da sua mãe?

— Dazdraperma — Vladlen diz e soluça mais uma vez.

Art ri.

Vladlen olha para ele com uma expressão de pedra.

Os olhos de Art se arregalam. — É sério isso? — Virando-se para mim, ele explica: — É um nome raro. Abreviação de *Da Zdravstvuyet Pervoye Maya*, que significa "Viva o Dia de Maio" – também conhecido como o Dia Internacional do Trabalhador.

Vladlen dá de ombros. — Os avós eram comunistas. Mamãe estava sob a influência deles quando me deu o nome.

Eu olho para Art questionadoramente, e ele explica: — Vladlen é um *portmanteau*.

Vladlen parece ofendido. — Do que você me chamou?

— Um *portmanteau* significa uma palavra composta de partes de outras palavras — diz Art. — No seu caso, Vladimir e Lenin.

A expressão de Vladlen clareia. — Poderia ter sido pior.— Ele soluça. — Uma vez conheci um Pofistal.

Eu olho de Art para Vladlen e vice-versa.

Art revira os olhos. — Traduzido, "Josef Stalin, conquistador do fascismo."

Pelo menos não é um nome que homenageia Saddam Hussein, Charles Manson e Cruella de Vil ao mesmo tempo.

— Então. — Vladlen muda de um pé ao outro e quase cai. — Você pode assinar?

Art abre a caneta e escreve algo em russo. Seja o que for, Vladlen parece prestes a chorar depois de lê-lo. — Mamãe vai ficar tão feliz — diz ele. — Como um pequeno sinal de agradecimento, vocês dois vão beber comigo?

Antes que alguém possa responder, Vladlen diz: —

Que sejamos saudáveis — E toma um grande gole da garrafa.

Art sussurra: — Recusar seria um insulto.

Gambás.

Vladlen me entrega a vodka.

Direto da garrafa? Outra primeira vez hoje.

Eu cuidadosamente levo-a à minha boca.

Gia provavelmente morreria se visse essa violação dos protocolos de higiene. Então, novamente, o álcool não mata todos os germes?

Com minha visão periférica, vejo Art tirar uma foto com seu celular.

Eu vou em frente.

Ui. *Muito* mais vodka desce pela minha garganta do que eu pretendia.

Minhas escolhas são engolir ou cuspir no meu futuro marido, então, vou para a opção civilizada.

Glub.

O gole gigante queima até os dedos dos pés.

— Impressionante. — Vladlen se volta para Art. — Tem certeza de que sua namorada não é russa?

— Ela é, em espírito. — Art me entrega o telefone e pega a garrafa.

Eu me preparo para tirar uma foto.

Art toma um gole que parece maior que o meu.

Exibição machista?

Deve ser. Seu rosto se contorce horrivelmente, e eu tiro algumas fotos disso com um sorriso.

A sala está girando?

Hum. O que é essa sensação quente no meu peito?

É melhor que sejam os efeitos da vodka, e não algo

maluco, como a palavra com A, eu penso. Seja o que for, eu me sinto ótima. Sinto que posso voar a qualquer momento.

Estou começando a entender por que as pessoas bebem vodka, apesar do sabor, das calorias não doces e da ameaça de virar alcoólatra.

— Então, o que vem a seguir para vocês dois? — Vladlen pergunta.

— Vamos voar para Las Vegas — Art diz em um sussurro conspiratório que é alto o suficiente para todas as mesas próximas ouvirem.

Uau. Ele ainda está lúcido o suficiente para trabalhar na história do nosso casamento. Deve ser bom ter uma massa corporal maior. A melhor mentira que posso inventar no momento é que estou totalmente sóbria.

— Vegas. Uau. — Vladlen nos brinda com sua garrafa e toma um grande gole. — Quando?

Droga, cara. O envenenamento por álcool é uma ameaça real.

— Mais algumas sessões na *parilka* e então vamos embora. — Art se levanta e olha na direção das saunas. — Falando nisso... melhor irmos logo.

— *S lyohkim parom* — Vladlen diz e caminha tonto de volta para sua mesa.

Enquanto Art segue para as saunas, seu andar é muito menos gracioso do que o normal. Afinal, parece que o álcool *está* fazendo efeito nele.

Corro atrás dele. Uma vez confrontada com o calor úmido, sinto-me ainda mais tonta, embora seja difícil ter certeza de quanto é do vapor, quanto é da vodka e quanto é da gostosura de Art. Enfrento isso o máximo que posso, e então Art me traz de volta à mesa.

Então o déjà vu acontece. Um cara se aproxima da nossa mesa, diz que a mãe é fã de Art e pede um autógrafo. A única diferença é que, em vez de uma garrafa, ele quer seu "rublo da sorte" assinado e, em vez de nos fazer beber da garrafa, ele traz copos de shot.

Quando ele sai, eu abro minha boca para comentar como aquilo foi estranho, mas um novo cara aparece e tudo se repete de novo – incluindo os shots.

Minhas pernas estão dormentes. E a ponta da minha língua. E meus pensamentos estão em um carrossel. Pelo lado positivo, fingir estar bêbada deve ser muito fácil agora.

Assim que o último filho da mamãe sai, outro aparece – e ele é ainda mais estranho porque ele próprio é o fã. Além disso, ele se oferece para me bater na *parilka*.

— Não, obrigada — digo.

— Ah, vamos — Ele diz. — Eu posso fazer isso muito bem.

Estou enrolando minhas palavras, ou ele está bêbado demais para entender que não significa não?

— Sério — digo com mais firmeza. — Estou bem.

— Você não me respeita? — Ele pressiona.

OK. O respeito parece ser um tema importante para os russos bêbados. Alguns dos caras anteriores também falaram sobre isso – no contexto do quanto eles têm para com Art.

Falando em Art, ele se põe de pé. — Olha, amigo. —

Sua fala está um pouco arrastada, mas seus olhos estão escuros e duros. — Sou o único homem que faz alguma coisa com ela. Sempre. Está claro?

Ele está atuando? De qualquer maneira, por que isso me faz sentir ainda mais quente em meu peito?

O cara endireita a coluna.

Gambás me mordam. Estamos prestes a ter uma briga de bêbados?

— Sr. Skulme — diz o cara. — Eu sinto muito. Eu não quis ser desrespeitoso.

Art parece se acalmar. — Está bem. Que tal bebermos mais uma dose e esquecermos isso?

Bebemos a vodka e, quando o cara sai, Art se senta e sussurra para mim: — Acho que é hora de irmos para o aeroporto. Temo que as pessoas estejam vindo ao banya agora só para pegar meu autógrafo.

Eu olho em volta.

Ele pode estar certo.

Este lugar, que estava bem vazio antes, está cheio agora... isso ou estou vendo duplos e triplos. Ah, e as novas pessoas – ou pessoas na visão dupla – estão todas olhando furtivamente em nossa direção.

Eu salto ficando de pé.

Uau. A cabeça roda. Talvez eu tenha feito isso rápido demais.

Antes que eu perca o equilíbrio, Art agarra minha mão.

Ah. O palmgasmo para coordenar tudo.

Ele me leva até o vestiário, mas, por algum motivo, não entra comigo.

Buuu.

Em uma névoa, eu tomo banho, o que não clareia minha mente como eu esperava.

Enrolada em uma toalha, estou cambaleando até meu armário quando uma mulher aparece no meu caminho.

Ela se parece com uma das modelos russas que vi antes, só que exageradamente vestida para o local. E ainda mais magra. E estranhamente familiar. E chateada.

— *Korova* — Ela sussurra para mim com uma expressão desagradável antes de gritar em russo rápido que eu não seria capaz de entender mesmo se estivesse sóbria e falasse o idioma.

Quando ela termina, como se para pontuar seu ponto, ela dá um tapa na minha cara.

Dezessete

QUE MERDA?

O tapa me deixa sóbria o suficiente para decidir que vou dar a esta criança abandonada o golpe de sua vida.

Você não cresce com sete irmãs sem se meter em uma ou duas brigas, com e sem puxar o cabelo.

Eu levanto meus punhos como um pugilista. — Você está morta, seja quem for. — Quero soar calma e sinistra, mas as palavras saem arrastadas.

Em vez de lutar contra mim com honra, minha agressora apenas revira os olhos e depois gira nos calcanhares de uma forma que se assemelha a uma pirueta.

— Espere um segundo.

Ela não para. Ela se afasta, fazendo com que pareça irritantemente elegante.

Oh. Eu me lembro agora. Ela é a bailarina que vi no palco outro dia. Aquela que eu apelidei de Cisne Negro. Aquela que era muito amiga de Art no palco – performance ou não.

Cadela. Eu deveria bater nela enquanto tenho chance. Mas ela é tão rápida e meus pés parecem muito moles no momento.

Sento-me em um banco próximo para recuperar o fôlego.

Talvez eu vá atrás dela depois disso.

A sala gira.

OK, talvez eu não vá perseguir ninguém por enquanto. Aff. Acho que é o dia de sorte do Cisne Negro.

Abrindo meus punhos, eu pondero o que ela disse para mim e por quê. Uma parte de mim não tem certeza se ela realmente estava aqui. Tipo, talvez quando você bebe bastante vodka, uma bailarina russa se manifeste na sua frente. Ou um urso. Talvez tenha sido isso que aconteceu com Natalie Portman no final daquele filme.

A porta do vestiário range.

A aparição voltou?

Não. É Marusja.

— Seu *numo* me pediu para verificar se você está bem — diz ela mal-humorada.

Meu numo? Ah, ela quer dizer meu noivo... que está relacionado com minhas finanças, tais como elas são.

— Aqui. — Marusja me dá a mão. — Eu ajudo.

Deixo que ela me apoie enquanto me levanto, e ela gentilmente me segura enquanto visto minhas roupas.

— O que é um *korova*? — Eu pergunto quando termino.

Ela parece insultada. — Quem você está chamando de *korova*?

Eu pisco para ela. — Ninguém. Acabei de ouvir alguém dizer isso.

— Significa *vaca* — Ela diz com uma carranca. — É pessoa gorda.

Vaca? Minhas mãos se fecham em punhos novamente. O Cisne Negro tem sorte de ter fugido quando o fez – assumindo que ela não era uma invenção da vodka.

— Pronta para sair? — Marusja pergunta.

Concordo com a cabeça, e ela me leva para um foyer onde Art já está esperando, balançando ligeiramente em seus pés.

Marusja diz algo para a equipe próxima, e eles nos ajudam a entrar em um táxi parado no meio-fio.

— JFK — Ouço Art dizer como se estivesse à distância.

Começamos a nos mover.

Minhas pálpebras estão pesadas.

Acho que desmaio, ou o tempo fica instável, porque a próxima coisa que sei é que estamos no aeroporto.

Outra piscada e estou em um assento na primeira classe, com um útil Art me cobrindo com um cobertorzinho.

Eu flutuo nas sensações de calor e aconchego pelos próximos momentos, e então minha mente fica em branco enquanto eu caio na mais profunda inconsciência da minha vida.

CAPÍTULO

Dezoito

RECUPERO o juízo com a pior dor de cabeça.

Não. Chamar isso de dor de cabeça é um eufemismo. Minha cabeça parece ter passado por um liquidificador industrial.

Um jogador da NFL pegou emprestada minha cabeça? Nesse caso, ele claramente jogou sem capacete... e perdeu.

Eu gemo.

Se a dor pudesse ser transformada em cheiro, minha dor de cabeça atingiria os níveis de *taranka*. Ou repolho cozido fermentado. Ou uma daquelas atrocidades numeradas de Chanel.

Ah, e dor de cabeça à parte, por que sinto tanto frio, como se estivesse nua? E pegajosa. Eu me sinto muito pegajosa por algum motivo. Sem mencionar, há uma dor na parte inferior do meu corpo. Mais de um tipo de dor.

Que merda?

Um gemido masculino espelha o meu de algum lugar.

OK, onde quer que eu esteja, tenho companhia na minha miséria.

Hora de abrir meus olhos. Exceto... minhas pálpebras parecem coladas. Com esforço, forço a abri-las – apenas para ser cegada pela luz que entra pelas janelas gigantes.

Estranho. Eu não estava em um avião?

Deixo meus olhos se ajustarem e olho pela janela mais próxima.

A Las Vegas Strip. Uau. Devo ter desmaiado algum tempo depois que o avião decolou – compreensível, considerando o quanto bebi.

Eu olho para baixo.

Gambás.

A razão pela qual me sinto nua é porque estou.

A razão pela qual me sinto pegajosa é porque estou coberta por alguma substância branca que tem um cheiro delicioso. E eu quero dizer coberta – como se fosse um desafio localizar uma polegada limpa em mim.

Ouço outro gemido masculino.

Virando-me, localizo sua fonte: Art – também nu e tão coberto pela substância branca quanto eu, o que é uma pena.

Eu me sento.

É um erro. A sala gira fora de controle, deixando-me super enjoada.

Tudo bem. Acho que ainda não estou sóbria. Nem um pouco. O que faz sentido porque explica por que esta sala cheira como uma destilaria explodida. Embora eu ainda sinta o cheiro gostoso de Art e confeitos açucarados de todos os tipos.

Fazendo o meu melhor para não piorar minha dor de cabeça, examino meus arredores.

Santa doçura.

Cada superfície da sala está coberta de sobremesas. Cupcakes e diferentes tipos de bolos, brownies, donuts, tortas, fudges, biscoitos, tortas, sorvete derretido, macaroons, muffins, parfaits, panna cotta, snickerdoodles, scones, doces, suflês – a lista é infinita. Mas o que me chama a atenção são as garrafas de chantilly, dezenas delas espalhadas pelo cômodo.

Eu mergulho meu dedo em um grande pedaço de coisa pegajosa em volta do meu seio esquerdo e provo com cuidado.

Sim.

Chantilly, cerejas e pedacinhos de todos os doces que vejo ao meu redor.

Que. Caralho. É. Isso?

Eu cautelosamente cutuco Art.

Ele geme, mas não abre os olhos.

Eu provo o material que o cobre. O mesmo que eu – uma mistura de todas as sobremesas conhecidas pelos gulosos em todo o mundo.

Espantada, examino ao redor em busca de mais pistas, mas o que vejo só aumenta minha confusão.

Há uma máscara de gás em uma escrivaninha próxima. Um vestido extravagante e lingerie estão ao lado dele. Sob a mesa há um par de Manolo Blahniks azuis.

Que diabos? Eu roubei Carrie Bradshaw, ou isso é um sonho com tema de *Sex and the City*?

Mas não. Essa dor de cabeça me acordaria de qualquer sonho, além disso, eles não tinham máscaras de gás em *Sex and the City*. Nem...

O som de pequenos pés correndo puxa meu olhar para o outro lado do quarto. Fico boquiaberta com a origem do som e pisco algumas vezes, sem saber se a vodka no meu sangue está me fazendo ver coisas ou se a teoria dos sonhos precisa de uma consideração mais forte.

Uma criatura peluda superfofa está segurando um biscoito de aveia em duas patinhas, de uma forma muito humana. Uma criatura arredondada e muito fofa que parece um esquilo bem alimentado com algum furão, e talvez também um pouco de coelho. Apenas sua pelagem parece bem mais aveludada.

Espere um segundo. Acho que sei que tipo de pelo é esse. Minha mãe afirma que parou de ouvir a música de Madonna por ela estar usando um casaco que combina exatamente com o pelo dessa criatura.

Chinchila.

Huh. Eu não achava que eram *tão* fofas. Talvez mamãe tivesse razão.

Mas o que uma chinchila está fazendo aqui, em Las Vegas? Não acredito que apenas andem o deserto de Mojave, muito menos a Strip. Elas são nativas de algum lugar da América do Sul.

A chinchila me encara, e não é preciso muita imaginação para imaginar o que ela diria, se pudesse:

Eu sei que pareço delicioso, mas nem pense nisso. Você vai ficar com dor de estômago, e meu pelo vai ficar preso na sua garganta como uma bola de pelo do inferno.

Paro de deixar o bicho nervoso e olho para Art.

Ele sabe o que diabos está acontecendo?

Pode ser. Mas antes de acordá-lo, preciso considerar o elefante na sala – a dor. Dois tipos, para ser exata, mas um tipo muito específico de dor pós-sexo. Quando combinado com Art nu, mesmo com dor de cabeça, consigo descobrir o que aconteceu.

A Regra Um foi quebrada, principalmente.

O que deixa a segunda dor, uma sensação de ardência na parte inferior da barriga que me lembra uma queimadura de sol. Peguei alguma DST estranha?

Eu cuidadosamente limpo a mistura de chantilly/sobremesa cobrindo aquele ponto e suspiro alto.

Eu tenho uma tatuagem.

Uma tatuagem completa.

Mas isso não é o pior.

A tatuagem é uma imagem de uma flecha apontando para minha boceta com uma mensagem em letras maiúsculas que afirma corajosamente: — APENAS DO SR. BIG.

— Como? — Sussurro, olhando para o meu estômago em horror. — Quando? Por quê?

— Por que você está gritando? — Art pergunta com um gemido, abrindo um olho.

— Gritando? — Inspiro profundamente e canalizo Leônidas, o rei de Esparta. — *Isso. É. Grito!*

Art tapa as orelhas com as palmas das mãos e se senta, murmurando algo em russo – provavelmente palavrões.

Eu ouço algo macio bater no chão. Com o canto do olho, vejo a chinchila largando seu biscoito de aveia e pulando para se esconder em algum lugar – o que me faz sentir culpada por minha explosão.

Art olha ao redor do quarto, a confusão em seu rosto combinando com a minha.

— Então — digo incisivamente. —, *você* sabe o que diabos aconteceu?

Com as sobrancelhas franzidas, ele olha para mim, e

ao redor do quarto novamente. Em seguida, em seu corpo nu. Depois o meu.

Para seu crédito, ele não ri ao ver minha tatuagem. Ou ele é uma pessoa melhor do que eu, ou está muito chocado para achar hilária essa dedicação ao seu pau.

— Então... Sr. Big? — Ele pergunta, arqueando uma sobrancelha.

Oh. Certo. Ele não sabe.

Ficando vermelha ao nível da torta de cereja próxima, murmuro: — Um apelido que dei a isso. — Aponto para sua masculinidade coberta de doce.

Eu provavelmente deveria ter mentido, mas meu cérebro não está exatamente disparando em todos os cilindros.

Ele dá um leve sorriso malicioso, mas desaparece quando esfrega a nuca coberta de chantilly. — Então... eu me lembro de ter bebido com você no avião.

Meu queixo quase bate na cama. — Eu estava acordada no avião?

Ele balança a cabeça e estremece de dor.

Engulo saliva totalmente alcoolizada. — Só para ficar claro, eu bebi *mais*? Depois de toda aquela vodka?

Ele examina o quarto novamente, como se as respostas pudessem saltar de um dos bolos. — Receio que nós dois bebemos mais. As bebidas são gratuitas na primeira classe e, como diz uma frase de um famoso filme russo, "Mesmo pessoas com úlceras e abstêmios bebem se outros pagam".

Esfrego minhas têmporas latejantes. — Acho que estou desenvolvendo uma úlcera enquanto conversamos.

Ele limpa um pouco de coisa branca da testa e prova. — Eu também.

Eu suspiro pesadamente. — Então, o que aconteceu a seguir?

— Saímos do avião, pegamos um táxi... e depois bebemos mais quando chegamos ao primeiro cassino. — Ele estremece. — Mais uma vez, era de graça. — Seus lindos traços assumem um ar de concentração. — Você ganhou no jogo de dados, eu acredito, e então... eu meio que esqueci.

Eu joguei e ganhei? Por que não consigo me lembrar de nada disso?

Eu estreito meus olhos para ele. — Então você não se lembra se nós...? — Olho incisivamente para sua virilha coberta de chantilly.

Ele dá de ombros. — Com certeza parece que fizemos *alguma coisa*.

Devo contar a ele sobre minha dor? É uma evidência que não deixa dúvidas sobre o que fizemos.

Antes que eu possa fazer isso, ele limpa o abdômen, tirando um pouco da gosma – e revelando que ele também tem uma tatuagem.

Nós dois ficamos boquiabertos com isso.

É uma imagem de um limão de desenho animado segurando dois éclairs como armas, ambas apontadas para seu pênis. Também está escrito: — PROPRIEDADE DE KISLIK.

Uma risadinha histérica sai da minha garganta. — *Kislik* é uma palavra russa ou uma junção de beijar e lamber? — Porque essas são as coisas que quero fazer com Sr. Big, mesmo agora, apesar dessa dor de cabeça e do resto.

Art lambe o dedo e tenta esfregar a tatuagem. Não sai. Piscando, ele olha para mim.

— *Kislik* não é uma palavra muito comum, mas pode ser usada para descrever alguém que faz coisas ácidas – digamos, um fabricante de iogurte. — Seus olhos assumem um tom de chocolate mais escuro. — É algo que eu estava brincando, chamando você na minha cabeça.

Eu deveria ter adivinhado. Aquele desenho suspeito parece comigo, e está segurando doces e é um limão.

— Bem — Reviro os olhos. —, a piada está em você. Literalmente.

Ele faz uma careta e esfrega as mãos, tentando limpar o material branco incrustado nelas. De repente, ele para e olha para um de seus dedos.

O dedo anelar, para ser exato.

Eu sigo seu olhar e, a princípio, não entendo. Então, ele lambe o dedo para limpá-lo e eu vejo.

Uma aliança de casamento.

Eu verifico meu próprio dedo.

Sim.

Na minha mão esquerda, no dedo anelar, há uma aliança de ouro que combina com a dele.

MEU ESTÔMAGO aperta sob a nova tatuagem. — Nós nos casamos.

Art esfrega distraidamente o peito, espalhando mil calorias de sobremesa no processo.

— Parece que seguimos o plano.

— Claro. — Eu imbuo a palavra com sarcasmo suficiente para deixar um exército de adolescentes com ciúmes. — Tudo correu conforme o planejado.

Ele lança um olhar para minha barriga nua e a mensagem escrita ali. — Justo. Mas o casamento, pelo menos, fazia parte do plano.

— Nunca concordamos em consumá-lo! — Meu grito espartano está de volta e aumenta minha dor de cabeça em alguns pontos.

Art segura a cabeça com as palmas das mãos no estilo da pintura "O Grito". — Talvez não tenhamos?

Eu apressadamente corro meu olhar pelo quarto. — Olhe lá! — Aponto para uma mesa de cabeceira onde um preservativo usado está dentro de uma tigela de sobremesa vazia. — Aposto que *aquilo* tem evidências de DNA dentro.

Nós totalmente fizemos isso, e a pior parte é que eu não me lembro.

Ele olha para a camisinha, depois para mim. — Pelo menos usamos proteção.

— Pode ser. Ou talvez tenhamos feito isso muitas e muitas vezes, e algumas delas sem proteção. Não temos ideia de quanto tempo estamos perdendo.

Não acrescento que minha dor parece indicar mais do que apenas uma rapidinha bêbada. Então, novamente, talvez seja devido à grandeza do Sr. Big.

Seus olhos escurecem ainda mais e sua voz cai uma oitava. — Estou limpo. E você?

Meus ovários fazem uma pirueta. — O mesmo — Consigo dizer —, mas não tomo pílula.

Eu deixei isso afundar em nós dois.

A ideia de talvez se tornar pai deve ser energizante para Art. Ele salta de pé. — Que tal nos limparmos e depois investigarmos?

Eu o sigo e, quando fico de pé, minha cabeça parece que vai dar à luz outra cabeça, uma que também terá dor de cabeça. — Devemos tomar banho juntos?

Não estou perguntando porque preciso vê-lo nu e sem censura na sobremesa em meu portfólio de imagens para uma rapidinha. Ou porque espero que uma coisa leve à outra, e as endorfinas podem realmente fazer bem às nossas dores de cabeça.

Tudo bem, talvez eu esteja esperando por essas coisas, mas acho que quando você já está ganhando um centavo, pode muito bem aumentar a aposta.

Ele recua como se eu fosse um enxame de abelhas com tesão. — Não.

— Não? — Meus músculos do estômago ficam tão tensos que algumas coisas secas e brancas se desprendem de mim e caem no chão.

Art olha para a carne recém-exposta antes de erguer os olhos para os meus. Ele parece arrependido. — Eu realmente sinto muito. A noite passada não deveria ter acontecido. Tomar banho juntos agora só...

— Não diga mais nada. — Cerro os dentes, fazendo minha dor de cabeça latejar em meu maxilar. — Você tem razão. Vá em frente e tome banho primeiro.

O que eu estava pensando? O cara tem um harém de bailarina à sua disposição, e a única coisa que ele precisa de mim é o green card. Agora, tudo o que ele quer é lavar o fedor de mim de seu corpo.

Os lábios de Art se apertam em uma leve careta. — Acho que *você* deveria ir primeiro.

Isso é cavalheirismo ou ele está dizendo que eu cheiro mal?

— Você vai — digo. — Idade antes da beleza.

Não me sinto uma beldade depois de ser rejeitada, mas quero que ele se sinta velho.

— Damas primeiro. Essa é a minha resposta final.

— Certo. — Piso em um bolo enquanto vou até a mesa pegar o vestido e a lingerie – a única roupa que vejo por aí. Eu também pego os Manolo Blahniks, depois, vou em busca do banheiro.

Droga.

Estamos em uma suíte de cobertura de dois quartos que é pelo menos cinco vezes maior que meu estúdio na garagem em Staten Island. Além disso, descobrimos que não precisamos discutir sobre quem tomará banho primeiro porque há dois banheiros completos.

Nossa estada deve estar custando uma fortuna.

Grito sobre a questão dos banheiros para Art, mas não tenho certeza se ele me ouve – e não me importo se ele ouve.

Escovo os dentes com a escova de dentes descartável fornecida e me deleito no banho pelo que parece uma hora. Quando termino, minha dor de cabeça mudou do modo Armagedom zumbi para um apagão de eletricidade. Localizando uma loção sofisticada que não fede muito, passo-a sobre a tatuagem e faço uma anotação mental para pesquisar como removê-la.

Em seguida, cheiro meu vestido.

Não.

O roupão fofo pendurado em um gancho é muito mais convidativo, então eu o visto e me sinto quase como uma pessoa. Enfio meus pés em um par de chinelos do hotel. Agarrando o vestido, saio do banheiro e quase esbarro em Art, que também está de roupão.

— Aqui. — Ele me entrega uma garrafa d'água e um pacote de Tylenol. — Isso deve ajudar.

Vai demorar muito mais do que isso para me fazer esquecer a rejeição do chuveiro, mas é um começo.

Assim que termino de engolir a pílula, há uma batida na porta.

— Camareira — Art diz. — Pedi para limparem nossas roupas.

Uau. Ele deve ter tomado banho muito mais rápido do que eu.

Abrimos a porta e entregamos ao cara meu vestido e o terno de Art.

— E agora? — Pergunto quando estamos sozinhos.

Art acena com o telefone. — Vamos para a sala e investigamos.

Felizmente, a sala de estar está quase sem sobremesa. Sigo Art até um sofá confortável, onde ele configura o telefone para que a tela apareça na TV gigante à nossa frente.

— Há muitas fotos e vídeos — diz ele. — Vamos dar uma olhada.

Uma imagem minha segurando dados aparece na tela.

— Isso, eu me lembro — diz ele.

Interessante. Já estou usando o vestido novo.

Eu aponto para mim mesma na tela. — Nós fizemos compras antes disso?

Art passa o telefone algumas vezes, e uma foto minha de lingerie aparece. Algum vendedor deve ter tirado porque Art está na foto, olhando para mim com a expressão de um lobo de desenho animado babando.

Acho que sob a vodka, ele me queria. Minha dor é prova disso.

— Você quis fazer um show completo — diz ele sem encontrar meu olhar. — Foi por isso que comprei aquele para você e a arrastei para outra loja para comprar um vestido.

Ele me mostra algumas imagens minhas em vestidos diferentes – todos os quais poderiam ter sido do set de *Sex and the City*, e nenhum dos quais eu poderia pagar.

Eu ruborizo. — Por favor, me diga que isso não está nas redes sociais.

Art parece envergonhado. — Parece que postei tudo ontem à noite. Quer que eu delete aquela com você de roupa de baixo?

— A vodka é uma má ideia?

Ele remove a foto de seu feed, junto com mais algumas de mim em vestidos mais reveladores. Então, ele traz a próxima imagem na tela. — Isso, eu não me lembro.

É uma selfie nossa de rostinhos colados. Atrás de nós está um lugar chamado Dick's Last Resort.

A seguir, um vídeo. Nele, Art dá um soco em um garçom enquanto grita algo sobre ser rude com sua noiva.

Oh, cara. Acho que já ouvi falar do Dick's Last Resort. É um lugar onde os garçons são idiotas com você de propósito. Art estava claramente bêbado demais para entender isso.

Pelo menos não foi preso. Quero dizer, presumo que não, já que estamos aqui e não na prisão local.

O próximo vídeo é de nós em uma gôndola no Venetian.

E, claro, como não cair na água no meio do caminho?

Art olha para mim, e meu rosto queima com a minha falta de jeito no vídeo. Embora, para ser justa, Art esteja tão ruim quanto – e ele deveria ser o gracioso.

Na próxima parada de nossa desventura, ainda

estamos molhados do mergulho improvisado e, além disso, pareço estar chorando. Logo fica claro o porquê. Estamos dentro do Titanic: A Exibição.

Não vou chorar agora, obviamente, mas vamos todos concordar: Jack caberia naquela porta ao lado de Rose. Ele totalmente caberia.

— Exclua isso, por favor — digo com um leve soluço, e Art o faz.

O Museu da Máfia é o próximo e, depois disso, nos revezamos atirando em uma Uzi na Loja de Artilharia – provavelmente inspirados em nossa excursão anterior.

Uau. Capitalismo. Dar armas a duas pessoas tão bêbadas quanto nós – mente surtada.

Em seguida, é a loja onde conseguimos a máscara de gás – e um vídeo de Art dando uma explicação arrastada de por que a compramos. Aparentemente, um cara peidou em um elevador em que estávamos, e meu cavaleiro de armadura brilhante queria me proteger de ter que cheirar aquela sujeira novamente.

Sim. Ainda estou usando o vestido molhado e a máscara de gás nos próximos dois museus.

Art não precisa da minha sugestão para deletar todas as evidências disso.

Em um vídeo a seguir, parecemos mais secos e estou segurando a máscara, então isso é bom. O problema é que não estou mais sóbria, então, importuno um pobre mágico que devemos ter conhecido em algum lugar, dizendo-lhe que minha irmã Gia é muito melhor do que ele.

Art passa as gravações mais rapidamente.

Em uma, estamos dando um beijo de língua no

Museu de Testes Atômicos – porque com vodka suficiente em suas veias, até a radiação é sexy. Na próxima, estamos comprando um chicote em um sex shop e chamando-o de *venik* o tempo todo.

Dou uma espiada em Art. Ele está sorrindo. Eu gostaria de sentir o mesmo.

Onde está aquele chicote agora? Nenhuma pista. Mas não foi a única parada desse tipo. O próximo conjunto de fotos é no Museu do Patrimônio Erótico e, em muitas, pareço estar fazendo anotações excessivas.

Gambás fedorentos. Contei a Art sobre o meu blog? Mais importante, há evidências em seu telefone que possam lembrá-lo?

Até agora não. A visita ao Museu do Patrimônio Erótico é apenas em fotos, sem vídeos, graças a Deus.

— Acho que este é o grande evento — diz ele e inicia um vídeo.

Sim.

Estamos em um navio na Ilha do Tesouro, parecendo tão felizes quanto duas amêijoas em um restaurante vegano. O oficiante é um Elvis feminino, é claro, e as testemunhas estão vestidas como... humm... dançarinos exóticos, homens e mulheres.

— Eu reconheço alguns deles — Art diz, seguindo meu olhar. — Ex-dançarinos de balé.

Excelente. Até agora, eu só estava preocupada com o acesso dele às bailarinas. Acontece que ele também tem strippers à sua disposição.

Quando a cerimônia começa, nossas palavras estão tão arrastadas que nossos votos são difíceis de entender, mas me pego dizendo algo sobre ele me deixar tão excitada quanto Samantha. Seus votos são em russo (presumo), então, só entendo uma única palavra: *kislik*.

É estranho que eu me sinta tocada, apesar da confusão da cerimônia?

O rosto de Art é ilegível enquanto ele assiste, então provavelmente é apenas uma transação financeira para ele.

— Pode beijar a noiva — diz o Elvis para a tela de Art, e cara, nós nos beijamos.

Eu deveria ter tomado pílula só para aquele beijo. Minha língua parece estar atingindo o baço de Art, para não mencionar todas as mordidas nos lábios e as mãos vagando. É um milagre eu não tirar o Sr. Big – ou que Art não tire meus peitos do vestido.

Porra do inferno. Essa evidência não pode ser excluída. É importante demais para quando lidarmos com os agentes do green card. Parece incrivelmente real.

Quando nossos eus na tela finalmente se separam, as strippers e Elvis comemoram. Olhando nos meus olhos, Art balbucia algo que soa suspeitosamente como "E agora você é minha, *kislik*." Falando na palavra que agora está permanentemente escrita em sua pele, as fotos do estúdio de tatuagem são as próximas – porque "até que a morte nos separe" não era permanente o suficiente para nós, bêbados. Depois de tatuados, é lógico que vamos a um pet shop.

O que explica a besta peluda que conheci antes.

Art pausa a apresentação de slides e arqueia as sobrancelhas para mim.

— Oh, sim, *docinho* — digo. — Parece que temos um filho peludo. Parabéns.

Olho ao redor da sala, mas não vejo a criança peluda em questão, então, peço a Art que continue com o vídeo. O que se segue são dez minutos do dono da loja explicando os cuidados e a manutenção das chinchilas, bem como Art comprando a melhor caixa transporte para viagens aéreas e, em seguida, registrando nosso novo animal de estimação na companhia aérea.

— Você precisa do nome dele? — Ele murmura no telefone antes de mudar seu olhar para a criatura fofa. — Fluffer.

Fluffer? Art não percebeu que é assim que eles chamam a pessoa cujo trabalho é deixar um ator pornô duro antes de a câmera rodar?

Falando em sets pornográficos, o próximo conjunto de imagens é do quarto em que acordamos, sem sobremesas.

— Há um longo vídeo aqui — diz Art. — Mas não se preocupe. Isso não carregou em nenhum lugar devido ao seu tamanho.

Oh, Deus. Se é o que eu acho que é e ele tentou fazer o upload...

— Ótimo, vamos ver.

Exalando entre os dentes, Art aperta o play.

— ESTA é a nossa noite de núpcias — diz Lemon na tela timidamente, seu discurso arrastado. Ela, então, lança um olhar para a cama gigante.

Piranha.

Na tela, Art caminha até ela. — Com certeza, é.

Lemon fica na ponta dos pés, lambe o lóbulo da orelha e sussurra bem alto: — Alguém deveria perder a virgindade.

As narinas de Art se dilatam. — Deveria?

— Enfaticamente. — O olhar de Lemon muda para sua virilha. — Para esse fim, você está pronto para comer… crème brûlée?

Eu, a semi sóbria Lemon observando, sinto-me transformar em uma laranja. Ao meu lado, o olhar de Art está grudado na tela, os lábios ligeiramente entreabertos.

Na tela, Art olha para o Manolo Blahniks de Lemon, então arrasta seu olhar para cima até que seus olhos se encontrem com os de Lemon. — Quem diria que minha *kislik* era tão tradicional?

— Muito tradicional. — Quebrando o contato visual, Lemon pula para a mesa e pega o telefone. Ela deve ter ligado para o serviço de quarto porque pediu o crème brûlée, junto com chantilly, biscoitos, bolos e assim por diante.

Quanto mais itens ela lista, mais altas sobem as sobrancelhas de Art no video.

— Tem certeza de que pediu o suficiente? — Ele pergunta quando Lemon desliga.

Ela dá de ombros. — Suponho que não seja apenas crème brûlée que você nunca provou. Estou errada, meu virgem de doce?

Seus olhos brilham e posso sentir o calor em seu olhar, mesmo através da tela.

— Bem, então — diz Lemon em sua melhor voz de sedutora. — A desvirginização vai durar a noite toda, se for preciso.

Huh. É estranho que eu goste do meu eu bêbado? É uma pena que ser ela venha com o preço de uma terrível dor de cabeça – para não mencionar o que está prestes a acontecer na tela.

— Então — diz Art na tela com a voz rouca. — O que fazemos enquanto isso?

Lemon rouba outro olhar para a cama. — O que voce tinha em mente?

A mandíbula de Art fica tensa e ele dá um passo na direção dela. De repente, alguém gorjeia fora da câmera.

— Merda, Fluffer — Art exclama e desaparece por um segundo, voltando com a caixa.

Ah. Certo. A pobre chinchila.

Art tira a criatura do transorte e eles se aconchegam, como uma criança e seu bichinho de pelúcia.

Huh. Fluffer parece feliz. Então, novamente, quem não seria?

— Posso tentar? — Lemon pergunta.

Art entrega o animal de estimação para ela, mas quando ela tenta copiar o que Art fez, Fluffer sai correndo, parecendo mortalmente amedrontado.

— Você o assustou — Art diz, então estende a mão para o bichinho e diz algo reconfortante em russo. A chinchila deve falar um pouco de russo – ou realmente gostar de Art – porque em alguns segundos, eles estão se aconchegando mais uma vez.

Lemon estreita os olhos para a chinchila. — Isso é um menino ou uma menina?

— Menino. — Art mostra a ela a barriga da criatura.

Eu olho para a tela. Não há nenhuma evidência de uma forma ou de outra. Provavelmente é preciso um especialista para discernir – alguém como minha mãe faz com pintinhos, que pode de alguma forma diferenciar galos de galinhas quando eles têm seis semanas de idade.

Na tela, Lemon bufa e quase cai de bunda. — Se é um ele, por que ele é tão seu amigo e não meu?

Tanto Art na tela quanto no mundo real riem dessa afirmação.

— Por que isso importaria? — Pergunta o Art na tela.

Ótima pergunta. Estou muito mais sóbria do que a Lemon na tela e não tenho ideia do que ela quis dizer com isso – exceto que soa vagamente relacionado à bestialidade.

Lemon muda de assunto indo até o frigobar e pegando algumas garrafinhas.

Não. Não beba mais. Você está louca?

Ela está. Ambos estão. Eles se sentam na beira da cama com Fluffer no colo de Art, abrem as garrafas, e Art faz um brinde fantasioso ao longo das linhas de "que a vodka traga a paz mundial, cure conjuntivite e traga de volta os mamutes lanosos para as estepes congeladas de Sibéria."

Encolhendo-me, observo-os engolir as garrafas, e minha dor de cabeça piora retroativamente.

Jogando a garrafa de lado, Lemon sobe a saia tão alto que posso ver sua calcinha – e os dois Arts também, a julgar pelo ávido interesse em seus rostos.

— A sobremesa está demorando muito — Afirma ela, com os olhos nos lábios de Art. — Talvez haja algo mais que você possa comer enquanto isso?

Fluffer pula do colo de Art com um olhar que parece dizer: *eu sabia que esses humanos queriam me comer. Eu sabia disso, caralho!* Ele pula freneticamente para longe, fora de cena.

Então eu vejo porque Fluffer realmente fugiu.

Não foi o comentário sobre "comer".

Não diretamente, de qualquer maneira. A calça de Art na tela é uma tenda armada – e é aí que o pobre roedor estava sentado, então ele se assustou com o Sr. Big acordado.

Na tela, Lemon desliza até Art e gentilmente passa as pontas dos dedos sobre o topo da tenda. — Meu querido marido — diz ela com um péssimo sotaque britânico. — Isso é para mim?

Gambás me mordam. Posso simplesmente cair no chão e despencar em um quarto de hotel no andar de baixo?

Eu dou uma espiada no Art do mundo real.

Uma veia pulsa em sua têmpora. Ele me pega observando, pigarreia e reajusta o manto.

— Regra Um — diz Art na tela com uma voz rouca. — Lembra disso?

Lemon faz outro círculo com o dedo e alcança o zíper. — Um monte de hooey.

Art do mundo real solta uma gargalhada.

Eu dou a ele um olhar severo.

Ele pausa o vídeo. — Desculpe, é que *hooey* significa 'pau' em russo, e é onde está a mão dela, quero dizer, a sua. Além disso, isso me fez pensar: 'Uau. Ela bebeu tanta vodka que está falando russo espontaneamente.'

— Muito engraçadinho. Depois de se aposentar do balé, você deveria considerar se tornar um maldito comediante.

— Você tem que admitir, nos encontramos em uma situação estranha.

Eu suspiro. — Estamos.

— Devemos continuar assistindo a isso?

Ótima pergunta. Se o vídeo se transformar em pornografia – e as chances são quase cem por cento de que isso aconteça –, será muito mais difícil manter o resto do nosso casamento platônico. Apesar desse raciocínio, eu digo: — Sim, deveríamos. Preciso saber se devo tomar uma pílula do Plano B.

Sim. Essa é a minha história e estou me apegando a ela. Não é como se eu pudesse simplesmente tomar a pílula sem assistir, de jeito nenhum. Por que me expor a altos níveis de hormônios se não precisar... certo?

— Eu posso assistir e te contar.

Eu zombo. — Boa tentativa. Que tal eu assistir e *te* contar?

Ele retoma o vídeo.

Os dedos de Lemon na tela continuam a circular em torno da protuberância de Art.

— Esta é uma má ideia — diz Art na tela, mas não a impede.

— Esta não é uma má ideia. É o Sr. Big — diz ela com uma risadinha.

Alguém bate na porta e levo um segundo para perceber que é no vídeo.

Andando engraçado – seja por causa do que Lemon fez, do álcool ou de ambos –, Art vai abrir a porta, e não me surpreendo ao ver os carrinhos cheios de sobremesas entrando no quarto.

Os garçons espalham as delícias ao acaso pelo quarto, colocam as latas de chantilly na mesa e saem correndo – sem dúvida suspeitando que a bacanal está por vir.

Assim que ela e Art ficam sozinhos, Lemon pega um crème brûlée e o coloca na mesinha de cabeceira onde hoje encontrei seu pote vazio, com a camisinha dentro.

— Coma. — Suas palavras estão imbuídas de energia erótica suficiente para tornar a geleia próxima tão dura quanto uma bala de chocolate.

Art se senta na cabeceira da cama, pega a tigela e quebra a casca de açúcar em cima.

— E agora, pela primeira vez, experimente — diz Lemon.

Minha boca está cheia d'água.

Art sensualmente coloca uma colher de crème brûlée na boca.

Seus olhos estão fechados e ele parece estar gostando muito disso, provando de uma vez por todas que é humano.

Um pedacinho da sobremesa cai em seu lábio, como um bigode de leite.

Eu sei o que Lemon está prestes a fazer antes que ela o faça. É fácil adivinhar porque é o que eu gostaria de fazer, e o álcool removeu todas as inibições da Lemon na tela.

Ela se senta ao lado de Art e lambe o bigode de seu lábio, como um gato.

Ele abre os olhos. Agarrando a nuca dela, ele a puxa para um beijo que faz aquele depois da cerimônia de casamento parecer 'censura livre' em comparação.

Uau. É estranho ter ciúmes de mim mesma? Além disso, nunca mais quero beber, não se isso significar que posso esquecer um beijo como aquele.

Enquanto o beijo voraz continua, a mão de Lemon localiza a protuberância de Art mais uma vez, e ela a agarra com firmeza.

Afastando-se, ele suga um pouco de ar. — Espere.

Ela toca os lábios machucados. — Esperar?

— Você está bêbada.

Ela estende a mão e puxa para baixo o zíper. — Você está mais bêbado.

Ele se afasta dela, mas não muito, porque a cabeceira da cama está lá. — Nunca tirei vantagem de uma mulher embriagada.

Seu sorriso é tortuoso. — Oh, isso. Que admirável. Obviamente, eu posso fazer o que eu quiser comigo mesma, certo? Você não impediria uma pobre mulher indefesa e *embriagada* de se divertir, não é?

Seu movimento de cabeça é quase imperceptível.

Ela caminha até a mesa e tira a roupa, lentamente. Toda.

Quer dizer, eu meio que suspeitei que isso aconteceria em algum momento, considerando como eu estava nua esta manhã, mas ainda fico vermelha como uma freira nessas circunstâncias... no dia seguinte está além de mim.

— Podemos parar de assistir — diz o Art próximo.

Na tela, Art não diz nada – apenas encara Lemon como se estivesse prestes a devorá-la.

Tentando se mover de forma sedutora – mas tropeçando bastante nas sobremesas –, Lemon sobe na cama, abre bem as pernas e começa a se tocar.

Eu não posso acreditar que isso está acontecendo. Quero acordar desse pesadelo, ou pelo menos fugir, de preferência até Staten Island.

Minha voz está embargada quando pergunto: — Você pode colocar no avanço rápido? E desviar o olhar? Eu vou te dizer quando acabar.

Se fosse ele quem estivesse dando esse tipo de show, eu não concordaria em desviar o olhar, mas, novamente, ele prova ser uma pessoa melhor porque faz o que eu peço. Isso ou me ver 'polir a aranha' não é algo que ele queira ver enquanto está sóbrio.

Na tela, o show de masturbação está acontecendo em uma velocidade vertiginosa (um borrão dos dedos), mas ainda continua pelo que parece um tempo muito longo. A razão é simples: na tela, Lemon passa por todas as técnicas sobre as quais já escrevi no blog e até inventa alguns novos movimentos.

Se ele visse isso, Art perceberia que sou uma profissional? Não faço ideia, mas fico feliz que meu eu na tela não tenha acesso a uma escova de dentes elétrica ou qualquer outro acessório.

Não. Falei cedo demais. Na tela, Lemon pula de pé, pega uma lata de chantilly e uma cereja, depois volta para a cama e cobre o púbis com creme. Então, ela adiciona a cereja em cima, é claro.

Atire em mim agora.

Ela acena para Art e eles trocam algumas palavras que não consigo ouvir no avanço rápido. Aposto que é algo como "venha comer" dela e "OK, tudo bem, qualquer coisa para impedir você de se masturbar ainda mais" dele.

Uma vez que Art na tela está convencido, ele vai para o deleite em um salto de felino. Então, novamente, pode parecer assim devido à aceleração do vídeo.

Devo dizer a Art que ele pode olhar de novo? Se é isso que é preciso para desacelerar o vídeo, acho que sim. Estou muito curiosa sobre sua técnica de cunilíngua.

Eu limpo minha garganta seca. — Você pode parar o avanço rápido?

Art se vira e suspira audivelmente.

Isso foi um bom suspiro ou um mau suspiro? Provavelmente ruim. Ele não consegue acreditar que o álcool o fez descer tanto abaixo de seus padrões inspirados em bailarinas.

Art na tela não parece se importar com os encantos de Lemon. Ele trabalha com o chantilly como se estivesse em greve de fome, depois, lambe as dobras dela com o mesmo entusiasmo e ferocidade.

Ela começa a gemer.

É claro. Eu quero gemer também – de humilhação. Também quero dizer a Art para desviar o olhar de novo, mas fico sem fala, então, apenas fico sentada, minha respiração acelerada, meus dedos dos pés se curvando, como se fosse o eu-agora que está sendo lambida.

Isso é alguma memória muscular estranha ou algo que vai além disso?

Os gemidos ficam cada vez mais altos, até que Art abaixa o volume da TV, fazendo meu rosto já corado queimar ainda mais.

Quando ela goza, seu orgasmo parece tão poderoso que sinto um tremor secundário aqui no sofá.

— Que tal? — Na tela, Art pergunta com um sorriso arrogante.

Ela rasga a camisa dele, fazendo os botões voarem.

— Você não é oficialmente um virgem de chantilly. — Ela abaixa a calça dele. — No entanto, corre o risco de levar uma surra de boceta.

Afinal, o que isso quer dizer?

Sorrindo, Art a ajuda a tirar a roupa e, logo, Sr. Big é libertado.

Eu suspiro, assim como Lemon na tela. Nós também lambemos nossos lábios nervosamente... ou talvez no caso dela, arbitrariamente.

Mesmo para algo apelidado de Sr. Big, isso é... bem, grande. Você pensaria que com toda aquela vodka, pau bêbado pudesse ser uma preocupação, mas não. Sr. Big está a todo vapor, uma beleza pura e enorme que parece meio perigosa. Como se devesse haver uma licença para usá-lo.

Ele fez xixi perto de Chernobyl? Não sei como estou hoje, mas a expressão no rosto de Lemon lembra a de Ann quando ela viu King Kong pela primeira vez.

Sim. Eu entendo por que ainda estou dolorida.

Quando ela se recupera, ela se abaixa – como se fosse olhar mais de perto.

Não. Errado.

Ela está lambendo e depois chupando.

Assistir a isso foi um erro. Acho que nunca mais poderei olhar nos olhos de Art. Por outro lado, também não posso deixar de notar o quanto minha boca saliva – junto com outros lugares – especialmente quando Lemon se afasta, pega uma lata de chantilly, cobre Sr. Big e depois devora tudo.

— Eu preciso estar dentro de você — Na tela, Art rosna quando o tratamento com chantilly se repete.

OK, isso é foda. Eu diria que sim agora, todas as minhas hesitações anteriores que se danem.

Então, novamente, eu ainda estou um pouco bêbada.

Não surpreendentemente, meu eu atrevido não diz apenas sim. Ela se esparrama para trás e abre as pernas de forma acolhedora, gemendo: — Sim, por favor.

Ei, ela poderia ter dito: "Aberto para negócios".

Mas espere. — E a camisinha? — Murmuro.

Do seu lado, Art do mundo real fica tenso. Ou ele não gosta do suspense – eles vão usar proteção ou não –, ou está simplesmente chateado sobre onde está prestes a enfiar o Sr. Big.

— Um momento. — Na tela, Art volta para a calça, pega a carteira e procura furiosamente até tirar uma camisinha.

Eu olho para Art do mundo real.

Ele lança um olhar culpado para mim. — Eu não estava sendo presunçoso por ter isso comigo. *Sempre* carrego uma na carteira.

Excelente. Se eu precisava de uma prova de que ele é um promíscuo, aí está.

Antes que eu possa dizer qualquer coisa, na tela, Art rola a camisinha no Sr. Big, e então ele se posiciona fluidamente sobre Lemon, sua ponta embainhada cutucando a entrada de sua abertura.

Caralho. Esses glúteos. As costas. Dor ou não, estou de novo tão excitada quanto uma cabra montesa adolescente... no cio.

Ele empurra dentro dela.

Ela geme.

Meu batimento cardíaco dispara.

Ele grunhe.

Art do mundo real pigarreia ruidosamente. — Devo avançar rapidamente?

— Não — digo, muito rapidamente. Em tom mais moderado, acrescento: — E se a camisinha estourar?

— Será que vamos ver isso? — Ele pergunta.

Foda-se ele e seus pontos positivos. — Podemos ouvir?

— Como isso soa?

Eu tomo uma respiração calmante. — Certo. Avanço rápido.

Ele o faz, mas vê-lo me foder super rápido só torna o vídeo mais sexy e mais embaraçoso.

Eventualmente, Art na tela empurra de forma particularmente violenta em Lemon, que é quando Art próximo deve decidir que a questão do preservativo será respondida em breve, então, ele retoma o vídeo na velocidade normal.

— Art! Art! Art! — Na tela, Lemon grita repetidamente enquanto chega ao clímax.

Uau. Acho que nunca fiz tanto barulho. É um milagre não ter perdido a voz. Ele deve ter sido bom. Muito bom. Pena que a estúpida vodka tirou a lembrança disso de mim.

Art próximo enxuga o suor da testa enquanto seu eu na tela tira a camisinha e a coloca na tigela onde a encontramos hoje.

Art e eu nos sentamos mais eretos. Se algo inseguro acontecesse, seria exibido na tela agora – não que você possa considerar o que já testemunhamos como "seguro".

— Você tem outra? — Lemon pergunta.

Que ninfomaníaca. Eu nunca corei tanto na minha vida.

Na tela, Art balança a cabeça. — Foi uma sorte eu ter essa.

— Ah, bem. — Ela se levanta e quase cai. — Eu sei o que podemos fazer.

Ela desaparece de vista.

Por que eu tenho um mau pressentimento sobre isso?

Quando ela volta, está segurando o chicote.

Que diabos? Aquela coisa não estava no quarto quando acordamos. Para onde foi? Espero que não esteja em algum orifício. Pelo menos não no meu.

Oh, não. Por favor, me diga que nossa maratona de sexo nunca saiu dos limites desta suíte.

Lemon pega um pedaço de cheesecake e uma lata de chantilly. — Pronto para a versão americana da *parka*?

Na tela, Art arqueia as sobrancelhas. — Isso não envolveria um hambúrguer?

— Deite-se, com o rosto para cima — Ela diz em uma imitação muito boa de como Art disse essas palavras exatas no banya.

Ele o faz.

Ela coloca o cheesecake no peito dele, cobre-o com chantilly e levanta o chicote.

— Preparado?

Plaft!

A bagunça branca está por toda parte e há um pouco de vermelhidão na pele exposta de Art. Ele não parece se importar – sem dúvida bêbado demais para sentir dor.

— Sua vez — diz ele.

Ela se deita, depois fecha e abre as pernas.

Vadia.

Ele pega uma bola de sorvete de uma tigela e coloca no umbigo dela. — Preparada?

Rindo, ela balança a cabeça. — Se você estiver fazendo um sundae, adicione um pouco de chantilly.

Vagabunda.

Nota lateral, por que há tantas palavras para xingar uma mulher e apenas um epíteto solitário de "promíscuo" para homens? Estúpidos padrões duplos.

Minhas reflexões feministas são interrompidas pelo açoitamento de Art – como essas coisas costumam acontecer. Ei, pelo menos ele é muito mais gentil com ela do que ela com ele.

Ainda assim, o sorvete e o chantilly voam por todo o lugar.

— Agora... lamba — Ordena Lemon.

Já estou sem termos vergonhosos para chamar.

Art na tela obedece.

Ela tem outro orgasmo, alto, então retribui o favor para ele. Assim que ele goza, ela joga uma torta na cara dele, gritando: — Eu sabia que você queria um tratamento facial!

Segue-se uma luta de comida sexy, depois, mais oral. Finalmente, eles se abraçam e adormecem.

— NUNCA FALAREMOS SOBRE ISSO — digo quando Art interrompe o vídeo. — Combinado?

Ele concorda. — Devo excluí-lo?

Estou prestes a dizer "é claro", mas então hesito. — Eu guardaria até você ter o green card. Se algum agente do governo não acreditar que o que temos é real, mostraremos isso a eles.

Ele ri. — Não consigo nem imaginar a cara do agente hipotético.

Eu rio também, mas depois faço minha cara ficar séria. — Provavelmente nem é preciso dizer, mas quero esclarecer: não assista isso de novo ou mostre a ninguém.

Nem vou assistir de novo porque ficar platônico com ele já é tão difícil quanto Sr. Big era no vídeo.

— Nem precisa dizer.

A porta toca. Ele se levanta para responder.

É minha imaginação estimulada por vídeo ou ele

apenas reajustou algo grande na região do Sr. Big? Droga, agora que eu vi, só vou pensar no pau dele?

Quando Art volta, ele já está vestido e me entrega meu vestido de ontem à noite, agora limpo.

— Eu vou encontrar Fluffer. — Ele sai da sala.

Eu rio enquanto me visto. Falando em fluffers, ele não precisou de nenhum para o nosso pequeno pornô.

— Lemon, venha dar uma olhada nisso — Art grita do quarto.

Eu me junto a ele – e quando entro no quarto, eu coro. Agora que vi o que aconteceu aqui, as sobremesas ganham um novo significado.

Além disso, juro que sinto cheiro de sexo no ar, e isso me deixa com tesão. Ou, mais excitada.

Art está ajoelhado ao lado da cama, olhando embaixo dela, então me junto a ele.

Assim que vejo o que ele encontrou, começo a rir.

Parece que localizamos Fluffer *e* o chicote desaparecido. Um está comendo o outro – e obviamente, quero dizer, Fluffer está comendo o chicote, e não o contrário.

Eu paro de rir. — Isso é seguro para a saúde dele?

— Acho que sim — diz Art. — Esse cabo é feito de madeira, e o cara da loja disse que as chinchilas roem coisas aleatórias regularmente, para embotar seus dentes sempre crescentes.

Huh. Art estava claramente prestando mais atenção a esse discurso do que eu.

— Venha aqui, pequeno Fluffer — Eu arrulho. — Nós somos sua mamãe e seu papai.

A chinchila me lança um olhar que parece dizer:

Mamãe? Humana, por favor. Eu testemunhei seu apetite insaciável por todo este quarto – em ambos os sentidos da palavra. Se eu sair, você vai me engolir inteiro de uma só vez, como uma bolinha de algodão doce. Não, obrigado.

Ele volta a roer o chicote.

— Como vamos tirá-lo de lá? — Sussurro para Art.

Teoricamente, meu braço é fino o suficiente para caber debaixo da cama, mas não, obrigada. Não tenho certeza se esta chinchila foi vacinada contra raiva.

Art se levanta e sai do quarto. Quando ele retorna, está segurando uma tigela grande com – estranhamente – pó nela.

— O cara da loja disse que elas adoram banhos — diz Art. — Talvez isso a tire de lá?

Ele coloca o banho para baixo. Assim que Fluffer o vê, deixa o chicote para trás e corre para o pó.

Huh.

É isso que essas empresas de peles fazem para atraí-las?

Fluffer começa a se aquecer no pó, e eu assisto com um sorriso cada vez maior.

— Como isso não é viral? — Pergunto a Art. — É mais fofo que gatinhos sonolentos.

Art olha para Fluffer com orgulho paternal. — Concordo. Teremos que bater umas dela um dia desses.

Fluffer, que parece ter terminado seu banho, lança um olhar preocupado para nós:

Bater em mim e depois me comer. Os seres humanos são tão previsíveis.

Antes que a chinchila possa correr de volta para

debaixo da cama, Art diz algo reconfortante para em russo e gentilmente a pega.

É isso. Mesmo o humano com cheiro mais agradável vai te comer. Quem diria?

Art coloca Fluffer na caixa e se vira para mim. — Devemos ir para o aeroporto. Não quero mantê-la presa nessa coisa mais do que o necessário.

Claro, claro. Vocês só querem carne fresca no voo, seus monstros.

Já que estamos saindo, localizo meu telefone e procuro minhas roupas velhas. Elas se foram, provavelmente deixadas na loja onde comprei meu novo traje.

— Deixamos o chicote debaixo da cama? — Pergunto a Art antes de sairmos.

Ele dá de ombros. — Está arruinado.

— Eles saberão que é nosso. — Ruborizo ao imaginar alguém localizando a coisa. Eles vão presumir que somos extra-extra pervertidos devido ao estado roído da madeira. — Tem sobremesa espalhada por toda parte.

— Se você quiser rastejar para debaixo da cama, fique à vontade — diz ele.

Com um suspiro, saio do quarto. Art e eu não conversamos muito no caminho para o saguão. Não sei sobre ele, mas estou repassando o vídeo fatídico na minha cabeça e me excitando demais para estar em público.

— Vou pagar a conta — diz Art. — Você pode chamar um táxi?

Eu faço isso, e quando Art se junta a mim, sua expressão é estranhamente pensativa.

Ele também está refletindo sobre o vídeo que vimos?

— Para onde vamos? — O taxista pergunta.

— Dê-nos um segundo — Art diz a ele, então se vira para mim. — Olha, Lemon... se você mudou de ideia sobre o casamento, podemos dar a volta e conseguir a anulação.

Com que fundamento? Na verdade, consumamos nossa união. — *Você* mudou de idéia? — Eu pergunto, e odeio o quão fraca minha voz soa.

Suas sobrancelhas franzem. — Por que eu mudaria de ideia?

Porque o vídeo fez você se sentir sujo? Porque você não quer mais estar ligado a gente como eu? Porque você percebeu que poderia economizar dinheiro simplesmente pedindo a qualquer mulher de sangue quente para ser sua de graça? Posso pensar em mais algumas razões.

— Se você ainda está bem com isso, eu também estou — digo. — Ah, e, obviamente, a Regra Um está de volta em vigor.

— Certo. Regra Um. — Ele estuda meus lábios com uma expressão estranha. — Que tal também implementarmos a Regra Dois: não beber enquanto estivermos casados.

É para ele não repetir o erro do rala-e-rola comigo? Eu franzo meus lábios. — Certo.

Ele se vira para o taxista, que agora deve nos considerar doidos. — Para o aeroporto, por favor.

O motorista pisa no acelerador e, para preencher o

silêncio constrangedor que se segue, verifico meu telefone.

— Gambás — Inadvertidamente digo em voz alta.

Tenho centenas de mensagens de texto, chamadas perdidas e notificações de redes sociais.

— Tudo certo? — Art pergunta, deslizando para mais perto de mim.

— Muitas mensagens. — Aceno meu telefone.

— Ah. — Ele interpreta isso como um convite para verificar seu telefone, então eu mergulho no meu.

Gambás me mordam.

Art não foi o único tirando selfies e fazendo vídeos ontem à noite. Eu também fiz isso e os publiquei – depois de estar bêbada demais para entender as implicações.

Há fotos nossas em cada um dos museus, mas é possível recuperá-las. Algumas fotos no Dick's Last Resort e na exposição do Titanic – ainda não é o fim do mundo. E...

Não.

Aqui está.

Eu postei fotos de nós fugindo para casar – claramente tiradas por uma das testemunhas-strippers.

Isso significa que todos sabem. Minha família e amigos.

Mesmo que eu conseguisse a anulação, o pior dos danos já estava feito.

Com o coração pesado, li a primeira mensagem, que por acaso é de Honey:

Casada??? De verdade? Quão bom cheirava aquela tanga? Ligue-me imediatamente.

Um texto de Blue veio logo depois disso:

Sagrado matrimônio!!! Quero dizer, eu gosto dos meus homens do Leste Europeu tanto quanto qualquer outra garota, mas você não acha que isso foi um pouquinho rápido demais? Ligue para mim, ou vou hackear seu telefone e falar pelo viva-voz.

Gia escreveu no Facebook. Como performer, ela marca presença ali religiosamente:

Entendo totalmente. Foi assim que pensei que o Projeto BS terminaria, mas talvez não tão cedo. Exijo detalhes.

E assim por diante.

Até meus pais estão sabendo. Em letras maiúsculas, mamãe me diz como está feliz e depois me dá um sermão sobre a importância de orgasmos múltiplos, especialmente na noite de núpcias.

Caramba, valeu.

A mensagem de papai é a mais sinistra:

Parabéns! Vejo você e seu novo marido em breve.

Eu arrasto o telefone para longe do meu rosto. — Meus pais podem estar vindo para a cidade.

Art ergue os olhos de suas próprias mensagens. — Isso é ótimo. Estou ansioso para conhecê-los.

Huh. Últimas palavras famosas.

———————

No resto do caminho até nossos assentos no avião, respondo às mensagens do meu povo. Assim que decolamos e antes que eu perca a recepção, vejo uma mensagem que chegou muito cedo ontem, na hora em que eu estava massageando Art no banya.

É de um número desconhecido.

Oi, Lemon. Meu nome é Bella Chortsky. Sua irmã achou que deveríamos conversar. Estou de volta à cidade. Você quer tomar uma bebida esta noite ou tomar um café amanhã?

Oh, gambá. É a dona da Belka – como um contato comercial – então, é claro, a idiota bêbada respondeu ontem à noite:

Desculpe, não posso agora, Bellissima.

Eu paro de ler.

Bellissima? Isso foi autocorreção ou eu realmente chamei uma mulher que nunca conheci de "linda" em italiano?

Espero que tenha sido autocorreção. Tem falhado muito ultimamente.

Infelizmente, a mensagem continua:

Estou em Vergas.

Vergas? Isso é uma correção automática para Vegas ou mudei para o espanhol, onde essa palavra significa "escravo"? Talvez tenha sido a influência subliminar do chicote?

Ah, e aqui está o chute no traseiro:

Estou prestes a me casar com o homem mais cheiroso de todos os tempos. Grão tcheco?

Sim. Bota, grão e tcheco – ah, e por que o corretor automático não conseguiu transformar aquele *cheiroso* em qualquer outra coisa, até mesmo *valoroso*?

Lá se vão aquelas oportunidades de patrocínio.

Ou talvez não.

Há uma resposta de Bella:

Uau. Parece que você está se divertindo muito aí. Eu quero saber mais. Ligue-me quando estiver de volta à cidade.

OK, talvez nem tudo esteja perdido aqui. Não, a menos que minha resposta final arruíne minhas chances, o que é muito possível. Algumas horas depois, quando eu estava ainda mais bêbada, escrevi o seguinte:

Tão lago eu volte a Mew Pork, eu cago você.

Eu me bato na testa, com força. Ou devo dizer no chiqueiro.

— Muito ruim, hein? — Art cobre minha mão com a sua, provavelmente por acidente.

Eu viro meu telefone rapidamente. Já é ruim que Bella tenha visto aquela atrocidade; não há razão para que meu novo marido veja. — Tudo bem. E o seu?

— Nada mal, especialmente em comparação com a forma como todos receberam a notícia da minha aposentadoria. — Ele não tira a mão.

A vibração no meu estômago parece o roçar suave das asas de cisnes bebês. — Você se aposentou?

Ele concorda. — Você disse que não vai desistir do nosso acordo, então...

Eu bato meus cílios para ele estupidamente. — Bem desse jeito? Você não é mais um dançarino de balé?

— Não, ainda sou. Não vou deixar a companhia na mão. Vou fazer várias apresentações até que encontrem um substituto. Mas, sim. O gato está fora do saco.

Uau. Admiro sua determinação. Eu teria esperado pelo green card antes de cortar meu contracheque. Então, novamente, eu deveria me dar algum crédito. Se eu realmente me importasse com contracheques, trabalharia com finanças ou imóveis, não seguiria minha paixão: blogar sobre todas as diferentes maneiras de 'arrombar o cofre'.

— Gostaria de uma bebida? — A comissária de bordo pergunta, aproximando-se de nossos assentos.

Art puxa a mão e diz rispidamente não ao mesmo tempo que eu.

Ela parece ofendida e sai correndo.

Art verifica a transportadora embaixo do assento e percebo a expressão infeliz de Fluffer.

Nunca pensei que diria isso, mas prefiro ser comido. As chinchilas não foram feitas para voar. Somos seres, ao contrário de esquilos voadores, planadores do açúcar e humanos.

Art murmura algo para ele em russo, e isso parece acalmar um pouco a criaturinha.

Ei, até eu me sinto mais calma.

E com sono.

Muito sonolenta, na verdade, o que é compreensível. Passei a maior parte da noite fazendo coisas com Art, sem contar como o álcool faz mal para o sono.

Ah, bem.

Eu fecho meus olhos.

Poderia muito bem tirar uma soneca.

———

Acordo quando pousamos em Nova York.

Uau. Cinco horas de sono. E, no entanto, a dor de cabeça ainda está lá.

— Olá, dorminhoca — Art murmura quando percebe meus olhos se abrindo.

— Oi. — Uma garota pode se acostumar a ver aquele rosto ao acordar.

O avião para completamente e os motores desligam.

— Descansou bem? — Art pergunta quando os sinais de cinto de segurança se apagam.

— Eu penso que sim. — Levanto as mãos para esfregar os olhos e percebo que alguém me cobriu com um cobertor macio. — Obrigada.

— Como está sua dor de cabeça? — Ele me entrega uma garrafa d'água.

Aceito e tomo um gole. A água é fria e refrescante na minha língua ressecada. — Ainda dói. Você?

— Estou muito melhor. — Ele pega um pacote de Tylenol e me entrega. — Pegue.

Engulo os dois comprimidos e bebo a água para me certificar de que estou devidamente hidratada.

Ele me observa com uma expressão estranha. Seus olhos parecem calorosos, como fondue de chocolate. — Sabia que você ronca?

Quase engasgo e sai um pouco de água do meu nariz. — Eu não.

Ele pega o telefone e toca uma faixa do aplicativo gravador de voz.

Sim. Isso é ronco. — Pode ser qualquer um — digo com uma fungada. — Mulheres não roncam.

Ele coloca a mão sobre meu cotovelo. — Você frustrou meu plano covarde. Eu gravei totalmente outra mulher roncando e tentei passar por você.

Se ele continuar segurando meu cotovelo, vou deixá-lo escapar impune por me acusar de fazer todos os tipos de sons impróprios, seja roncar, arrotar ou balir.

Infelizmente, ele remove a mão para alcançar sob o assento a transportadora de Fluffer.

— Plano covarde, de fato. — Eu zombeteiramente estreito meus olhos para ele. — Não tente fazer isso de novo, ou qualquer outra coisa que envolva a frase 'outra mulher'.

O que quer que Art esteja prestes a dizer é interrompido pelo anúncio de que podemos deixar o avião.

Em um gesto cafona e cavalheiresco que secretamente amo, Art me oferece a mão para me ajudar a levantar. Ele também me deixa passar por todas as portas antes de sair do aeroporto.

Como não temos bagagem despachada, vamos direto para os táxis. Enquanto esperamos, mando uma mensagem para minhas irmãs e digo que conversaremos assim que eu chegar em casa. Eu também debato se devo seguir com Bella, mas antes de decidir, é a nossa vez de pegar um táxi.

Assim que saímos, percebo que há um grande problema.

A pessoa que andou neste carro antes de nós não deve ter tomado banho em uma década. E, para piorar as coisas, sinto cheiro de ambientador de pinho.

Abro uma janela.

Não. O cheiro do purificador de carro é menos potente, mas o odor do corpo ainda é intolerável, fazendo-me pensar que a fonte é o motorista.

Mesmo me aproximar de Art e inalar seu cheiro mágico não funciona. Quão estranho eu pareceria se tirasse aquela máscara de gás e a colocasse? Ou colocasse minha cabeça para fora da janela, como um cachorro? Ou talvez eu pudesse fingir estar doente? Eu posso realmente ficar doente se continuar cheirando isso.

O problema é que, se sairmos agora é uma longa caminhada de volta à área de táxi, além disso, havia aquela fila. Eu odeio ser uma diva sobre cheiros, mas, novamente, não tenho certeza se posso...

— Pare o carro. — O tom de Art é tão exigente que o taxista pisa no freio.

Paramos com um solavanco e um guincho de pneus, e sinto cheiro de borracha queimada – outro cheiro que odeio.

— Estamos saindo — Art diz, então joga uma nota de vinte para o cara e sai, segurando a porta aberta para mim.

Antes que o taxista possa esclarecer o que é, eu saio do carro.

Oh, o ar alegremente livre de odores corporais.

Meu reflexo de vômito relaxa.

O táxi acelera.

Eu olho para Art com as sobrancelhas levantadas, embora eu possa adivinhar o que aconteceu.

— Aquele carro parecia cheirar mal — diz ele. — Achei que, se notei, você provavelmente estava sufocando.

Como eu pensava. Ele queria me salvar do fedor. Esse é um ato de cavalheirismo que o tornaria um cavaleiro no passado, ou, pelo menos, o colocaria no cinto de castidade de uma dama.

— Obrigada — digo sinceramente. — Mas agora temos que voltar todo o caminho.

Ele mostra seu relógio inteligente para mim. — Eu poderia contar os passos. Além disso, você vale a pena.

Ooh. Quase flutuo no ar no caminho de volta.

Para nossa sorte, a fila é menor quando chegamos lá, e o próximo carro é livre de cheiros, ou o máximo possível em uma máquina que funciona com gasolina fedorenta e é ocupada por dezenas de pessoas diariamente.

— Você se importa se eu pegar meu telefone? — Pergunto a Art. — Há uma mensagem relacionada a negócios que preciso enviar.

Ele franze a testa. — Eu pensei que você estava entre empregos.

Gambás. Este é o problema com mentiras. Elas exigem mais manutenção do que um vibrador antigo.

— Minha irmã me colocou em contato com alguém que pode criar uma grande oportunidade para mim. — Ei, isso é tudo verdade. — O problema é que eu mandei uma mensagem para ela bêbada, então agora preciso redigir com cuidado qualquer outra comunicação.

Ele assente sabiamente. — Deixe-me saber se você precisar de ajuda.

Oh, não. Já é ruim o suficiente que Bella – e talvez minha irmã espiã, Blue – tenham visto toda aquela frase "Tão lago eu volte a Mew Pork, eu cago você". Eu não preciso de mais ninguém para ver isso. Especialmente Art.

— Obrigada, mas eu preciso fazer isso sozinha —

digo. — Tenho certeza de que você tem coisas para cuidar em relação à nossa nova união.

— Você tem razão. — Ele desbloqueia o telefone. — Eu preciso resolver uma série de coisas.

Eu encaro a tela por pelo menos meia hora enquanto procuro uma maneira de salvar a situação com Bella. O melhor que consigo é:

Olá, Bella. Maldito corretor automático, não? Estou de volta à cidade. Quando seria conveniente para você nos encontrarmos?

Eu digito, mas não envio. Vou me dar mais algumas horas para pensar em algo melhor.

Art limpa a garganta, então eu olho para cima.

— Lembra como discutimos sobre não ter um grande casamento? — Ele pergunta.

Minha frequência cardíaca acelera. — Sim.

— Pensando bem... O que você acha de uma recepção de tamanho médio para celebrar nosso casamento? — Ele gesticula para o telefone. — Já me perguntaram, repetidamente.

Eu torço meu nariz. Eu quase posso sentir o cheiro de todo o perfume já. — Se for preciso.

— Serão apenas família, amigos e colegas de trabalho — diz ele.

— "Apenas" — digo com aspas no ar. — Eu pensei que geralmente eram inimigos e estranhos aleatórios.

— Olha, se é um grande problema para você, então...

Eu balanço minha cabeça. — Se puder ser feito na área externa, eu farei.

— Podemos fazer na área externa. Vou organizar

tudo. Tudo o que peço a você é que me envie as informações de contato das pessoas que você deseja lá.

— OK, aqui vai. — Eu envio a ele os detalhes da minha família, Fabio e alguns outros amigos. — Basta que todos saibam que podem trazer mais um, talvez dois, mas não mais.

— De acordo.

O táxi para e percebo que já estou em casa.

— Aqui fico eu. — Aponto para a porta da garagem.

Art se aproxima, os olhos brilhando. — De fato.

Sinto uma força de gravidade estranha me puxando para ele, e é tudo que posso fazer para lutar contra isso. — Tchau?

Ele se vira e sai do carro.

Uau. Ele acabou de se convidar?

Ele dá a volta no carro e abre a porta para mim. — Te vejo amanhã?

Oh. Uma onda de decepção cai sobre mim. — Claro. Primeira coisa, se puder.

Ele sorri. — Eu posso fazer isso funcionar. Tchau, esposa.

Reviro os olhos. — Tchau, querido marido.

Com isso, vou até minha casa, apenas para encontrar uma enorme cesta na porta.

Uau. É um arranjo de frutas feito para parecer um lindo buquê de flores.

É para mim ou para os meus senhorios?

Segundo a nota, é de Art, então é minha.

Eu me sinto borbulhante de repente. Ninguém nunca me manda flores porque seus cheiros me sufocam, mas isso é um equivalente inteligente. As frutas quase não têm cheiro.

— Obrigada! — Grito para o táxi, mas ele já está se movendo.

Trago o arranjo para dentro e dou uma olhada.

É a gama completa: melões, morangos, uvas, abacaxi e assim por diante, mas embaixo de tudo, em vez de um vaso, há um bolo, junto com uma nota mais longa.

Este presente também é um desafio. Coma todas as frutas e veja se ainda vai querer o bolo depois.

Algumas das bolhas de mais cedo desaparecem. Eu sei que é um clichê feminino e tudo mais, mas Art está me dizendo que preciso perder peso? Com certeza, da maneira mais indireta possível.

Woofer ganha vida e esbarra na minha perna.

Não tenho certeza se seria tão desajeitado a ponto de chamar minha senhora humana de gorda, mas acho que ela perderia menos células da pele para eu sugar se perdesse alguns quilos.

Cerrando os dentes, pego meu telefone e o coloco para gravar um vídeo.

— Desafio aceito. — Começo a devorar a fruta com gosto.

É muito legal, na verdade. Suculenta e refrescante. Fruta é sempre assim? Eu não como fora das guarnições que eles incluem nas sobremesas, então eu realmente não sei. Claro, é possível que eu esteja simplesmente desidratada por causa do banya e de todo o álcool. Eu sei disso, porém: não há como algumas frutas e pedaços de melão me impedirem de comer aquele bolo.

Exceto que não são alguns pedaços. São muitos.

Quanto mais do arranjo eu como, mais espaço ocupa no meu estômago.

Gambás fedorentos. Não posso deixar Art vencer. Mesmo que eu não goste, vou comer aquele bolo.

Pode ser.

Quando termino de comer a fruta, a ideia de comer o bolo parece quase repugnante.

Caramba.

Eu apago o vídeo. Se Art perguntar, eu comi o bolo.

Meu telefone toca.

Oh, certo. As pessoas estão esperando para ouvir de mim.

Vou até o meu computador, marco uma reunião no Zoom e envio convites a todos.

Espero até que apareçam cinco rostos idênticos aos meus, mas um pouco mais magros. Então, mamãe e papai aparecem, seguidos por Gia e sua gêmea Holly e, por algum motivo, Fabio.

— Como você conseguiu um convite? — Pergunto-lhe.

Honey foge de sua tela e aparece na de Fábio. — Desculpe. Ele estava na minha casa quando o convite chegou.

— Tudo bem — digo. — Vamos começar.

Honey retorna para sua tela e se junta a todos olhando para mim com expectativa.

Eu levo um momento para me deliciar em ser o centro das atenções pela primeira vez. Então eu digo: — Parece que sou a primeira irmã Hyman a se casar. Essas são todas as notícias que tenho. Alguma pergunta?

CAPÍTULO
Vinte E Três

O CAOS SE INSTALA. As pessoas gritam perguntas umas para as outras, insultos do tipo "cala a boca" são emitidos e há até ameaças de lesões corporais.

Quando eles se acalmam um pouco, eu digo: — Para aqueles que não sabem, eu gosto de Art – esse é o nome do meu marido, por sinal – já faz um tempo.

Gia, Honey, Blue, Fabio e Olive parecem presunçosos – eles já sabiam da minha obsessão. Holly parece estar em seu próprio mundo, sem dúvida feliz por termos onze pessoas nesta ligação, um número primo. Mamãe e papai parecem em êxtase, provavelmente imaginando um menino crescendo em meu útero ou algo igualmente nojento. Pixie e Pearl parecem chateadas, como esperado – nenhuma de nós, sêxtuplas, gosta de ficar de fora das fofocas suculentas.

— O nome completo de Art é Artjoms Skulme — Continuo. — Ele é um dançarino de balé. Pelo menos por enquanto.

Algumas pessoas parecem distraídas,

provavelmente pesquisando o nome do meu novo marido no Google.

— Sabe, acabei de receber uma mensagem de alguém com esse nome — diz Olive. — Não li totalmente porque estava vindo pra cá.

— Oh, sim, ele está organizando uma recepção para nós. — Olho incisivamente para mamãe e papai. — A presença é opcional, então, aqueles que não estão em Nova York não precisam vir.

— Oh, nós estaremos lá — Mamãe diz.

Caramba. Bem, aconteça o que acontecer, Art não pode anular o casamento agora.

Olive se aproxima da câmera. — Eu também estarei lá.

Excelente. Só espero que ela deixe seu polvo de estimação na Flórida. Essa coisa é além de assustadora.

— Acho que Lemon está tentando mudar de assunto — diz Honey. — Conte-nos como você acabou se casando.

Eu arrasto uma respiração calmante. É uma pena ter que mentir para eles, mas não há escolha. E assim, pelo Zoom, fica mais fácil.

Começo contando a eles sobre o banya, depois, lanço nossas travessuras em Las Vegas, sem a maratona de sexo. — Se quiser ver mais fotos de tudo, adicione Art nas redes sociais — Concluo.

Segue-se uma avalanche de perguntas, e faço o possível para respondê-las. Então, vem a próxima onda e fico um pouco menos entusiasmada em minhas respostas. Na décima onda, começo a bocejar de forma demonstrativa. — Gente, não dormi muito ontem à noite. Quando encontrarem Art na recepção, podem perguntar o que quiser.

Mamãe balança as sobrancelhas. — Vocês ouviram isso, pessoal? Ela não dormiu nada ontem à noite. A noite toda.

Minhas irmãs olham com simpatia enquanto cubro meus olhos com as palmas das mãos. Estritamente falando, eu disse que não dormi "muito", mas corrigir mamãe só pioraria as coisas.

— Essa é a Coisa 4 para vocês — Papai diz com orgulho. — Ela tinha uma energia ilimitada mesmo quando era uma criança.

Oh, não. Mais comentários como esse estão por vir. Preciso dar um basta nisso, para poder sair dessa conversa com alguma dignidade.

Eu faço uma cara engraçada, então, mantenho a expressão para simular uma falha de streaming. Em seguida, na minha melhor representação de ventríloquo, jogo minha voz para longe enquanto digo: — Oh... não... meu Wi-Fi... está cortando.

Com isso, eu desligo.

Um texto de Blue chega instantaneamente e é arrepiante:

Eu sei.

O que ela sabe? Sobre o casamento falso? Ou que eu apenas fingi a desconexão? Ou ela pode estar apenas blefando, como uma forma de pescar informações.

Eu digito minha resposta:

O que eu fiz no verão passado?

Nenhuma resposta de volta, o que significa que ela provavelmente estava blefando, afinal.

Eu volto para a minha mensagem não enviada para Bella.

Não. Ainda não estou pronta para enviar isso. Em vez disso, decido trabalhar um pouco.

Sim. Eu penso em algumas novas técnicas que pareço ter inventado para Art na outra noite e incluo a mais promissora em um artigo para meus seguidores. Chamo esta entrada de blog de "Vida longa e próspera".

Droga. Escrever isso me faz querer fazê-lo sóbria. E por que não?

Eu fecho meu laptop. Este será basicamente um exercício de garantia de qualidade – uma maneira de garantir que meus leitores gostem de 'temperar seus tacos' quando os experimentarem.

Sim. Vou levar um para o time.

Em um segundo.

Primeiro, tomo banho e visto roupas mais confortáveis. Então, eu me deito na cama e tiro minha calcinha.

A chave é não pensar naquele vídeo com Art enquanto faço isso.

Sim.

Eu coloco meus dedos na forma de V da saudação vulcana, que é a posição inicial desta técnica particular: dedos indicador e médio juntos, depois um espaço, então, dedo anelar e mindinho juntos.

Ainda sem pensar no vídeo.

Certifico-me de que meu clitóris está no sulco entre meu dedo médio e o anelar.

Hum. Isso é legal. A sensação confortável lembra a Técnica da Paz que escrevi no blog há alguns meses.

Não pensando no vídeo ou no Sr. Big.

Começo a 'arejar lentamente a orquídea'.

Não pensando em olhos de chocolate. Ou lábios firmes. Ou aquela bunda bem torneada. Ou aquelas pernas poderosas de dançarino, ou aquelas costas tonificadas, ou...

Quem eu estou enganando? Tirar meu falso marido da cabeça é um exercício de futilidade. Ou não gozarei, ou gozarei com uma imagem dele firmemente em minha mente.

Que assim seja.

Pego a tanga de Art – quero dizer, o cinturão de dança – de debaixo do travesseiro e dou uma boa cheirada.

Oh, sim.

Acelero e deixo fluir livremente todas as imagens do meu banco de esfregar, as do vídeo e as do banya.

E assim, eu gozo em dez segundos.

De repente me sentindo boba, enfio o cinturão de dança debaixo do travesseiro.

Woofer estaciona sua bunda em seu carregador.

É oficial. É apenas uma questão de dias até que minha senhora humana seja assimilada aos borgs. Vou rezar para a iRobot Corporation para que ela seja muito menos confusa em sua forma ciborgue, mas não estou prendendo a respiração da ventilação.

Quando posso me mover novamente, abro o laptop e posto a técnica "Vida longa e próspera" sem hesitar.

Está fadada a melhorar a vida de algumas pessoas, mesmo que apenas de forma ínfima.

Quando o primeiro comentário positivo aparece, eu sorrio. Este blog é realmente a minha vocação. Fico feliz que o dinheiro de Art me permita fazer isso por mais algum tempo. Claro, o maior sonho seria encontrar um bom patrocinador que pudesse me manter fazendo isso para sempre – o que me traz de volta àquela mensagem para Bella que eu tenho procrastinado.

Caralho. Leio minha resposta mais uma vez e clico em enviar.

Nenhuma resposta instantânea, mas é tarde. Assisto um pouco de TV até ficar com sono e, depois, vou para a cama, onde não posso deixar de fazer mais uma sessão de "Vida longa e próspera".

Acordo com o toque do meu telefone.

Xingando, eu o pego da mesa de cabeceira e olho para a tela.

É Art, mas por que ele está ligando tão obscenamente cedo?

A contragosto, eu aceito a chamada. — Você sabe que horas são?

Ele ri. — 10 horas da manhã?

— Sim. Exatamente. Deixe-me ligar de volta depois que eu acordar. — E desligo.

Alguém bate na porta da garagem que também serve de parede.

Que porra?

— Abra — diz a voz de Art através da porta/parede. — Tenho pessoas comigo que são pagas por hora.

Ele o quê?

Salto da cama e me visto o mais rápido que posso.

Colocando meus filtros de nariz no lugar, abro minha porta/parede.

Do lado de fora está Art com um bando de caras lustrosos.

Espera aí. Isso é algum tipo de sonho de fantasia de orgia?

Não. Art dos sonhos não me compartilha com ninguém. Isso deve ser realidade. Mas então, o que...

— Desculpe interromper você — diz Art. — Liguei várias vezes.

— O que está acontecendo? — Pergunto, fazendo questão de ficar longe de todos por não ter escovado os dentes ainda.

— Arranjei um lugar para nós — diz ele, como se fosse a coisa mais óbvia do mundo e não uma bomba de proporções nucleares. — Esses caras são os transportadores que contratei.

— TRANSPORTADORES? — Aguardo o final da piada, mesmo que não consiga imaginar o que poderia ser.

Art assente. — Você não quer suas coisas em nossa casa?

— Nossa casa? — Não tenho certeza se é a hora errada, mas meu cérebro se recusa a computar as palavras que saem da boca do meu querido marido.

Art suspira. — Pessoas casadas moram juntas. Certo?

Oh, gambá. Isso está certo. O pessoal do governo certamente ficará desconfiado se não residirmos no mesmo endereço. Assim como todos os outros.

Como consegui não perceber essa implicação básica de nosso casamento falso? Eu me pergunto o que mais eu não previ?

Idéias inundam meu cérebro. Agora que somos oficiais, Art pode desligar os aparelhos se eu sofrer um acidente horrível – e ele possuirá Woofer depois, junto com tudo o mais que é meu.

Interrompo a espiral de pensamentos quando vejo todos olhando para mim com expectativa. — Preciso escovar os dentes. Você pode apenas arrumar meus livros por enquanto?

Os encarregados da mudança acenam com a cabeça, então corro para o banheiro e me troco, se não apresentável, pelo menos reconhecível como humano.

Quando saio, os livros estão quase embalados.

Esses caras são rápidos.

Eu travo os olhos com Art, que está parado ao lado da minha cama com um saco plástico.

— Você vai precisar disso — Ele diz, então pega meu travesseiro e o enfia na bolsa. — E eu não tenho certeza se você quer um novo...

Ele para de falar quando percebe o que está debaixo do meu travesseiro.

Ah, caralho. Seu cinturão de dança. Ele vai perceber que eu estava cheirando, como uma pervertida total.

Se Art está chateado, ele se recupera rapidamente. Antes que qualquer um dos carregadores possa localizá-lo, ele esconde sua tanga na mesma bolsa que o travesseiro, e enfia meu lençol lá também, o que esconde todas as evidências.

Ele limpa a garganta. — Onde está o seu armário?

Com o rosto queimando, mostro a ele a caixa que serve para isso, e ele a leva e a sacola com meu travesseiro para um caminhão próximo.

— Não — Eu o chamo. — Isso não vai com os transportadores

Se a bolsa rasgar e o cinturão de dança de Art cair, terei que assassinar os responsáveis pela mudança como testemunhas, então provavelmente irei para a cadeia e me tornarei uma vadia para uma mulher chamada Karen. Mas, e se Karen não tomar banho o suficiente? Ou usar perfume? Ou tiver mau hálito?

Rindo, Art pega a bolsa e a leva para um Honda Odyssey próximo.

Eu fico boquiaberta com a minivan. — É isso que você dirige?

— Acabei de alugá-lo — diz ele. — Você não acha que grita: 'Sou casado'?

Eu solto um suspiro. — Ele grita: 'Sou casado e tenho filhos', e isso não vai acontecer.

Um sorriso sombrio curva seus lábios. — Nunca diga nunca.

Se sorrisos puderem engravidar, então, corro o risco de precisar daquela minivan.

— Precisamos conversar — digo. — Sobre todas as surpresas divertidas que vêm com nosso casamento.

— Diga aos caras como você quer que suas coisas sejam embaladas, e então vamos dirigir até o novo lugar e conversar no caminho.

Eu me viro e volto para a minha garagem.

Minhas instruções de embalagem não demoram muito, principalmente porque não tenho tanta coisa assim.

— Vou levar isso comigo — digo a Art enquanto gentilmente coloco Woofer em uma das milhões de caixas que os carregadores trouxeram antes de adicionar sua base de carregamento e outros apetrechos.

Oh, não! Vou ter um novo senhor humano. Um

masculino – e, portanto, mais peludo. Por que, iRobot Corporation? Por que eu? Um lugar maior também significa mais poeira. Talvez esta caixa deva se perder no caminho? Ou ser atropelada por uma escavadeira?

Art pisca para a caixa. — Isso é um Roomba?

Assentindo, fecho a tampa.

— Você não vai precisar disso — diz Art. — Eu tenho uma faxineira.

Eu zombo. — Woofer é como uma família. Ele vai comigo.

— Entendo. — Art estende a mão para pegar a caixa. — Não sabia que um aspirador robótico era um compromisso tão sério.

— Cuidado com ele. — Eu entrego meu precioso.

Art pega a caixa como se fosse um bebê e a carrega lentamente até a minivan. — Mais alguma coisa que você queira levar pessoalmente?

Eu decido que sim. Faço com que todos saiam e depois coloco minhas roupas íntimas, brinquedos sexuais e laptop em uma caixa que chamo de "PRIVADO".

— Pronto agora — digo.

Art estende a mão para carregar a caixa, mas eu me recuso a entregá-la a ele – para o caso de algo começar a vibrar dentro e, assim, entregar o jogo.

— Podemos falar agora? — Eu pergunto enquanto nos movemos.

— Em um segundo. — Art gira o volante e olha para mim. — Você conhece um gato?

Eu o encaro. — Eu conheço o quê?

— Um gato.

Pisco algumas vezes. — Isso é o que eu pensei que você disse. Ainda não entendi, no entanto.

— Precisamos de um gato. Só por um curto período de tempo.

— Precisamos?

Ele para em um sinal vermelho e olha para mim, seu rosto muito sério. — De acordo com a tradição russa, a primeira entidade a entrar em uma nova casa deve ser um gato.

Eu inclino minha cabeça. — Tradição ou superstição?

Ele suspira. — Você conhece um gato ou não?

O sinal vermelho fica verde e voltamos a dirigir enquanto faço algo que nunca pensei que faria: catalogar todos os gatos que conheço para descobrir qual deles quero envolvido em meu casamento.

As escolhas são escassas. Blue tem um gato chamado Machete, mas ele é um filho da puta assustador, e eu quero que os olhos de Art e outras partes fiquem intactos, muito obrigada. Honey também tem um gato. O dela se chama Bunny e – de acordo com Honey – é um psicopata. Não tenho certeza se isso ajuda ou prejudica essa tradição russa.

— Deixe-me ligar para minha irmã — digo, e ligo para Honey.

— Ei — diz ela. — E aí?

— Art e eu podemos pegar seu gato emprestado?

Silêncio.

— É uma tradição russa — digo.

Mais silêncio.

— Ok, deixe-me colocar você no viva-voz para que

Art possa explicar melhor. — Clico no botão e movo o telefone para mais perto dos lábios gostosos de Art.

— Art, conheça Honey. Honey, conheça Art.

— Olá — Art diz. — Parece que você tem um gato. Se pudéssemos pegá-lo emprestado por uma hora, eu agradeceria muito.

— Por quê?— Honey pergunta, resumindo minha posição muito bem.

— Na Rússia, um gato é considerado um símbolo de prosperidade e bem-estar — diz ele. — Acredita-se que um gato trará positividade para a casa.

Honey bufa. — Positividade? Você já conheceu meu gato?

— A personalidade do seu gato não é importante. Qualquer gato irá anular as vibrações negativas deixadas pelos antigos donos do lugar.

— Ah, vibrações — digo. — Por que você não disse isso antes? Também apazigua os espíritos?

Os lábios de Art se comprimem em uma linha. — Posso não acreditar pessoalmente, mas sim, os antigos eslavos se preocupavam com os espíritos domésticos, e um gato era considerado um embaixador para eles.

— O gato não comeria Fluffer? — Pergunto.

Honey parece que se engasgou com uma bebida. — Quem ou o que é Fluffer?

— Nossa chinchila de estimação — Explica Art. — Ela vai ficar bem porque ainda está no meu antigo apartamento.

— Ah, tudo bem — diz Honey. — Vou levar Bunny para sua nova casa. Me dê o endereço.

Art se vira para mim, os cantos dos olhos enrugados. — Acabou de me ocorrer. Honey e Bunny?

Balanço a cabeça com veemência e faço um movimento de fechar os lábios. Se Honey achar que está sendo ridicularizada, ela se recusará a trazer o gato, e então, teremos que lidar com a fera homicida de Blue.

— Seu senso de humor é muito parecido com o de sua esposa — Honey diz secamente. — Essa união pode realmente funcionar.

— De fato — Art responde e diz a ela o endereço.

— Quando devo estar lá? — Ela pergunta.

— Em vinte minutos, se você puder — Art diz.

— Vejo vocês lá. — Honey desliga.

— Isso é um baita pedido. — Eu mando um grande obrigada para minha irmã.

Art aperta o volante. — Olha... eu não tinha uma casa enquanto crescia, então agora, quando consigo uma casa, gosto de fazer as coisas direito.

Oh. Droga, agora que ele está jogando a carta do órfão, me sinto uma idiota por zombar dele.

— Existem outras tradições como essa? — Pergunto, fazendo o meu melhor para não parecer crítica ou zombeteira.

— Este é uma das poucas que sigo. Mas sim, existem muitas outras. Algumas pessoas colocam mel nos cantos da casa.

— Oh?

— É para apaziguar os *domovoi*. Uma espécie de espírito doméstico benevolente.

Uau. Isso está ficando mais esquisito a cada segundo.

Sorrindo, eu digo: — Só por precaução, poderíamos pedir à minha irmã Honey para ficar em alguns dos cantos. Por precaução.

Sei até o que ela diria se perguntássemos: "Ninguém encurrala Baby..."

Ele ri. — Ela não terá flashbacks de ser uma criança travessa?

Olho para ele preocupada. — Eles colocavam você em um canto quando criança? Meus pais acham que isso é abuso infantil.

Ele estremece. — Isso foi o de menos.

Meu peito aperta. — Eu sinto muito. Eu me sinto como uma criança mimada. Minhas irmãs e eu nem ficamos de castigo.

— E você tornou-se ótima pessoa — diz ele, seus olhos quentes quando ele olha para mim. — Eu concordo com seus pais. As crianças devem ser valorizadas, não punidas.

OK. Vou arquivar isso para o caso de ficarmos bêbados de novo e fazermos sexo desprotegido.

Eu me mexo no meu assento. — Alguma outra tradição para estar ciente?

— Alguns russos espalham trocados pela casa — diz ele.

— Isso pode ser útil. — Verifico meus bolsos e localizo algumas moedas. — Algo mais?

— Não para entrar. Mas quando você sai da casa, é tradição derramar um copo d'água.

Eu mantenho meu rosto neutro. — Como 'dar uma para o santo'?

— O que é isso?

— Deixa para lá. O que mais?

— Antes de sair para uma viagem, os russos sentam-se formalmente. Dentro de casa, é proibido assobiar, pois pode levar à falta de dinheiro.

É por isso que estou tão falida? Eu gosto de assobiar enquanto escrevo meus posts no blog... mas nunca mais.

— Você tem mais?

— Você não pode girar um chapéu — diz ele. — Não pode colocar o pão de cabeça para baixo. Não pode derramar sal. Não pode usar uma camisa do avesso. Não pode sentar no canto da mesa – mas isso só se aplica se você for solteiro. Não pode cortar seu próprio cabelo.

— Nem mesmo a franja?

Ele sorri. — Eu acho que você deve estar segura nisso.

— OK. É tudo?

— Você não pode apertar as mãos sob o batente da porta da frente. E esse é sério. Mesmo os russos não supersticiosos seguem isso.

Huh. Acho que não há aperto de mão com o cara da pizza. Entendi.

— Qual é a que você mais segue? — Pergunto.

Ele considera isso. — Há uma sobre comer tudo no seu prato. Eu sempre faço isso.

— É uma questão de respeito pela comida?

Ele assente, um pouco sombrio. — Dizem que deixar comida pode levar às lágrimas, mas acho que você acertou em cheio. A tradição provavelmente foi iniciada por pessoas que conheceram a verdadeira fome. Depois de fazer isso, não parece certo jogar comida fora.

Se ele está dizendo o que acho que está dizendo, quero pegar uma máquina do tempo e voltar para poder alimentá-lo no orfanato. Além disso, sinto-me péssima com todas as sobremesas que deixamos naquele quarto de hotel em Las Vegas. Felizmente, ele não considera as sobremesas comida de verdade, mas, por precaução, agora tenho um motivo extra para não admitir minha incapacidade de comer o bolo depois de todas aquelas frutas.

— De qualquer forma — Art diz —, você queria discutir algumas coisas sobre casamento?

Ah. Certo. Eu quase esqueci. — Que outras coisas eu preciso saber? Morar junto me pegou de surpresa, então, acho que vale a pena conversar sobre isso.

Ele muda de faixa enquanto pensa. — Tive uma conversa preliminar com uma advogada de imigração e ela me disse que precisaríamos de cartas de recomendação de amigos e familiares.

— Eu acho que isso pode ser arranjado. — Serei ridicularizada impiedosamente, é claro, mas, ei, é por isso que eles dizem que o casamento é um trabalho árduo.

Ele para o carro próximo a um prédio chique e começa a estacionar. — Algumas das outras coisas que a advogada mencionou já estamos sabendo. Vamos precisar de provas de que moramos juntos e fotos conjuntas. Também seremos entrevistados em algum momento, então, precisaremos aprender um sobre o outro.

Ele sai do carro e quando se aproxima para abrir minha porta, pergunto: — Aprender o quê?

Ele dá de ombros. — Eles vão perguntar se eu já estive em algum grupo comunista ou organização terrorista. A resposta é não. Eles vão nos perguntar coisas mundanas, como que tipo de escova de dentes a outra pessoa usa, qual de nós gosta de cozinhar ou que tipo de trabalho cada um faz.

Gambás me mordam. Esse último significa que terei que contar a ele sobre meu blog.

— Não se preocupe — diz ele, claramente interpretando mal a minha expressão. — Aprenderemos tudo o que precisamos aprender muito antes da entrevista.

Meu telefone toca. Eu aceno com ele. — Aposto que é Honey.

Eu verifico.

Não é.

A mensagem é de Bella, e faz meu coração apertar:

Olá. Parece que não precisaremos mais marcar nada.

Vinte E Cinco

OH, não. Eu estraguei tudo, não? As mensagens bêbada foram demais, e Bella me deu o fora com razão.

Gambás.

Vou precisar reiniciar a busca por um patrocinador, embora minhas chances de encontrar alguém tão bom quanto a empresa de Bella sejam quase...

— Você está bem? — Art pergunta.

Certo. Esqueci onde estou. — Sim. Tudo certo.

Ele franze a testa. — Você não parece 'tudo certo'. Se alguém te chateou, eu preciso saber, então eu posso...

— Olá — Uma voz familiar diz atrás de nós.

Art se vira e seus olhos se arregalam quando ele vê Honey em todos os seus trajes inspirados em uma gangue de motoqueiros.

— Eu disse a você que tenho irmãs idênticas — digo.

— Sim — diz ele, parecendo impressionado. — E pensar que há mais quatro de vocês.

Honey reajusta sua jaqueta de couro. — Você vai ver

todas nós na recepção. Falando nisso, você recebeu meu RSVP?

Ele concorda. — Esse é o gato? — Ele olha para o transportador que ela está segurando.

— Sim. Aqui está Bunny, apresentando-se para o serviço.

— Vamos lá. — Art segura a porta do prédio para nós, como um porteiro, depois nos segue até o elevador e aperta o botão do décimo segundo andar.

Quando chegamos lá, o corredor está limpo e arrumado, uma raridade nos prédios de apartamentos de Nova York. Art para ao lado de uma porta grossa de sequóia e puxa uma chave. — É aqui.

Honey abaixa o transportador e o abre.

Bunny sai, parecendo Bisonho quando perdeu o rabo – uma impressão reforçada pelo fato de que essa raça de gato não tem rabo fofo, apenas um rabo curto, como o coelho homônimo. Seu pelo é branco, com manchas pretas ao redor dos olhos que o fazem parecer que ele pertence à Família Addams, ou a um clube gótico.

— Isso é normal? — Art pergunta, examinando a bunda de Bunny.

— Sim. — Honey afofa o pelo de Bunny e recebe um olhar assassino por seus problemas. — Ele é um bobtail japonês. Se você já viu uma daquelas estátuas de gatos acenando em um restaurante de sushi, é uma representação dessa raça.

— Entendo — diz Art. — Portanto, os gatos também são considerados sortudos no Japão.

— Pode ser. — Eu me viro para Honey. — A Hello Kitty também é esse tipo de gata?

Honey e Bunny me lançam olhares sardônicos. — Hello Kitty é uma personagem de desenho animado — diz Honey. — E uma menina, não um gato.

Eu suspiro. — Mas se ela fosse uma gata?

Honey repete meu suspiro. — Ela seria desta raça.

Rindo, Art abre a porta.

Parecendo indignado, Bunny enrijece a coluna e coloca o rabo na posição "para cima".

— Vá — diz Honey.

Bunny entra imperiosamente no local.

— Marido querido — digo. — Quando podemos seguir o gato?

Art franze a testa. — Na verdade, não tenho certeza.

Eu esfrego meu queixo. — A rigor, o gato foi o primeiro a entrar.

— Eu tenho uma pergunta melhor — diz Honey. — Você tem alguma coisa dentro que possa ser assassinada e/ou torturada?

Art entra no apartamento. — Ainda não, mas que tal seguirmos, só por precaução.

Eu entro.

Uau.

A entrada e o corredor são limpos e modernos, com uma sapateira vazia no hall de entrada – um item de luxo que não possuo – e até um cabide na parede.

Muito adulto.

Também há pinturas em estilo clássico por toda parte, mas é o som familiar vindo de um canto da sala que chama minha atenção.

— Isso é um purificador de ar? — Pergunto a Art, empolgada.

Ele olha para o meu nariz. — Eu tenho um instalado em cada quarto.

Ooh. Eu ando até o dispositivo. É a mesma marca que tenho, mas um modelo mais chique. Obtê-los para cada cômodo deve ter custado uma fortuna e meia.

— Ooh — diz Honey, ecoando meus pensamentos. — Certificando-se de que o lugar não cheira mal? Ele é para se manter.

— Sim. — Eu tiro meus filtros nasais.

Droga. Este apartamento é um nirvana olfativo. Quase não consigo sentir o cheiro de nada além do gostoso de Art e da jaqueta de couro de Honey.

— Devemos verificar Bunny. — Art nos conduz pelo corredor até o que parece ser um quarto.

Honey ri. — É aqui que tudo vai acontecer.

Eu arqueio minhas sobrancelhas para ela. — Mãe, é você?

— Touché. — Honey olha debaixo da cama. — Bunny não está aqui.

Entramos na cozinha.

— Incrível — Murmuro, observando armários brancos brilhantes que se estendem até o teto, aparelhos de aço inoxidável que parecem vagamente futuristas e bancadas de quartzo preto que são espaçosas o suficiente para eu armar uma barraca sobre elas. Para não mencionar, uma mesa com cadeiras reais.

— Bem, duh — diz Honey. — Sua casa antiga nem tem cozinha.

Art franze as sobrancelhas. Acho que ele não

percebeu esse detalhe quando passou por lá esta manhã.

— O gato não está aqui.— Abro um dos armários da cozinha por brincadeira. Ainda sem gato. — Onde mais ele poderia estar?

— Por aqui — Art diz e nos leva para a sala de estar.

Agradável. Uma TV enorme, tapetes brancos, um sofá cinza elegante – posso me ver aqui, relaxando e assistindo Netflix com Art... em um sentido puramente literal e platônico, é claro.

Então, vejo uma estrutura gigante em forma de gaiola em um canto da sala e o gato olhando ansiosamente para ela.

Honey olha a jaula de cima a baixo. — Pervertido.

Reviro os olhos e Art tosse.

— Isso se chama mansão chinchila — diz ele. — É para o nosso animal de estimação.

Honey me lança um olhar significativo. — Certo. É para o seu bichinho travesso. Entendi.

Eu estudo Bunny com cautela. — Por que ele está olhando assim?

Honey segue meu olhar. — Sem dúvida fantasiando sobre os gritos de pânico de uma criatura que ele está torturando lenta e luxuriantemente até a morte.

Que alegre.

— Bem. — Art olha o gato. — Acho que terminamos com os serviços dele.

— Sim — digo. — É melhor ele ir embora para que Fluffer não sinta cheiro de homicídio no ar quando voltar.

Honey olha para o purificador de ar desta sala. —

Duvido que até *você* sinta o cheiro de Bunny em alguns minutos, mas tudo bem. — Ela se abaixa e pega cuidadosamente o gato – cujo olhar não sai da "mansão" o tempo todo. — Vocês provavelmente precisam se acomodar, de qualquer maneira.

— Obrigada, mana — digo.

— Sem problemas. — Ela caminha até a entrada e nós a seguimos. — Foi um prazer conhecê-lo, Art.

— O prazer foi meu — diz.

Ei, agora. Melhor não ter sido tão prazeroso assim.

— Vejo vocês dois na recepção — diz Honey. — Falando nisso, eu tenho dois extras. Espero que esteja tudo bem.

Antes que eu possa explicar a ela o que +1 realmente significa, Art acena com a mão. — Você não é a única.

Excelente. E aqui pensei que teríamos uma pequena festa. Qualquer que seja. Sendo do lado de fora, os cheiros de perfume e colônia serão menos potentes.

Honey enfia Bunny na transportadora. — Tchau.

Aceno para ela e, quando ela entra no elevador, me viro para Art. — E agora?

Ele sugere que comecemos a nos acomodar, então é isso que fazemos. Logo depois, a mudança chega e Art me ajuda a desempacotar minhas coisas e encontrar bons lugares para guardar tudo.

— Este armário é todo seu — diz Art, abrindo uma porta no quarto.

Oh, meu Deus. É um closet que me lembra o que Carrie tinha na versão cinematográfica de *Sex and the City*. É tão grande que pode levar a Nárnia, mas com fashionistas em vez de feras falantes. Não que haja uma grande diferença entre os dois.

Levo apenas alguns minutos para pendurar todas as roupas que possuo, e elas ocupam menos de um por cento do espaço de armazenamento insano.

— Ei! — Art chama de algum lugar. — Você pode vir aqui por um segundo?

Eu o localizo na cozinha, segurando um bolo.

— Os responsáveis pela mudança trouxeram isso — diz ele, erguendo as sobrancelhas.

Gambás. Esqueci de me livrar das provas.

— Não é o bolo que veio com as frutas? — Ele pergunta.

Eu suspiro. — Você sabe que é.

Ele sorri. — Há algo que você queira dizer?

— Assim? — Faço uma reverência. — Você estava certo, querido. Minha fissura por doce é *totalmente* um desejo por frutas. Eu me curvo à sua infinita sabedoria.

Ele balança a cabeça, parecendo dividido entre guardar o bolo na geladeira e jogá-lo fora. Incapaz de decidir, ele apenas o entrega para mim. — Vou para minha casa pegar mais coisas minhas. Quer ir junto?

— Não. Deixe-me continuar resolvendo as coisas aqui. — Eu intencionalmente enfio meu dedo no bolo e o lambo.

Ele observa meu dedo com um ardor nos olhos. Eu o deixei com raiva?

Não querendo testar mais meu falso marido, coloco o bolo na geladeira. Sua leve careta é minha recompensa.

— Tranque a porta atrás de mim — Art diz e sai da cozinha.

Eu o sigo e o observo sair do apartamento, fechando a porta atrás de si.

Eu o encaro, a enormidade do que acabou de acontecer me atinge totalmente pela primeira vez.

Vou morar com Art.

Eu. Com o cara que eu fantasiei.

Espontaneamente, um guincho alegre e feminino escapa dos meus lábios.

Eu não posso acreditar que isso está acontecendo.

É como um sonho surreal.

Ah, e a cereja no topo é que estou sendo paga por essa merda.

Antes que eu possa gritar de novo, a porta se abre.

— Você não trancou? — A carranca de Art me faz dar um passo para trás. — Você tem que fazer isso assim que eu sair.

— Sim, querido. Vou obedecer a todos os seus comandos, querido.

Suas feições suavizam. — Por favor, Lemon. Aqui é Manhattan. Você nunca sabe quem pode invadir.

— Certo. — Finalmente percebo o que ele está segurando: minha caixa PARTICULAR em uma mão e a bolsa com meus lençóis na outra. Meu coração salta. — Eu pensei ter dito para você não tocar nisso!

— Desculpe. — Ele coloca as coisas no chão. — Achei que você poderia querer lidar com o que quer que esteja dentro.

Antes que eu possa pedir a ele que jure por sua alma que não espiou dentro da caixa, ele sai de novo.

Eu encaro os lençóis da cama, meu batimento cardíaco acelerando ainda mais.

Eles são um lembrete físico de uma pergunta que eu deveria ter feito a Art desde o início.

Onde vamos dormir? Mais importante, será juntos? Em uma cama?

Certamente não. Ele provavelmente vai ficar no sofá. Ou eu vou.

Mas, e se *dormirmos* juntos?

Isso está ficando tão real tão rápido que sinto que outro grito – ou guincho – está saindo do meu corpo.

É melhor eu me ocupar com as tarefas.

Primeiras coisas primeiro. Examino o apartamento em busca de um lugar para guardar meus brinquedos sexuais.

Quando eu era criança, escondia coisas das minhas irmãs em uma tomada elétrica quebrada, mas este lugar provavelmente tem todas funcionando e não quero ser eletrocutada. Os rodapés do piso também parecem resistentes, então não há como esconder coisas lá.

Talvez o forno?

Não. Não faço ideia se Art gosta de cozinhar.

O freezer? Mas e se ele quiser congelar algumas ervilhas?

Então, isso me atinge. Corro para o banheiro e levanto a tampa da descarga. Sim. Como os brinquedos são à prova d'água, isso funcionará bem.

Ok, agora eu tenho que lidar com o cinturão de dança. Na verdade, não há muita escolha aqui a não ser deixar para lá. Não posso permitir que Art me pegue cheirando.

Eu ando até encontrar o cesto de roupa suja no banheiro. Relutantemente, jogo o cinturão de dança.

— Tchau — digo a ele. — Foi bom te conhecer.

Gambá. Talvez eu devesse ter dado uma última cheirada?

Não. Devo ser forte.

Eu me ocupo guardando um monte de coisas. Então percebo que ainda não configurei o Woofer. Mesmo com todos aqueles purificadores de ar e a faxineira, o lugar poderia começar a cheirar a poeira sem a ajuda dele.

Em alguns minutos, Woofer está correndo, o motor roncando – até que ele bate na primeira porta.

Que diabos, senhora humana? Este lugar é muito grande. Vou ficar cansado e vou precisar do meu carregador antes de terminar de limpar tudo. E essas portas? Mantenha-as abertas o tempo todo. E certifique-se de que nenhum fio esteja no meu caminho. Parece que a iRobot Corporation me abandonou em meu momento de maior necessidade.

A campainha toca.

Eu verifico o olho mágico. É Art, e ele está segurando uma caixa de transporte de animais de estimação.

— Quem é? — Pergunto, fazendo o meu melhor para soar super cautelosa.

— Art — diz ele com aprovação.

— Eu preciso de uma prova disso. Você pode me mostrar sua carteira de motorista pelo olho mágico?

Com um sorriso malicioso, ele coloca suas coisas no chão e faz o que eu digo. — Você pode abrir a porta agora?

— É suspeito que você queira que eu abra a porta

sem mais precauções. O Art real gostaria que eu tomasse cuidado. Talvez eu devesse obter mais provas de que você é você?

Seu sorriso se transforma em uma leve carranca. — Como o quê?

Eu sorrio. — O verdadeiro Art tem uma tatuagem muito distinta. Você pode me mostrar?

Estendo a mão para destrancar a porta, mas na verdade ele se afasta e faz o que eu peço, mostrando-me a tatuagem e o sexy V que leva até o Sr. Big.

Gostoso. Devo pedir para ver isso a seguir? Não. Essa brincadeira já durou o suficiente. Eu destranco a porta.

Ele pega o transportador e a caixa e entra com uma expressão exasperada. — Aquilo era mesmo necessário?

— Só queria estar segura, como você ordenou. Sei melhor do que ninguém que apenas ver o rosto de alguém não é suficiente para provar sua identidade. Eu compartilho meu rosto com cinco outros indivíduos – a maioria delas não confiável.

Ele coloca a caixa perto da porta, mas segura o transportador. — Duvido que eu tenha irmãos sêxtuplos há muito perdidos e, mesmo que tivesse, é improvável que vivam na América.

Lá vou eu de novo, lembrando a Art que ele é órfão. Qual é o próximo? Esquecer de alimentá-lo? Fazê-lo assistir a uma maratona de filmes de *Batman, Harry Potter* e *Oliver Twist*?

Um guincho emana da transportadora.

Art diz algo reconfortante em russo e depois muda para o inglês. — Vamos colocar Fluffer em seu recinto.

— Claro. — Qualquer coisa para desviar sua atenção do pé metafórico na minha boca.

Art me leva até a sala, abre a porta da mansão da chinchila e alinha a transportadora com ela antes de abrir a escotilha.

Fluffer entra em sua nova casa, com os olhos arregalados de entusiasmo.

Talvez eles ainda não me comam. Talvez eles me queiram feliz e contente, como as vacas Kobe.

A princípio com relutância, depois com entusiasmo crescente, Fluffer salta para as inúmeras prateleiras que foram claramente projetadas para esse propósito. Quando ela se cansa de explorar as prateleiras, pula em uma engenhoca parecida com um disco voador e corre o mais rápido que suas patinhas permitem.

Eu sorrio. — Isso é uma esteira de chinchila?

O sorriso de Art combina com o meu. — Mais perto de uma roda de hamster chinchila.

Pisco, hipnotizada pelos olhos brilhantes de Art. — Muito fofo.

— Eu deveria alimentá-la. — Ele sai da sala e volta com a caixa.

— O que está na caixa? — Pergunto. — É a cabeça de Gwyneth Paltrow?

Ele franze a testa. — Por quê?

— Não posso contar sem estragar um certo filme — digo.

— Certo — Ele abre a caixa.

— Isso é feno? — Pego alguns talos secos e cheiro-os. Sim. Exatamente como as coisas em que brincávamos na fazenda dos meus pais. — Isso é para

Fluffer ou um pônei surpresa que você está prestes a me dar de presente de casamento?

Ele estreita os olhos. — Você não se lembra do que o cara da loja disse?

Eu estremeço. — Desculpe.

— Precisamos garantir que Fluffer sempre tenha acesso ao feno — diz Art em tom professoral. — É bom para sua saúde dentária, física e digestiva.

— Ei, eu não tenho problema com feno.

Balançando a cabeça, Art arruma o feno dentro do que deve ser um alimentador, então, prende uma estranha engenhoca de garrafa perto dele. Isso me lembra algo que vi na fazenda.

— Isso é uma garrafa d'água com um canudo com uma bola de metal?

— Sim. Caso você tenha esquecido, não podemos usar uma tigela para água, pois isso pode molhar o pelo de Fluffer – e isso é ruim.

— Ora, ela vai gerar bolas de pelo mais adoráveis?

Art olha para mim como se eu *tivesse* gerado algumas bolas de pelo.

— Você sabe, se você alimentá-la depois da meia-noite, ela se transforma em um gremlin?

A expressão de Art não muda, mas agora Fluffer também me encara.

Eu, um gremlin? Você já se olhou no espelho ultimamente?

Eu suspiro. — Se esse casamento vai dar certo, há uma lista de filmes que você precisa ver. Coloque um chamado *Gremlins* no topo.

— Vou assistir a tudo o que você me pedir — diz

Art. — Podemos voltar sobre as chinchilas se molharem?

Eu rio. — Acabou de me ocorrer. Os Gremlins não são os únicos cuja reprodução envolve molhar-se.

— Tão madura — diz ele revirando os olhos. — De qualquer forma, molhar-se pode causar fungos no pelo ou micose, ou causar hipotermia. Em geral, as chinchilas não gostam de se molhar.

Fluffer pega um talo de feno e começa a mastigar.

Tudo o que ele disse é verdade, então, quando sua natureza carnívora finalmente for revelada, pelo amor ao pelo, não me transforme em uma sopa.

Olho para a adorável bola de pelo com um sorriso. — Vamos precisar escová-la?

— Precisar, não — Art diz. — Ela vai se arrumar sozinha. Algumas gostam de ser escovadas, então podemos tentar assim que ela se acostumar um pouco conosco.

Fluffer pega mais feno para si mesmo.

Acostumar com você? Deixe um urso faminto adotá-lo, depois volte para mim quando quiser que ele escove seu cabelo.

— Que tal abraços? — Olho para Fluffer com ceticismo. — Será que gostaria de ser segurada?

— Novamente, depois que alguma confiança for estabelecida — diz Art.

Fluffer capta meu olhar, sua expressão assustada.

Vá se aconchegar com um urso faminto e então falaremos sobre confiança.

Art se levanta. — Vamos deixá-la se aclimatar ao novo ambiente.

— Claro — digo. — O que você quer fazer agora?

Por favor, diga: "Falar sobre os arranjos para dormir."

Ele acaricia o queixo pensativamente. — Se você terminou de desempacotar, que tal montar essa lista de filmes para mim?

Eu faço o que ele sugere, o que obviamente acaba em eu assistindo alguns dos filmes que coloquei na lista. Por consideração, fecho a porta da sala para não estragar nada para Art.

Assim que Hannibal Lecter fala sobre "ter um velho amigo para jantar", meu nariz detecta algo delicioso flutuando no vão sob a porta.

Deixo meu nariz me levar ao epicentro do cheiro tentador – a cozinha.

A mesa da cozinha está posta com lindos pratos quadrados, velas e três tigelas com iguarias de cheiro incrível, com música clássica dando um toque especial ao ambiente.

— Arroz pilaf — Art diz quando vê para onde estou olhando. — Com passas e tâmaras.

Uau. Falando em tâmaras, sinto que acabei de tropeçar em uma.

— Você cozinhou tudo isso? — Pergunto, com água na boca. — Ou encomendou?

— Gosto de cozinhar — diz.

Estou prestes a dizer: "Case comigo", mas então me lembro que ele já o fez.

— Por favor, sente-se — diz ele. — Eu estava prestes a te chamar.

Ele não precisa me pedir duas vezes. Eu me jogo na cadeira e pego o arroz.

Art agarra meu pulso gentilmente, o que dispara fogos de artifício para cima e para baixo por todo o meu corpo. Fogos de artifício que terminam com um estrelinha nas minhas regiões inferiores.

— Vou servi-la.

Ah, isso de novo. Assim como da última vez, as palavras produzem imagens pornográficas em minha mente, mas agora elas são agravadas pelo fato de que eu vi como é quando ele "me serve" da maneira suja que também envolve comer.

Art coloca o arroz no meu prato e o completa com algo que parece ainda mais gostoso.

— O que é isso? — Pergunto. — Tem um cheiro divino.

Como se para confirmar minha afirmação, meu estômago ronca, como Woofer quando está especialmente mal-humorado.

Art sorri. — Pato à l'Orange. — Ele coloca algo frutado ao lado do pato. — Com peras escalfadas.

Se eu gostar daquele pato, ele vai usar isso como prova de que sou francesa?

Eu pego meu garfo e faca, então paro. — Tenho permissão para pegá-los ou manusear talheres faz parte do serviço?

Ele pega meus talheres e corta o pato para mim em pedaços pequenos e deliciosos. — Você tem permissão para manusear seu próprio garfo e faca. Apenas deixe-me encher seu prato e seu copo. — Combinando ações com palavras, ele enche meu copo com algo que parece sangria. — Compota de estilo russo — Explica ele.

— Obrigada.

Eu começo com o arroz. Doce e salgado, é um bucalgasmo. Em seguida, coloco um pedacinho de pera na boca. Uau. Ainda melhor que o arroz. Eu tomo a bebida. Duplo uau. Isso poderia substituir meu vício em Mountain Dew. Eu ataco o pato. Uau triplo. Ainda mais doce e com sabor umami suficiente para agradar um foodie japonês, o pato faz meus olhos revirarem de prazer.

— Você gosta? — Art pergunta.

É preciso um esforço de vontade para não grasnar em resposta. — Eu não gosto disso... eu amo. — Enfio mais de tudo na minha boca gananciosa.

Art sorri amplamente. — Estou feliz. É doce o suficiente?

Já que minha boca está muito cheia, eu assinto.

— Sem açúcar — diz ele com orgulho. — É tudo da fruta.

Eu mastigo e engulo, aproveitando cada segundo. A única coisa preocupante sobre esta refeição está relacionada com o velho provérbio: "O caminho para o coração de um homem é através de seu estômago". Se isso funcionar com as mulheres também, meu coração pode estar em sério perigo.

— Então — digo quando eu acalmo o pior da minha fome. —, você foi para a escola de culinária ou algo assim? Esta não é uma refeição que uma pessoa comum pode fazer.

— Autodidata. — Ele pega outra porção da salada

que venho ignorando propositadamente. — No início da minha carreira, o balé não deixava muito tempo para outras atividades, mas, mais recentemente, comecei a cozinhar e investir. E você? O que você estudou na faculdade?

Este não é o meu tema favorito. Algumas pessoas com DNA idêntico ao meu são altamente educadas, enquanto eu... não. — Eu não fui para a faculdade. — Eu faço uma careta. — Acho que também sou autodidata.

É verdade. Eu me masturbo desde que me lembro, e se eles dessem diplomas nisso, eu teria pelo menos um mestrado, ou talvez até um doutorado, considerando o quanto já escrevi sobre o assunto.

Se Art menospreza minha falta de escolaridade, ele não mostra nenhum sinal disso. Na verdade, seu aceno parece aprovador. — Isso me lembra — diz ele. — O que é que você faz?

Meu coração dá uma cambalhota. Esta situação é minha culpa. Eu deveria ter previsto isso quando perguntei a ele sobre a escola de culinária. Tão estúpida. Talvez eu ainda possa salvar?

— Espere — digo. — Você não me contou o que *você* estudou na escola.

Seus olhos estreitados me lembram os beijos de Hershey. — Você está se esquivando da minha pergunta, não está?

Gambás fedidos. Eu coloquei meu garfo para baixo. — Ou é *você* que não quer me contar sobre sua educação universitária.

Ele suspira. — Eu frequentei uma universidade na

Rússia, mas eles me deram notas com base na minha fama no balé, não no mérito, então, não considero meu diploma de Economia valioso. Na hora de investir, tive que aprender tudo do zero. — Ele olha para mim com expectativa.

Eu encaro de volta inocentemente. — Coloquei aquela lista de filmes para você. Quer ver?

Ele estende a mão por cima da mesa e agarra meu queixo de brincadeira, o que causa um curto-circuito em minha calcinha. — Diga-me o que você faz pra viver.

— Não.

Ele abaixa a mão e faz olhos de cachorrinho para mim – e desta vez, o curto-circuito está no meu cérebro. — Por favor?

Por um lado, é lisonjeiro que ele queira aprender tudo o que puder sobre mim. Faz-me sentir que ele se importa. Por outro lado, uma vez que ele saiba isso, ele fugirá.

Os olhos de cachorrinho não desaparecem.

Eu dou um suspiro. — Eu tenho?

Seu rosto fica sério. — Eles vão nos fazer essas perguntas na entrevista.

Oh, gambá. Eu esqueci disso. Ele não está apenas me conhecendo casualmente porque se importa. É tudo apenas um meio para obter o green card.

— Tudo bem — digo. — Mas você vai se arrepender de ter se casado comigo, com certeza.

— Duvido.

Eu respiro fundo. — Promete não sacanear?

Ele concorda.

— Promete não se divorciar?

Ele parece preocupado agora. — Eu prometo, a menos que sua profissão seja algo realmente hediondo, como um advogado tributário.

— Certo. Meu trabalho envolve acariciar o gato... se é que você me entende.

Ele pisca para mim. — Como uma babá para pessoas com gatos?

Reviro os olhos. — Estou falando de dedilhar.

— O quê?

— Tocar a safira?

Isso é preocupação com a minha sanidade em seu olhar?

— Escovar o castor? Espremer o suco? — Eu faço a forma em V da saudação vulcana com meus dedos. — Você me viu fazer isso. Lembra?

Uma pitada de compreensão brilha em seus olhos. — Você é uma profissional do sexo?

É a minha vez de olhar em branco. — Como você conseguiu isso? Estou falando de masturbação.

Ele assente com cautela. — E é por isso que perguntei se você é uma trabalhadora do sexo.

— Que tipo de profissional do sexo se masturba para viver?

Ele levanta um ombro largo em um encolher de ombros. — As garotas nos *peep shows*? As garotas que trabalham nessas câmeras de bate-papo? As garotas que...

— Desculpe, não. Eu não sou uma trabalhadora do sexo. Pelo menos eu não acho que sou. Eu escrevo um blog sobre o assunto do roça-roça – mas, na verdade, não faço isso na frente de ninguém ... além daquele tempo com você.

Ele esfrega a nuca. — Se isso é tudo, por que você não quis me contar?

— Porque é embaraçoso?

Ele exala uma respiração aliviada. — É?

— Bem, sim. — Começo a me sentir um pouco boba. — Eu pensei que você fosse um tipo conservador que me julgaria.

Ele coloca a mão sobre a minha, o que torna a compreensão muito difícil. — Só porque gosto de música clássica e abro portas para você não significa que sou puritano.

Isso faz sentido, pelo menos quando seu toque está embaralhando meu cérebro.

Com um sorriso, ele afasta a mão para pegar o telefone. — Qual é o nome do seu blog?

Corando, eu digo: — Acaricie a Petúnia.

Ele digita em seu telefone e lê por alguns dos momentos mais longos da minha vida.

Finalmente, ele coloca o telefone virado para baixo. — Isso é muito bom.

Um balé de cisnes voa em minha barriga. — Você acha?

Ele concorda. — Todos aqueles comentários positivos. Você está ajudando outras mulheres. Eu acho ótimo.

Se ele quisesse entrar nas minhas calças, esta seria uma maneira de fazê-lo. Bem, isso e o jantar. E a mão na mão. E o jeito que ele cheira. E...

Certo. Parece que não é tão difícil para Art entrar nas minhas calças – o que me lembra.

— Quais são nossos arranjos para dormir? — Eu deixo escapar.

Pronto. Como arrancar um Band-Aid.

As mãos de Art ficam imóveis, seu garfo congelado no ar. — Tem certeza de que não quer comer a sobremesa primeiro?

O pato e o arroz endurecem como carvão no meu estômago. — Olha quem está se esquivando da pergunta desta vez.

Ele pega o copo e toma um gole generoso. — Você tem razão. Devíamos conversar sobre isso.

E, no entanto, ele fica sentado em silêncio até que eu não aguento mais e digo: — Estou começando a adivinhar que você quer dormir *juntos*.

Sua cabeça balança ligeiramente. — Mas a Regra Um ainda se aplica.

Estou desapontada ou aliviada? — Então, por quê?

— Por causa das entrevistas — diz ele. — Eles podem perguntar se eu ronco ou quem monopoliza o cobertor. Acho que devemos dormir na mesma cama pelo menos o tempo suficiente para aprender esses detalhes. Depois disso, podemos nos revezar no sofá da sala. Eu me certifiquei de que fosse extremamente confortável.

Eu batuco meus dedos na mesa. — Essa é uma lógica rígida.

E tão pouco romântico quanto um formigueiro.

— Bom. — Ele se levanta com fluidez. — Pronta para experimentar a sobremesa?

OK, acho que essa é toda a conversa que teremos quando se trata de arranjos para dormir. Não tenho certeza se posso culpá-lo por não querer pensar mais sobre isso.

— Vamos comer a sobremesa — digo, fingindo a alegria que geralmente sinto quando os doces são o assunto da conversa.

Ele enfia a mão no freezer.

Graças a Deus eu não guardei os brinquedos sexuais lá.

A sacola que ele puxa é difícil de ver, e então suas costas bloqueiam o que ele faz com seu conteúdo – mas seja o que for, estou intrigada.

De repente, o som de um triturador de madeira ecoa pela cozinha, quase me ensurdecendo.

Que diabos? Ele está pegando xarope de bordo de dentro de um tronco de árvore? Eu pensei que você só precisava tocá-lo para isso.

Quando o barulho para, Art tira algo do copo do liquidificador – o que explica o barulho – e coloca em uma tigela bonita.

— Aqui. — Ele coloca a guloseima na minha frente.

— Isso parece sorvete — digo. — Mas essa não é a raiz de todo mal?

Ele espalha uma variedade de nozes em cima do sorvete. — Tente.— Ele me entrega uma colherzinha.

Eu gosto do resultado. Hûm. Isso me lembra um sundae pesando na banana.

Ele observa meus lábios como se estivesse hipnotizado por eles. — Você gosta?

Eu engulo a doce delícia. — Qual é a pegadinha?

— É banana.

Eu como outra colherada. — Claro. Posso sentir o gosto da banana.

Seu sorriso é de proporções do gato Cheshire. — Você não entende. Banana é o *único* ingrediente.

O quê?

Eu mergulho a colher na delícia cremosa e a mexo. — Não tem como isso ser só banana.

— Sim, claro — diz ele. Ele traz o saco que tirou do freezer e me mostra as bananas congeladas dentro. — Isso é tudo que eu coloco no liquidificador.

Eu pego outra colher. Hum. — Agora que sei o que provar, a ilusão do sorvete está um pouco arruinada.

Ele dá de ombros. — Se você gosta, termine. Se não, não é grande coisa.

Mentiras. Eu sei que ele é o Senhor-não-deixe-comida-no-prato. Não que eu queira jogar isso fora. Esse sorvete pode ser tão falso quanto o nosso casamento, mas é gelado, cremoso e delicioso... sem falar no potássio e tudo o mais.

Terminando, eu coloco minha colher para baixo. — Obrigada.

— De nada. — Ele leva todos os pratos para a pia e começa a lavá-los.

— Espere — digo. — Você cozinhou. Pelo menos deixe-me limpar.

— Não há necessidade. — Ele abre uma porta no que acaba por ser uma máquina de lavar louça. — Earl vai cuidar disso.

Eu arqueio uma sobrancelha. — Earl?

Ele guarda o resto dos pratos. — Você nomeou seu

aspirador de pó, então pensei em nomear nossa máquina de lavar louça.

Como se convocado, Woofer entra na cozinha e esbarra na perna da minha cadeira.

Parece que o senhor humano masculino é tão preguiçoso quanto o feminino. Não consegue nem se dar ao trabalho de lavar a louça sozinho. Pelo menos ele é melhor em nomear a pobre máquina que ele escravizou. Earl soa real e digno, enquanto Woofer é o nome de um vira-lata imundo.

Eu me levanto. — E agora?

Art extrai um tablete para lavar louça de sua cobertura semelhante a um papel de bala e o coloca em Earl. — Eu estava pensando em trocar nossas listas de filmes.

— Troca? Eu pensei que estava apenas dando uma para você.

Ele pega o telefone. — Decidi que o que é bom para um, é bom para o outro.

— Certo. Deixe-me dar uma olhada em sua lista.

— Damas primeiro.

Com um gemido falso, eu mando minha lista para ele.

Ele escaneia e um sorriso aparece em seu rosto.

— O quê? — Pergunto.

Ele aponta para a tela. — Esse programa. Eu já vi isso antes. É ótimo.

Não.

Não pode ser.

Mas há apenas um programa de TV na lista.

Ainda assim, não posso assumir. Isso é muito grande para deixar para uma suposição.

— De que programa você está falando? — Pergunto, minha voz instável.

— *Sex and the City*. Eu sou um grande fã.

— Você gosta de *Sex and the City*?

Se ele tivesse me eletrocutado com um taser, eu ainda ficaria menos chocada. Ainda estou para conhecer um homem que tenha assistido, muito menos gostado. Quero dizer, sempre soube que essas criaturas existiam em teoria, como cisnes negros ou operadores de telemarketing de quem as pessoas gostam de receber ligações, mas não esperava que esse alguém preparasse o jantar para mim.

Art assente. — Esse programa foi o que me fez apaixonar por Nova York. De certa forma, eu não estaria aqui sem isso.

OK. É oficial.

Eu me casei com minha alma gêmea.

Vinte E Seis

NO INSTANTE SEGUINTE, a dúvida se insinua. Ele disse mesmo isso? Além disso, mesmo que ele esteja dizendo a verdade, por que ele assistiu ao programa? Foi porque ele cobiçou uma das protagonistas, ou ele queria entender melhor as mulheres?

Ele toca meu antebraço. — Você está bem?

— Por quê?

— Porque você está me olhando engraçado.

Pisco algumas vezes. — Quero dizer, 'por que você assistiu ao programa?'

Ele sorri. — Vamos para a sala de estar ficarmos confortáveis. Depois a gente conversa.

Que provocação. Eu o sigo até o sofá e me jogo ao lado dele, minha pele formigando quando nossos joelhos se tocam.

— Desembuche — Rosno.

— Acho que deveria ser óbvio — diz ele.

Eu o encaro sem expressão.

— Mikhail Baryshnikov — diz ele com exasperação.

Oh. Como não pensei nisso?

— Ele foi o cara que interpretou 'O Russo' na última temporada — diz Art. Se o assunto fosse qualquer coisa além de *Sex and the City*, ele estaria totalmente reclamando, mas eu amo isso demais para reclamar enquanto ele continua. — Caso você não saiba, na vida real, ele é uma lenda do balé e, como eu, nasceu em Riga.

Eu faço uma careta de pesar. — Eu me sinto boba agora.

— Não. Como você poderia saber que aquele homem era meu ídolo? Comecei com aqueles nove episódios em que ele participou, depcis, fiquei viciado e assisti a tudo.

— Então, qual é o seu episódio favorito?

Ele coça o queixo. — Sexta temporada, episódio doze.

Eu sorrio. — É aquele onde Baryshnikov aparece pela primeira vez?

Ele concorda. — E você? Qual é o seu favorito?

— Primeira temporada, episódio nove — digo sem hesitação. — Chama-se A Tartaruga e a Lebre.

Ele semicerra os olhos, depois balança a cabeça. — Difícil de lembrar apenas pelo título. O que foi isso?

— É aquele em que eles pegam o Coelho.

— O Coelho? É outro gato?

Eu ri. — É um vibrador com ouvidos. Esse episódio garantiu às mulheres que não há problema em se masturbar. Se até Charlotte ficou feliz em fazer isso, por que não elas?

— Acho que me lembro agora. E faz sentido. O vibrador era o seu Baryshnikov.

Meu sorriso se estende de orelha a orelha. — Qual é o seu menos favorito?

— Os filmes — diz ele, fazendo a palavra soar como uma maldição.

— Concordo. Qualquer coisa após o último episódio da sexta temporada está abaixo da média.

Ele assente com evidente seriedade, e passamos por nossos momentos menos favoritos do cinema – que são muitos.

Enquanto ele fala animadamente sobre Carrie e Samantha, não posso deixar de me perguntar por que ele gostar desse programa parece tão significativo, tão cheio de presságio. Por que parece que temos muito mais em comum agora do que dez minutos atrás. Quero dizer, é apenas um programa de TV, certo?

Em geral, não gosto dessa sensação no peito. Entre a mão dele no meu joelho e o cansaço agradável da refeição gourmet na minha barriga, a ficção e a realidade do nosso casamento se confundem, e isso é muito perigoso.

Nada mudou. Ele ainda quer apenas um green card e nada mais. Ele ainda...

— Espere um segundo — diz Art com severidade zombeteira. — O apelido do meu pau – é uma referência a *Sex and the City*, não é?

Meus olhos são atraídos para sua virilha, e meu rosto fica vermelho. — Isso faz com que ele se sinta menos especial?

Art ri. — Eu realmente achei que o Sr. Big de Carrie

era meio idiota, então, isso é adequado. Ela deveria ter acabado com Baryshnikov em vez disso.

Decido que já passou da hora de mudar de assunto. — Você mencionou sua lista?

Ele balança a cabeça e me envia uma mensagem. — Os filmes destacados estrelam Baryshnikov neles.

Eu verifico meu telefone. Hum. Se fossem apenas os filmes com seu ídolo que não fossem familiares, isso seria uma coisa. Mas nunca ouvi falar de nenhum desses. Alguns até parecem inventados, como *Braço de Diamante*, *The Irony of Fate or Enjoy Your Bath*, e *The Caucasian Captive*.

— Isso é real? — Pergunto. — Eu me considero uma cinéfila, mas nunca me deparei com isso.

Ele dá um tapinha no meu joelho. — E aí está o problema. *Sex and the City* pode não ser suficiente para fazer esse relacionamento funcionar.

Eu sorrio. — Isso é discutível. Pode-se ir longe em *Sex and the City*.

Ele liga a TV. — Que tal você me mostrar o seu e depois eu mostro o meu?

Ainda estamos falando de filmes?

— Que tal assistirmos a *Dirty Dancing*? — Eu sugiro. — Apenas tenha em mente, essa dança não é balé.

Colocamos o filme e, de alguma forma, acabo encolhida contra ele no sofá como se fôssemos um velho casal. Ele passa o braço por cima do meu ombro, e eu engulo em grandes golfadas de seu perfume tentador, sentindo-me tão quente e segura que quero derreter em uma poça.

Falando em poças, minha calcinha está nitidamente úmida.

Quando os créditos rolam, ele me diz que o filme foi ótimo e que deveríamos ver *The Irony of Fate or Enjoy Your Bath* a seguir.

Se isso significa que vamos ficar no sofá assim, assisto a qualquer coisa, até *Glitter – O Brilho de uma Estrela*.

Quando o filme começa, entendo por que nunca ouvi falar dele. Foi feito na União Soviética, nos anos setenta.

Art pausa o filme no início e diz: — Só para você saber, este é um clássico que é transmitido toda véspera de Ano Novo – que é a resposta russa ao Natal.

— O que você quer dizer? — Sinto um bocejo se aproximando, mas o reprimo. Estou muito confortável para deixar este lugar, além disso, estou com medo da tentação do quarto.

Este sofá é ruim o suficiente.

Ele me abraça mais apertado. — Na Rússia, as pessoas decoram pinheiros, trocam presentes e até têm um equivalente ao Papai Noel chamado Vovô Frost... tudo na véspera de Ano Novo.

Como devo pensar direito assim?

— O Vovô Frost se parece com o Papai Noel? — Eu, de alguma forma, pergunto.

— Ele é um cara velho com uma sacola de presentes e uma barba branca. — Com a mão livre, Art abre uma foto em seu telefone. — Acho que ele começou como o espírito russo do gelo, mas depois foi polinizado com representações do Papai Noel.

— Espere. — Eu aponto para uma mulher na foto. — Essa é a Sra. Noel?

Ele se afasta para me dar um olhar horrorizado. — Você não vê como ela é jovem? Essa é a neta dele, *Snegurochka*, também conhecida como A Donzela da Neve.

Huh. — E a esposa dele? E os pais de Snegurochka?

Ele parece pensativo. — Agora que você mencionou, não acho que haja mais coisas nesta família. Apenas a neta. Acho que ela também é algum personagem da antiga mitologia russa que se associou ao Ano Novo. Os soviéticos mudaram os costumes originais para torná-los seculares nos anos 30 – e acho que a consistência ou a lógica não eram uma prioridade.

Com isso, ele retoma o filme.

É legendado, não dublado, mas isso de alguma forma o torna melhor – me faz sentir como se estivesse na Rússia. À medida que o filme avança, Art frequentemente faz uma pausa e explica certas nuances semelhantes ao Vovô Frost. Ah, e alguns dos elementos da trama trazem de volta memórias recentes para mim – como quando o herói e seus amigos bebem muita vodka no banya.

— O que você acha? — Art pergunta quando rolam os créditos do filme.

Relutantemente, eu me desvencilho de seu abraço. — Gostei.

— Excelente. Amanhã, podemos assistir a *The Caucasian Captive*.

Eu arqueio uma sobrancelha. — É uma comédia romântica também ou algo mais sério? Esse título faz com que pareça um romance racial carregado de Síndrome de Estocolmo.

Seus olhos se arregalam. — É uma comédia romântica. Caucasiano, neste caso, é usado em seu significado original porque o cerne da trama se concentra em uma antiga tradição do povo da região do Cáucaso – roubo de noivas.

Eu bocejo. — Parece intrigante. Da minha lista, que tal assistirmos *A Princesa Prometida*?

— Combinado. — Ele também boceja. — Acho que está na hora de dormirmos.

Minha sonolência evapora. — Claro.

— Venha — diz ele. — Vamos aprender a rotina noturna um do outro.

Sim. Isso é normal. Não há razão para pular de excitação e alegria, que é o que eu sinto vontade de fazer de repente.

Mantendo uma cara neutra, eu o sigo até o banheiro principal – um ambiente quase tão grande quanto o meu antigo lugar, com um chuveiro de efeito chuva, duas pias e uma banheira enorme.

— Você gosta dessa pia? — Ele aponta para aquela onde deixei minha escova de dentes.

— Claro.

Ele pode dizer o quão assustada eu estou? Porque a resposta é *muito*. A domesticidade disso é simplesmente insana. Isso torna todo esse arranjo de vida uma loucura real.

— Você toma banho antes de dormir? — Ele pergunta.

Gambá. Eu nem pensei nisso. — Sim. — Eu coro como a Donzela da Neve. — Você?

Mais importante, quais são as chances de ele querer que tomemos banho juntos?

Seus olhos brilham. — Eu costumo tomar banho depois do treino de balé, mas hoje estava pensando em tomar antes de dormir. Depois que me aposentar, essa será minha nova rotina.

As imagens. Ah, as imagens. Posso sentir meu coração batendo nas têmporas. — Você quer fazer isso enquanto eu escovo os dentes? Eu não vou olhar.

Sim, eu disse isso com uma cara séria, sabendo muito bem que vou ver muito dele no espelho – e que vou assistir, descaradamente.

Ele pega sua escova de dentes e espreme um pouco de pasta de dente nela. — Que tal nos revezarmos?

Buuu.

— OK. Boa ideia. — Pego minha escova de dentes e sem querer espremo pasta demais nela. — Depois disto.

Ao ativar minha escova de dentes, gostaria que ela apontasse para minha boceta em vez de para os dentes. Talvez se eu queimasse um pouco dessa energia sexual, me sentiria como um ser humano normal e pararia de ver imagens de Art ensaboado em minha mente.

Ele escova os dentes manualmente, como um homem das cavernas, o que flexiona seu forte antebraço.

Excelente. Agora quero abusar ainda mais da minha escova de dentes.

Ele cospe a pasta de dente. — Banho feminino primeiro?

— Claro — Murmuro com a boca cheia de pasta de dente. — Deixe-me terminar isso.

— É claro. — Mais uma vez, seus olhos brilham, o que pode significar que ele está tão confuso com tudo isso quanto eu.

Algum demônio força minha boca a perguntar: — Com o que você dorme?

Seu sorriso tem um tom perverso. — Normalmente nu, mas de pijama a partir de agora.

Em vez de cuspir minha pasta de dente, eu a engulo de forma audível.

Porra. Ele está fazendo isso comigo de propósito?

Movendo-me como um zumbi com tesão, pego minha camisola de aparência mais conservadora – embora ainda seja menos do que ideal se o objetivo é cobrir o máximo possível de mim.

Art olha para a roupa em minhas mãos com uma expressão estranha. — Aproveite seu banho. — Com isso, ele desaparece do banheiro como se eu fosse persegui-lo.

Tranco a porta e fico de costas para ela, fechando os olhos enquanto tento controlar minha respiração.

Isso é uma loucura.

Mesmo se ele fosse meu marido de verdade, esse nível de desejo parece doentio. Do jeito que está, temo que eu possa dormir com ele – ou pior – no meio da noite.

Bem, há uma solução simples: posso me masturbar preventivamente.

Examino o banheiro. O chuveiro é do estilo errado para ser útil, e não tenho certeza se minha escova de dentes e meus dedos vão servir hoje. Eu preciso de algo grande por dentro e talvez algo extra-vibrante por fora.

Então algo me ocorre. Escondi meus brinquedos favoritos aqui neste banheiro! Devo ter planejado inconscientemente isso.

Pego os brinquedos no vaso sanitário e ligo o chuveiro para garantir que Art não perceba o que estou fazendo.

Pensando bem, faz muito tempo que não 'descasco a cenoura' no chuveiro – e acho que nunca escrevi sobre isso em um blog.

Isso resolve tudo.

Coloco meus brinquedos perto dos frascos de xampu, depois, tiro a roupa e entro sob a água quente.

Isso é legal.

No piloto automático, lavo o cabelo e o corpo antes de me lembrar da minha importante missão paralela.

Examino os brinquedos. Oh, sim. Isso exige o maior vibrador que possuo – alguns centímetros menor e um pouco mais fino que o Sr. Big.

Eu sorrio maliciosamente para isso. — Você vai ter que servir.

Saber que Art está logo além desta parede me faz sentir muito travessa.

Lubrifico o vibrador com minha saliva e apoio meu pé esquerdo contra a parede para facilitar a entrada.

Aqui vai.

Eu posiciono o vibrador contra a minha abertura, que é quando meu pé direito escorrega no chão de ladrilho molhado.

Vinte E Sete

Oh, não. Não, não, não!

Eu agito os dois braços, aquele com o vibrador e o outro sem.

Não.

Eu bato no chão com um baque alto, o ar saindo dos meus pulmões.

Gambás.

Vejo estrelas em meus olhos e um estrondo alto em meus ouvidos.

Em um segundo, as estrelas param de girar, mas o som estrondoso ainda está lá. Soa estranhamente como um grito perguntando: — O que aconteceu?

Ótima pergunta, grito imaginário.

Eu quebrei alguma coisa?

Examino minhas costelas e o resto.

Não, acho que estou bem.

Espere.

A gritaria é mais alta agora, e é a voz de Art.

Ele está exigindo saber se estou bem.

Inspiro um pouco de ar em meus pulmões para responder, mas é tarde demais.

Crack! Com um som violento, a porta se solta das dobradiças e a voz de Art soa muito mais próxima. — Caralho! Você está bem?

Merda. Merda. Merda.

Braços fortes me viram, e um Art em pânico examina cada centímetro em mim minuciosamente, como se estivesse conduzindo meu exame dermatológico anual.

Bati de cara no chão primeiro? Minhas bochechas estão queimando quase dolorosamente.

— Estou bem — Minto.

Eu me levanto, sem saber o que fazer primeiro: esconder os brinquedos ou cobrir meu corpo nu com alguma coisa.

Art segura minha mão com firmeza. — Tem certeza de que está bem? Pareceu que você caiu forte.

Minhas bochechas estão sangrando?

Eu verifico no espelho.

Não. Apenas muito vermelhas.

Não acredito que, além de tudo, parecia um saco de batatas quando caí. O que mais, universo? Estou prestes a vomitar na frente dele? Fazer xixi em mim?

Freneticamente, pego uma toalha e a enrolo em volta de mim. — OK, já que estou bem, você deve ir.

Só agora percebo que ele está vestindo nada além de cueca preta – e cara, ela fica incrível nele.

A mandíbula de Art se fecha teimosamente. — Não vou embora até ter certeza de que você está bem.

Atire em mim agora. — E como posso provar isso?

Ele passa os dedos pelos cabelos. — Eu não tenho a porra da ideia.

— Certo! Você pode pelo menos desviar o olhar?

— Por quê? — Ele pergunta, então finalmente olha em volta.

Brinquedos sexuais estão por toda parte. Devo ter derrubado todos eles da prateleira de xampu enquanto me debatia.

— Oh — diz ele, arregalando os olhos. — Você estava...

— 'Navegando no catamarã'. — Minhas bochechas queimam impossivelmente mais quentes. — 'Afagando o pelo'. 'Tendo um encontro comigo mesma'.

Ele se abaixa e pega o vibrador que eu nunca tive a chance de usar. — Como essa coisa entrou aqui?

Eu dou uma olhada no tanque do banheiro ainda aberto, e ele segue meu olhar.

— Sério?

Eu coro ainda mais.

Ele olha para mim, depois para os brinquedos, depois de volta para mim com uma carranca. — Por que a discrição? Eu pensei que você blogava sobre essas coisas. Você poderia simplesmente guardar tudo em sua mesa de cabeceira.

Reviro os olhos com tanta força que meus olhos doem. — Sim. Claro. Devo usá-los também enquanto você estiver ao meu lado na cama?

Suas pupilas dilatam até o tamanho de moedas de dez centavos. Engolindo em seco, ele murmura: — Talvez não assim, mas nem sempre estarei em casa. Eu também posso trabalhar no meu computador no escritório quando você precisar... — Ele mexe o vibrador. — ...cuidar de suas necessidades.

Eu arranco o objeto ofensivo de suas mãos. — Certo. Qualquer coisa para parar essa conversa.

Antes que ele possa responder, pego uma braçada de brinquedos e saio correndo do banheiro.

Ele me segue, provavelmente para se certificar de que estou bem.

Abro a gaveta da mesa de cabeceira mais próxima e jogo os brinquedos lá dentro. — Posso ter um pouco de privacidade agora?

Ele me olha de novo. — Você tem certeza absoluta de que não está ferida?

— Positivo.

Ele pega seu pijama próximo. — Promete gritar se algo começar a doer?

— Juro pelo que resta da minha dignidade.

Ele volta ao banheiro e sai com o pijama.

— Eu estarei de volta em alguns minutos. — Ele sai do quarto.

Eu tranco a porta do quarto atrás dele e uso a toalha que está me cobrindo para me secar antes de colocar minha camisola.

Há uma batida.

Abro a porta e vou para a cama.

Art está ali parado com algumas ferramentas. Enquanto fico boquiaberta, ele começa a consertar a porta do banheiro com a total indiferença de quem sabe exatamente o que está fazendo.

Caramba. Ele é faz-tudo também. Mesmo se eu

tivesse a chance de usar os brinquedos, provavelmente precisaria de outra sessão depois disso.

— Você ainda está bem? — Ele pergunta quando a porta está como nova.

— Sim. — Fisicamente, de qualquer maneira. Bem, minhas glândulas salivares estão sobrecarregadas, mas esse é o meu novo normal perto dele.

Ele desaparece no banheiro e o chuveiro começa a funcionar novamente.

E agora?

Apesar da queda, o que mais quero fazer é ligar um dos meus aparelhos mais uma vez – e saber que Art está no chuveiro só piora as coisas.

O problema é que não faço ideia de quanto tempo duram os banhos dele. A última coisa que quero é ser pega de novo.

Talvez eu possa apenas adormecer?

Eu fecho meus olhos. O purificador de ar zumbe suavemente ao lado da cama e, em circunstâncias normais, eu já estaria dormindo. Mas essas circunstâncias são tudo, menos normais.

Eu abro meus olhos em frustração.

O que torna isso ainda mais irritante é a estranha convicção que tenho de que Art está acariciando Sr. Big no chuveiro. Não tenho ideia de como ou por que decidi isso. Talvez seja um daqueles sonhos que passam pela sua cabeça quando você adormece. Ou talvez todos esses hormônios tenham despertado meus poderes latentes de Poder Extra Sensorial. De qualquer maneira, tenho tanta certeza de que ele está se masturbando que posso praticamente ver através das paredes. Em detalhes IMAX vívidos.

Bastardo imprudente. O que aconteceu com "o que é bom para um, é bom para o outro?"

Talvez eu devesse bater na porta e dizer a ele para parar com isso?

O chuveiro para.

Sortudo. Ele provavelmente acabou de gozar. Que legal isso deve ser.

A porta se abre e Art entra no quarto na ponta dos pés.

Ele acha que eu adormeci? Talvez seja melhor fingir que sim.

Ele silenciosamente desliza sob o cobertor do outro lado da cama.

Engulo em seco. Apesar dos melhores esforços do chuveiro e do purificador de ar, ainda posso detectar aquele cheiro de Art revelador, e isso não ajuda em nada minha frustração sexual.

Ele se vira de lado, de costas para mim.

Uma avalanche de fantasias assalta meu pobre cérebro. Na maioria, eu me afasto e alcanço o Sr. Big como ponto de partida.

Ele se vira para mim.

As fantasias agora começam com um beijo.

Ele cai de costas.

Uau. Essa é uma tenda no cobertor? Talvez eu estivesse errada sobre o que ele fez no chuveiro? Ou talvez eu não estivesse errada, mas ele se recupera rapidamente? O que estou dizendo? Eu sei que ele se recupera rápido. Eu vi em vídeo.

Ele se afasta de mim novamente.

Quão alto é o metabolismo dele? Sinto o calor irradiando dele em ondas.

Ele se vira para mim.

Suspiro. Eu nunca vou dormir assim.

Ele fica imóvel.

Opa.

— Você está acordada? — Ele sussurra.

— Parece que sim — Sussurro de volta.

Ele se põe de pé. — Sinto muito, mas não consigo dormir assim.

— Assim como?

Mesmo que eu estivesse pensando a mesma coisa, me sinto insultada. Ele acha que eu cheiro? Estou respirando muito alto? Meu estômago roncou?

— Vou dormir no sofá. — Ele pega seu travesseiro.

— Espere. — Eu me sento. — E as perguntas da entrevista? Eles podem perguntar sobre nossos padrões de sono.

Ele olha para o cobertor confortável que estamos compartilhando. — Você pode dizer que sou um cavalheiro quando se trata do cobertor e que você gosta de se enrolar nele sem se importar com mais ninguém.

Olho para baixo e percebo que estou me transformando em um burrito enquanto falamos.

— Eu deixei meu cobertor no armário — digo. — Por favor, use-o.

— Obrigado. — Ele caminha até o armário e pega o cobertor. — Bons sonhos.

Enquanto o vejo sair, luto contra uma onda inexplicável de decepção.

Isso é estúpido. Ele nos fez um favor. Dessa forma, posso realmente fechar os olhos.

Para isso, fecho os olhos.

E espero.

E espero.

Dormir deve ser mais fácil agora, certo?

Não.

Eu jogo e me viro por meia hora antes de desistir. Trancando a porta do quarto, coloco o purificador de ar na configuração mais alta para mascarar qualquer ruído de vibração e tiro os brinquedos da minha mesa de cabeceira.

Ele disse que eu estava livre para fazer isso em nossa cama.

Eu rastejo até o lado dele e cheiro os lençóis de lá.

Sim. Isso é o que importa. Se a fome é o melhor tempero, um marido gostoso que você não pode foder é o melhor intensificador de masturbação. O orgasmo que cai sobre mim enrola meus dedos e me faz tremer toda.

Sentindo-me como um macarrão cozido demais no rescaldo, eu me arrasto até o banheiro para lavar os brinquedos. No momento em que os guardo, minhas pálpebras parecem estar sendo pesadas por pedregulhos.

O sono chega no momento em que minha cabeça encontra o travesseiro.

Vinte E Oito

EU ACORDO. Por um segundo, fico confusa enquanto olho em volta. Meus arredores são desconhecidos.

Oh, certo. Eu vim morar com Art.

Levantando-me, escovo os dentes e coloco uma roupa, depois, vou em busca do meu marido querido.

Ele não está em seu escritório ou na cozinha.

Ao me aproximar da sala de estar, ouço uma suave música clássica tocando. Art deve estar por perto.

Sim. Ele não apenas está aqui, mas também tenho uma visão incrível dos meus problemas.

Vestido com calça de ginástica apertada e uma regata, Art está em uma pose de guerreiro perfeita, um joelho dobrado, costas alongadas e todos os músculos de seus braços estendidos flexionados. Até seus pés descalços são sensuais, fortes e masculinos.

Fluffer, que estava observando Art, vira um rosto confuso e suspeito para mim.

Viu? Você está olhando para esse gigante como se quisesse comê-lo. Que chance um pedacinho como eu tem?

Art estende o braço direito sobre a cabeça.

Eu debato entre duas opções igualmente razoáveis: avisá-lo que estou aqui ou voltar correndo para o quarto para usar os brinquedos.

Minha escolha é feita para mim. Woofer rola atrás de mim e faz tanto barulho que Art olha em nossa direção.

Um senhor humano cheirou o outro, mas eu recebo a culpa?

— Bom dia. — Art sai de sua pose, parecendo mais gracioso do que eu jamais poderia esperar ser. — Como você dormiu?

— OK. — Eu verifico o sofá. Não há sinal de que ele realmente dormiu nela. Ele é uma aberração da organização? — E você?

Ele dá de ombros. — Quando puxado para fora, este sofá é quase tão confortável quanto a cama.

Eu aceno para o tapete dele. — Fazendo um pouco de ioga?

— Faz parte da minha rotina matinal. Por que você não se junta a mim? — Sem esperar pela minha resposta, ele caminha até a beirada do sofá e pega outro colchonete de ioga.

Hum. Comecei a praticar ioga há algum tempo, depois de escrever um post no blog sobre masturbação tântrica. Meu movimento de assinatura é me enganar em lótus, mas quando se trata de outras poses de ioga, as chances de eu fazer papel de boba são altas.

— Eu não quero atrapalhar sua prática — digo.

Ele faz olhos de cachorro para mim. — Apenas algumas poses.

Aff. Se esse casamento falso de alguma forma resultar em filhos, espero que ele não os ensine esse movimento em particular, ou eles ficarão muito mimados.

Dou um passo para trás e quase tropeço em Woofer.
— Acho que estou com muita fome.

Art sorri. — Fiz um café da manhã. Vou compartilhar com você se você for boazinha.

Tentador. Se aquela comida for tão saborosa quanto a que ele fez ontem à noite, pode valer a pena o exercício indesejado.

— Tudo bem — digo com relutância. — Cinco minutos.

Ele gesticula para o tapete. — Fique aqui.

Eu faço.

— Mostre-me sua postura de guerreiro.

Ele demonstra a sua, o que torna muito difícil me concentrar enquanto eu faço o mesmo.

Balançando a cabeça, Art caminha até mim. — Posso fazer algumas correções?

Eu concordo. Isso está indo para onde eu acho que está?

Sim.

Ele gentilmente me agarra pelos quadris e centraliza minha pélvis.

Porra.

Sempre tive uma queda por ser corrigida, mas isso está em outro nível. Minha calcinha fica instantaneamente encharcada e ioga é a última coisa em minha mente.

Ele levanta meu braço direito mais alto, enviando arrepios eróticos por todo o meu corpo.

Ioga? O que é isso?

— Bom — diz ele, voltando para sua esteira. — Mantenha a postura por alguns segundos.

Eu faço o meu melhor e, de alguma forma, me lembro de respirar.

— Vamos fazer uma dobra para a frente em pé — diz ele e se dobra ao meio sem esforço.

Droga. Eu poderia escrever sonetos sobre seus glúteos. Sonetos e haicai:

Sua bunda é quente, quente.

É muito quente quente. Você sente?

Eu quero, quero.

Ao seguir sua orientação, rezo a Ganesha para que eu esteja fazendo isso corretamente. Se Art ficar atrás de mim e ajustar *essa* pose, posso entrar em combustão espontânea.

— Você tem o dom — diz ele.

Ufa.

Então, novamente, uma parte de mim está desapontada por ele não ter deslizado atrás de mim para fazer as correções. Essa parte também esperava que ele puxasse minha calça para baixo, abrisse minhas pernas e...

Ioga. Concentre-se na ioga.

— Cachorro olhando para baixo — Art anuncia, movendo-se para a pose, e engulo a baba enquanto me junto a ele apontando minha bunda para cima e cabeça para baixo.

— Ótimo trabalho — diz ele.

Droga, por que eu não estraguei essa? Minha bunda estava no ar, pronta para ser tomada.

Em seguida, fazemos o Barco, depois a Cobra, adicionando mais imagens ao meu 'banco de esfregar'. Enquanto dobramos nossas pernas no Meio Pombo, meu estômago ronca alto.

— Tudo bem — diz Art. — Você pode ir comer agora.

Claro. Mas posso trazer para cá e assistir à sua rotina de ioga restante?

Não. Provavelmente não é apropriado. Mesmo um marido de verdade pode se sentir objetificado.

O café da manhã acaba sendo delicioso – panquecas que parecem feitas de açúcar e queijo cottage, e *blins* encharcados com algum tipo de calda que eu nunca provei.

Quando estou quase terminando, Art entra na cozinha.

— O que é isso? — Aponto o garfo para a calda.

— Tâmaras embebidas misturadas com água — diz ele. — Você gostou?

— Adorei. — Enfio o resto da comida na boca.

Ele sorri e pega o que parece ser mingau de aveia e uma pequena salada da geladeira.

Eu olho para o matinho. — Uma salada no café da manhã?

— Ainda não estou aposentado — diz Art. — Este é um verdadeiro banquete comparado ao que as dançarinas comem.

Ele ataca a comida como um lobo, fazendo pouco trabalho.

— Posso terminar isso? — Eu aponto para as salsichas e as panquecas que ele nunca tocou.

— Eu fiz para você.

Ooh. Ele está realmente determinado a ir atrás do meu coração através do meu estômago. E olhos. E nariz.

— De qualquer forma — diz ele —, eu tenho um ensaio para ir.

Eu faço o meu melhor para esconder minha decepção. — Quando você volta?

— À tarde. Se você vai estar em casa, almoce sem mim. Está na geladeira.

Eu fico boquiaberta com ele. — Você me fez o almoço também?

Um canto de sua boca se curva em um sorriso. — Para que servem os falsos maridos?

Eu posso pensar em tantas coisas. Tantas coisas. — OK, eu acho. Vejo você mais tarde.

Ele sai da cozinha e eu o sigo até a porta como um cachorrinho. Observo enquanto ele calça os sapatos. Então ele se vira para mim, os olhos quentes como chocolate, e eu sinto como se ele tivesse amarrado uma corda em volta do meu útero e estivesse puxando-o para si mesmo.

Eu balanço em direção a ele, intoxicada por seu cheiro. Seus olhos brilham e parecem escurecer quase pretos. Por um momento, sinto que ele pode se inclinar para mim, mas ele apenas diz suavemente: — Tranque a porta.

Eu engulo e dou um passo para trás. O feitiço momentâneo de insanidade é quebrado. Com um falso sorriso, eu me curvo. — Sim, querido. Vou obedecer a todos os seus comandos, querido.

Balançando a cabeça, ele sai.

Tranco a porta como uma boa esposa. Posso fingir quando preciso.

Vinte E Nove

APENAS ALGUNS MINUTOS se passam antes que meus pés me levem direto para o escritório de Art.

Eu não deveria bisbilhotar. Eu realmente não deveria.

Oh, quem eu estou enganando? Entro no escritório e olho em volta.

Uma mesa, uma cadeira e dois monitores montados na parede são tudo que tem.

Investir requer um ambiente tão espartano?

Como se possuída, desperto o computador de mesa.

Ele pede uma senha.

Hum. Blue hackearia isso em um piscar de olhos.

Eu digito "balé".

Não.

Eu tento "Baryshnikov".

Na mosca. Estou dentro.

Para minha decepção, o único aplicativo na área de trabalho é para negociação. Também não há nada de interessante no histórico do navegador, apenas Gmail, Forbes e outros sites chatos como esse.

Sem pornografia?

Fecho o computador e saio para pegar meu próprio laptop.

Como o histórico do meu navegador é indutor de rubor, devo tornar minha senha menos fácil de adivinhar, caso Art também seja um bisbilhoteiro. Atualmente, minha senha é "klittra", que é o termo sueco para masturbação feminina.

O que seria menos óbvio? Sacudindo o feijão? Polindo o corrimão? Orbitando Vênus? Procurando Nemo?

Por fim, abro um documento em branco do bloco de notas, fecho os olhos e digito aleatoriamente. Aqui vamos nós. Ninguém nunca vai adivinhar esse jargão. Passo alguns minutos memorizando a nova senha, depois a defino antes de visitar meu blog.

Interessante.

Eu tenho um novo fã muito ávido com um nome de tela engraçado: EsquiloBoner.

"Incrível artigo", diz EsquiloBoner sobre meu último post.

"Você é brilhante", ela (ou ele?) diz sobre aquele em que falo sobre meu vibrador favorito.

E o jorrar continua, a ponto de ter uma sensação estranha de que conheço essa pessoa. De alguma forma. Estranhos aleatórios raramente são legais com você na internet. Daí a existência do termo "troll", mas não o seu oposto.

Poderia ser Art? Talvez ele tenha decidido dar uma

olhada no meu blog para me apoiar e tenha exagerado um pouco nos elogios?

"EsquiloBoner" não soa como ele, no entanto. Na verdade, "CavaloBoner" é mais o estilo dele.

Mais importante, EsquiloBoner me faz algumas perguntas muito interessantes sobre as técnicas mais complicadas envolvendo brinquedos. Quem quer que seja, com certeza sabe sobre brinquedos sexuais. E embora Art possa se qualificar como um brinquedo sexual, duvido que ele saiba o suficiente sobre eles para ser EsquiloBoner.

Na verdade, conheço muito poucas pessoas que saibam tanto sobre orgasmos e...

Espere um segundo.

Pode ser minha mãe?

Não. Gia, Honey e Blue não seriam cruéis o suficiente para contar a ela sobre o blog. Não sem provocação, de qualquer maneira.

Por via das dúvidas, mando uma mensagem de texto para cada uma delas e pergunto se eles postaram comentários em meu blog.

Suas respostas são todas negativas, seguidas de perguntas sobre Art.

Minhas respostas levam a outra sessão de Zoom, durante a qual atualizo minhas irmãs sobre minha situação de coabitação.

— Ele tem a aparência *e* as habilidades culinárias. Droga.

Gia e Blue ecoam o sentimento. Direciono a conversa para o mistério do EsquiloBoner, mas ninguém admite ter usado esse nome ou contado para mamãe. Blue até se oferece para usar suas habilidades especiais para rastrear EsquiloBoner. No entanto, quando ela diz que precisa de um favor em troca, eu recuso educadamente.

— Boa sorte então — Blue diz e desliga a ligação. Minhas outras duas irmãs seguem.

Com um suspiro, fecho o aplicativo Zoom e começo a pensar em algum conteúdo para o meu blog.

Oh, já sei. Nunca descrevi o que considero ser "DJ". Excelente. Eu escrevo um post para explicá-lo e, por diversão, faço o possível para usar frases como "risque como um disco de vinil" sempre que possível.

Assim que eu posto, EsquiloBoner comenta: "Você é tão prolífico. Este blog é perfeito."

Devo simplesmente perguntar ao EsquiloBoner quem ele ou ela é?

Não. Eu vou descobrir. Eventualmente.

No momento, sinto fome, então, verifico o que Art fez para mim no almoço.

Bolinhos?

Eu mordo um.

Gostoso. É doce, recheado com queijo cottage, passas e tâmaras.

De sobremesa, ele me deixou uma salada de frutas, então, eu como o bolo do outro dia, só para contrariar. Exceto que Art vence, de qualquer maneira. Sua culinária incorporou tantas frutas que só consigo engolir uma fatia de bolo – uma restrição inédita para mim.

Minha barriga feliz me inspira a fazer algo que pretendo há algum tempo – pesquisar como os homens russos se sentem em relação às mulheres curvilíneas.

Puramente como um antropólogo faria, é claro, não porque eu tenha qualquer interesse pessoal na resposta.

Os resultados da minha pesquisa são promissores – ou seriam, se eu tivesse alguma participação nisso. Por exemplo, quando traduzo "figura curvilínea" para o russo, ele retorna "figura soblaznitel'naya". Se você traduzir "figura soblaznitel'naya" de volta para o inglês, ela se tornará "figura sedutora". Isso não significaria que "curvilínea" e "sedutora" são intercambiáveis na cultura russa?

Ainda assim, o que é verdade para os russos em geral não significa que um russo específico (digamos, Art) goste de certas curvas específicas (digamos, minhas).

Fecho meu laptop em desgosto. Eu realmente não tenho problemas com meu corpo – pelo menos não tinha até essa coisa toda com Art. Ele está tão fora do meu alcance, e o fato de estar cercado por todas aquelas bailarinas não ajuda.

Então, novamente, ele está prestes a se aposentar, então as bailarinas não estarão mais perto dele. E talvez ele não pense que está fora do meu alcance. Afinal, ele me contratou para ser sua esposa, então ele deve pensar que nossa união é pelo menos um tanto plausível. Além disso, ele gostava muito de mim quando estava bêbado. E qual era o problema com aquela tenda armada ontem à noite? É possível que…

A campainha toca.

Eu verifico o olho mágico.

Falando do belo diabo. Art já está segurando sua carteira de motorista na cara.

Sorrindo, eu abro a porta.

Ele entra com dois grandes sacos de papel nas mãos.

— Foi às compras? — Pergunto.

Ele concorda. — O que você acha de um jantar de fusão? Eu estava pensando em *Pommes Anna* feita de batata-doce, junto com banana-da-terra amarela frita ao estilo cubano e carne de porco agridoce não tão azeda?

— Uau. Super chique. Posso ajudá-lo a fazer isso?

— Claro. — Ele leva as sacolas de compras para a cozinha e eu o sigo.

— Aqui. — Ele me entrega um saco de batatas-doces. — Por favor, lave e descasque isso.

Eu faço o que ele diz, lançando olhares furtivos em sua direção o tempo todo. Incrivelmente, ele é tão sexy quando cozinha quanto quando faz ioga.

Ui, o que há de errado comigo, cobiçando-o na cozinha dentre todos os lugares? Meus hormônios ficaram totalmente descontrolados?

No momento em que tudo está fervendo no fogão, os aromas deliciosos me deixam faminta por comida, o que torna mais fácil ignorar o outro tipo de fome.

— Você quer um pouco da minha salada? — Art pergunta. — Tempero com vinagre balsâmico de figo, que é muito doce, e posso acrescentar umas uvas frescas ou passas.

Isso de novo.

Eu estreito meus olhos para ele. — Quando você insiste em que eu coma frutas e vegetais, está me dando algum tipo de dica?

Art recua como se eu tivesse dado um tapa nele. — Eu amo frutas e vegetais e quero compartilhar a experiência com você. É como as listas de filmes. — Uma panela assobia com raiva, então ele gira o botão do fogão antes de me encarar novamente. — Quando eu era criança, frutas e legumes eram escassos fora do verão e, mesmo assim, eram uma iguaria rara para nós no *detdom*. Algumas crianças até tiveram escorbuto. Portanto, agora que tenho acesso ilimitado, aproveito todas as oportunidades que tenho.

Gambá. Eu o lembrei novamente dos tempos ruins no orfanato – e desta vez, por causa das minhas inseguranças estúpidas.

Eu respiro. — OK. Se for como as listas de filmes, vou comer um pouco de salada.

É minha penitência – especialmente se houver couve nela.

Acontece que até a salada de Art é deliciosa... quer dizer, para uma salada. Assim é o resto da comida. Sinto que é a melhor que já tive, embora minha participação na preparação possa ter algo a ver com isso.

— Você sabe — digo quando estou saciada o suficiente para ser capaz de falar. — Se o investimento não der certo, você pode se tornar um chef.

— Obrigado, mas cozinhar por dinheiro não seria tão divertido.

Eu inclino minha cabeça. — Acho que ser pago por algo que você gosta é o maior sonho.

Ele sorri. — Você está falando sobre o seu blog?

— Pode ser. — Eu limpo minha garganta. — Falando nisso... você leu, por acaso?

Ele sorri. — Um pouco.

— Você comentou?

Ele balança a cabeça. — Como o público-alvo são mulheres, me senti um intruso, e comentar teria piorado as coisas.

Então ele não é EsquiloBoner. Eu não pensei que fosse, de qualquer maneira.

— Falando em ser pago por coisas que você gosta de fazer — diz ele —, eu gostava de balé no começo, mas quando se tornou meu trabalho, algo se perdeu. Acho que foi por isso que comecei a investir. Quero ser financeiramente independente e buscar hobbies que não sejam contaminados por dinheiro. Mas, ei, todo mundo é diferente.

— Sim. Concordo.

Ele sorri. — Em um bom casamento, você deve aprender a arte de discordar pacificamente.

— Você sabe muito sobre casamento — digo. — Já foi casado?

Suave, Lemon. Muito suave.

— Não encontrei a pessoa certa. — Ele nivela um olhar penetrante para mim. — E você? Casei com uma divorciada?

A batata-doce que eu estava mastigando quase desce pelo cano errado. — Eu, casada? Eu mal namorei.

Ele fica boquiaberto comigo. — Mal namorou?

Olho para o meu prato quase vazio. — Você sabe como eu tenho um nariz sensível?

Ele assente, franzindo as sobrancelhas enquanto eu olho para cima.

— Isso dificulta a intimidade.

Ele põe a mão na minha. — Eu sinto muito. Não percebi.

— Meu relacionamento mais longo foi com um cara que tomava banho compulsivamente. Antes disso, tive alguns casos muito curtos e indutores de vômito.

Ele puxa a mão. — E quanto a mim? Eu faço você engasgar?

Eu balanço minha cabeça com veemência. — Você é uma rara exceção, um pouco como os membros da minha família, pelo menos quando não usam perfume.

Ele parece aliviado. — Eu odeio a ideia de você me achar nojento.

Ele odeia? Por quê? Como não tenho coragem de perguntar isso, vou atrás de algo que também me deixa curiosa. — E você? Perdeu a conta de quantas bailarinas já namorou?

Ele franze o nariz. — Difícil perder a noção quando o número está próximo de zero.

— Próximo de zero? — É porque elas são tão magras que são uma fração de uma mulher normal?

— Bem, tive alguns encontros casuais com bailarinas, e mesmo essas levaram a tanto drama que agora as evito a todo custo. Há um ditado russo que diz: "Não cuspa no poço. Você pode querer beber água dele." E como eu trabalho com elas... — Ele dá de ombros.

Eu rio. — A versão em inglês disso é ainda menos poética: "Não cague onde você come."

Ele se encolhe. — Por mais vulgar que pareça, se encaixa ainda melhor na situação.

— Então, se não bailarinas, quem? E não me diga que você não namorou um milhão de mulheres.

Isso seria impossível de acreditar.

— Eu namorei — diz ele. — Mas não milhões, e nunca foi nada sério. Meu relacionamento mais longo foi com uma cantora de ópera.

Eu arqueio uma sobrancelha. — Ela é famosa?

Ele me diz o nome dela e eu pego meu telefone para procurá-la.

Uau. Muito bonita. Além disso, inegavelmente curvilínea.

Hum. Atrevo-me a ter esperança?

— Agora, você tem que me dar o nome de um dos seus ex para eu perseguir — Art diz quando eu olho para cima.

Dou a ele o nome de um cara com quem namorei após o Ensino Médio. — Ele não é tão talentoso quanto sua ex, e ele era um suarento.

— Morno e distorcido? — Art pega o telefone e digita o nome.

— Não, ele suava muito mesmo.

Art franze a testa para a tela. — Ele é um advogado. Odeio advogados.

Ele sempre odiou advogados, ou desenvolveu esses sentimentos agora, do mesmo jeito que de repente desenvolvi uma antipatia por cantores de ópera?

— De qualquer forma — digo —, que filme vai me fazer assistir hoje?

— *The Caucasian Captive*. E você?

Oh, sim. Ele escolheu isso ontem. Eu digo a ele

minha escolha, e vamos para a sala e começamos a maratona – abraçados no sofá como antes.

The Caucasian Captive acaba sendo genuinamente engraçado, especialmente os três caras que parecem ser uma cópia dos Três Patetas. Ah, e tem uma música sobre ursos. Quão russo é isso?

— Então — digo quando os créditos rolam —, acho que é a minha vez de dormir neste sofá.

— Na verdade, decidi dar a você o quarto para sempre. Acho que ela acha minha presença reconfortante. — Ele aponta para a mansão de Fluffer.

Os olhos negros de Fluffer brilham.

Não tenho certeza se reconfortante é a palavra certa, mas você parece o gigante com menos probabilidade de me comer... pelo menos até se aposentar do balé.

— Tem certeza? — Olho para o sofá. — Fico feliz em revezar.

— Eu insisto.

— Obrigada — digo e fico de pé. — É melhor eu ir, então.

Ele desliga a TV. — Você pode tomar banho primeiro.

Que legal da parte dele. Eu vou para o chuveiro e cuido dos negócios. Quando termino, coloco uma camisola que acentua minhas curvas da maneira certa – sem motivo – e volto para chamar Art.

Oh, meu Deus.

Art está sentado lá, embalando Fluffer em suas mãos grandes e fortes.

Meu peito parece derreter, como sorvete de banana congelado.

— Quem gostou de seu pequeno banho de poeira?
— Art está cantando. — Quem é...

Ele não teve a chance de terminar o que estava dizendo porque Fluffer me viu e saltou das mãos de Art.

Sério?

Com um gorjeio alto, a chinchila entra na mansão, do jeito que eu faria se confrontada com um T-Rex.

— Acho que nosso animal de estimação não gosta de mim — digo, e a mágoa em minha voz é apenas parcialmente uma piada.

Art me olha de cima a baixo em minha camisola, e posso jurar que ele aprecia o que vê. A "teoria das curvas apreciadas" está ganhando cada vez mais força – não que isso signifique que ele me quer.

Ainda assim, marque um para Lemon.

— Todos nós só precisamos de tempo para nos acostumarmos uns com os outros — diz ele, um pouco rouco.

Talvez Art pudesse se acostumar comigo, mas o olhar assustado de Fluffer não inspira muita confiança.

— Aqui. — Art me entrega um estranho objeto parecido com uma uva-passa. — Esta é uma guloseima que elas deveriam amar.

Nossos dedos se roçam, e sinto uma sensação agradável ricocheteando pelo meu corpo.

Eu cheiro a porção. Nenhuma pista.

— O que é isto?

— Rosa mosqueta seca — Art diz e pega outra coisa de planta. — Esta é uma raiz de dente-de-leão. Outro mimo.

Ele me entrega, e nossos dedos se roçam novamente.

Não tenho certeza sobre a chinchila, mas todo esse toque é um prazer para mim, grande momento.

— Obrigada. — Vou até a mansão e coloco a raiz de dente-de-leão dentro. — Aqui, Fluffer, venha buscar.

— Estou indo para o chuveiro — diz Art.

— OK — Respondo sem fôlego.

As imagens espumosas inundam minha mente novamente – isto é, até que a chinchila ataca e arranca a raiz do dente-de-leão de minhas mãos.

— Uau. Isso é um pouco violento, mas tanto faz.

Os olhos de Fluffer brilham em vitória.

Como eu poderia ter certeza de que a raiz de dente-de-leão não era uma isca? Melhor estar seguro do que comido.

Ele começa a mastigar e parece que está saboreando cada mordida. É tão adorável. Eu realmente quero acariciá-la.

Claro, me acaricie com seus dentes carnívoros.

Depois que a raiz se foi, Fluffer pega uma vara de madeira e a roe enquanto eu assisto com um sorriso.

Ansiosa para chamar sua atenção novamente, estendo a rosa mosqueta. — Quer isso?

Em um borrão de pelo, Fluffer corre para mim, pega este novo presente, então pula para a prateleira de cima e vira as costas para mim enquanto se diverte.

Rude, mas meio que de um jeito fofo.

Quando a guloseima acaba – e pode ser minha imaginação – há muito mais calor nos olhos de Fluffer. Talvez até um pouco de confiança.

Se você me alimentar com isso por vinte anos seguidos, eu vou deixar você me comer.

— Ela foi boazinha? — Art pergunta, me assustando.

Eu fico de pé e o observo. Ele está usando pijamas, o que é uma pena, mas seu cabelo molhado estimula minha imaginação pornográfica, de qualquer maneira, e eu quase engasgo com a baba. — Foi um banho rápido — Gaguejo.

— É um hábito que adquiri no exército.

Minha boca se abre. — Você esteve no exército?

Ele fazia parte das super secretas forças especiais do balé russo? Em *Vingadores: Era de Ultron*, vislumbramos o passado da Viúva Negra e descobrimos que ela treinou balé, então, tudo é possível. Talvez Art possa até dançar e lutar, como a garota no último remake de *Jumanji*.

— Fui recrutado — diz Art. — Todos os homens russos são.

Eu forço minha boca ainda aberta porque a visão dos meus dentes pode assustar a pobre Fluffer. — Eu não sabia disso. Foi difícil?

Ele dá de ombros. — Comparado com o *detdom*, foi uma moleza.

Caramba. Toda vez que ele menciona o orfanato, eu quero pular nele com um abraço, mas não acho que seja um comportamento apropriado de falsa esposa.

— Boa noite — digo, mas as palavras soam como uma pergunta.

Eu realmente quero que ele responda com "Fique".

— Noite. — Ele me sopra um beijo no ar.

Buu. Mas, ei, isso é *alguma coisa*.

Eu pego o beijo quando sei que ele não está olhando

e o mantenho em meu punho até trancar a porta do quarto.

Sentindo-me uma idiota, enfio o beijo imaginário na calcinha. Eu poderia ser mais louca? Eu culpo os hormônios – e a única maneira de domá-los é na gaveta da minha mesa de cabeceira.

Demora uma hora e alguns orgasmos, mas finalmente vou dormir.

CAPÍTULO
Trinta

Os PRÓXIMOS DIAS seguem uma rotina semelhante. Art acorda primeiro, faz o café da manhã e o almoço, e eu me junto a ele para fazer ioga antes de ele ir para o treino de balé. Quando ele volta, preparamos o jantar juntos e assistimos a mais filmes de nossas listas.

A cada dia, sinto que estou me aproximando dele – uma ilusão agradável. Cada vez mais, é como se fôssemos marido e mulher de verdade, apenas com uma vida sexual disfuncional. Mas, ei, nem todo relacionamento é perfeito.

Também temos nossa recepção de casamento chegando no sábado. Art está planejando tudo, mas isso não significa que estou imune ao estresse. Tive que vetar quase todas as flores que Art escolheu porque o cheiro delas me deixaria louca.

Em vez disso, optamos por suculentas.

Enquanto nos despedimos na quinta-feira, Art pergunta: — Você está animada para ver seus pais?

— Sim — digo com tanto entusiasmo quanto posso reunir. Não quero parecer uma pirralha ingrata quando se trata de qualquer coisa relacionada à família.

A verdade é que o que mais temo na próxima recepção é apresentar Art à mamãe e papai.

Quando se trata de maneiras criativas de embaraçar suas filhas, meus pais deveriam estar no Guinness World Records.

— Seus pais são comedores aventureiros? — Art pergunta.

Os pelos da minha nuca se arrepiam, como se eu tivesse captado uma grande perturbação na Força. — Por quê? — Ele não perguntou isso ao planejar a comida para a recepção, então, não é sobre isso...

Ele inclina a cabeça para o lado. — Só estou pensando no que fazer para eles amanhã.

Oh, não. Meu Senso Psíquico pode estar certo – uma percepção que aumenta minha frequência cardíaca. — Você convidou meus pais para comer conosco antes da recepção?

Ele franze os lábios. — Não apenas comer. Eles vão ficar conosco.

Eles *o quê*?

Glândulas de gambá. Como ele pôde fazer algo tão imprudente? Há muitas outras filhas para mamãe e papai ficarem, sem falar nos milhares de hotéis.

— Interessante — digo com a voz embargada. — É estranho que eles estejam dispostos a dormir conosco em vez de em um hotel.

Ele sorri. — Seu pai realmente parecia animado, pelo

menos por mensagem de texto. Ele não achou que me encontrar pela primeira vez na recepção seria privado o suficiente.

Certo.

Isso foi planejado.

Eu tomo uma respiração calmante. — Eles não são comedores exigentes.

Isso é o mínimo. Tenho certeza de que meus pais comeram de tudo, de água-viva a placentas humanas.

— Ótimo — diz Art. — *É meio estranho que eles não* tenham contado a você sobre a visita deles.

Não é estranho. Eles provavelmente sabiam que eu tentaria dissuadi-los.

Eu dou um suspiro. — Acho que vamos lidar com eles amanhã. Agora, eu deveria ir para a cama.

Ele me dá um sorriso caloroso. — Bons sonhos.

Corro para o quarto e fecho a porta.

Devo ligar para meus pais e evitar esse Armagedom.

Mamãe não atende.

Caralho.

Papai também não.

Deixo mensagens de voz para os dois para que me liguem de volta imediatamente e também envio uma mensagem de texto dizendo que precisamos conversar.

Mãe responde ao texto:

Dirigindo. Conversaremos quando nos vermos pela manhã.

Manhã?

Alguém atire em mim, por favor. Tire-me da minha miséria gambá.

———

Uma campainha distante me acorda na manhã seguinte.

Sento-me, uma dose de adrenalina limpando meu cérebro melhor do que qualquer expresso.

Eu verifico a hora. São 10h15. Muito, muito cedo para receber visitantes normais. Mas é claro, a única coisa que meus pais não são é normal.

Saio correndo do quarto, ainda de camisola – bem a tempo de ver Art saindo da cozinha.

Em vez de seu traje de ioga habitual, ele está vestindo calça social e uma camisa de botão. A roupa fica incrível nele, causando agitação em meu núcleo. Agitações que são a última coisa de que preciso com meus pais por perto.

— Espere por mim! — Eu grito enquanto ele segue pelo corredor em direção à porta da frente.

Art se vira, seus olhos escurecendo enquanto ele observa minha roupa.

Meu coração pula uma batida. Se eu tinha alguma dúvida de que ele gostou de me ver assim da última vez, agora ela se foi. Ele até lambe os lábios com fome.

— São seus pais — Ele diz, sua voz um pouco áspera enquanto seu olhar volta para o meu rosto. — Tem certeza de que não quer colocar outra coisa?

E deixá-lo sozinho com eles? Não consigo pensar em uma ideia pior. Então, novamente, eu não posso exatamente andar de camisola o dia todo.

— Deixe-me apresentá-lo e depois vou me trocar — digo, minha própria voz rouca de sono.

Que dano mamãe e papai poderiam causar no tempo que levo para escovar os dentes e me trocar?

Passo correndo por Art até a porta e a destranco.

— Você não perguntou quem é — Ele murmura. — Quantas vezes preciso lembrá-la?

— Alguém está mal-humorado sem sua salada matinal — Murmuro de volta, mas verifico o olho mágico, imaginando que antes tarde do que nunca.

Sim.

São as unidades parentais.

Mamãe jura que papai parecia Bob Dylan quando se conheceram. Atualmente, ele se parece mais com Larry David – se Larry David ganhasse muito peso. E deixasse o cabelo crescer em um rabo de cavalo prateado. E se tornasse um hippie. E adquirisse uma barba selvagem. Então... talvez não como Larry David.

Mamãe, por outro lado, parece extremamente bem – especialmente para alguém que deu à luz oito bebês. Quaisquer que sejam os nutrientes que sugamos dela quando ela nos carregou, ela já repôs há muito tempo. Seu cabelo é sedoso como um comercial de xampu, e sua pele é tão lisa quanto a careca de papai.

Abrindo a porta, dou-lhes um enorme sorriso. Apesar de toda a humilhação que eles trarão para mim, eu os amo e estou genuinamente feliz em vê-los. — Oi, mãe. Oi, pai.

Mamãe sorri de volta para mim. — Namastê, raio de sol.

— Coisa 4 — Papai diz, acenando em saudação.

— Esse é o meu apelido — Sussurro alto para Art.

Mamãe balança as sobrancelhas. — Vejo que seu

marido não está deixando você usar muita roupa. Ele vai se encaixar perfeitamente na nossa família.

E então começa. Eu limpo minha garganta. — Eu gostaria de apresentar o referido marido, Art.

Art os conduz para entrar – provavelmente para evitar o temido aperto de mão sob o batente da porta. Sim. Assim que eles entram, ele estende a mão para um aperto.

Papai zomba disso. — Você é russo. Dê-me um beijo. E continua.

Art entra no ritmo, no entanto. Com um sorriso largo, ele abraça papai e depois o beija em cada bochecha, o que espero que seja o que o papai quis dizer. Pelo que sei, pode haver uma velha tradição Hyman para o pai recepcionar seu novo genro.

Mamãe olha com ciúmes, e tenho certeza de que ela deseja que Art a esteja beijando.

Quando Art e papai finalmente se desconectam, ela diz ansiosamente: — Minha vez.

Suspiro quando Art a abraça e a beija com um sorriso ainda maior.

Mamãe parece tão feliz quanto Petúnia – a porca que ela levou ao orgasmo.

— Prazer em conhecê-los, Sr. e Sra. Hyman — Art diz depois que ele de alguma forma se livra das garras de mamãe.

— Nem mesmo meu pai é conhecido como Sr. Hyman — diz papai. — Você faz parte da família agora. Me chame de pai.

— E eu, de mãe — diz mamãe.

Uma enxurrada de emoções passa pelo rosto de Art.

Isso era saudade? Gratidão? Alegria? Tristeza? É tudo muito rápido para ler.

— Eu vou, *mãe* — diz ele, saboreando a última palavra. Ele se vira para papai e parece igualmente gostar de dizer: — Pai, por favor, entre.

Papai parece em êxtase, provavelmente porque este é o mais próximo que ele já chegou de ter um filho. As outras sêxtuplas e eu devemos nossa existência ao desejo de meus pais por um menino. Depois das gêmeas, eles recorreram à tecnologia de reprodução assistida com essa esperança em mente, e a Lei de Murphy cuidou do resto.

— Por favor, tire os sapatos — digo.

— Oh, está tudo bem — Art protesta.

— Não — Mamãe diz. — Nós lemos sobre isso. Os russos tiram os sapatos quando entram, então nós também o faremos.

Papai tira as sandálias esfarrapadas. — Além disso, esta é uma oportunidade para eu ver os lindos pés de sua mãe.

Por favor, por favor, não explique a Art o que isso significa. Pelo amor da sanidade. Meus pais gostam de "pesquisar" fetiches, e um que parece ter agradado a papai é o fetiche por pés.

Mamãe tira os sapatos e vejo esmalte vermelho, uma tornozeleira e anéis nos dedos dos pés – prova de que o fetiche por pés de papai ainda está vivo e passa bem.

— Aqui. — Art produz dois pares de chinelos nos tamanhos corretos. Uau. Alguém realmente se preparou para isso.

Mamãe enfia os pés nos chinelos e papai faz beicinho.

Por favor, não explique isso. Por favor.

Felizmente, papai não diz nada sobre o desaparecimento dos objetos de sua luxúria e apenas calça os próprios chinelos.

— Que tipo de chá vocês querem? — Art pergunta, levando todos para a cozinha. — Temos preto, verde, Darjeeling e Russian Caravan.

Mamãe faz olhos arregalados para Art. — Estou com sede de algo russo.

— Eu também — papai diz.

Os cantos da boca de Art se contorcem, deixando-me com sede também. — Ótima escolha.

— Vocês tomam chá e eu vou me trocar — digo.

Repito: em que encrenca eles podem se meter nos poucos minutos em que eu estiver fora?

Por via das dúvidas, corro até o quarto, escovo os dentes pela metade do tempo normal e pulo o fio dental. E, no entanto, quando volto para a cozinha, vejo que ainda demorei muito.

Fico boquiaberta com a cena à minha frente, que a princípio parece que papai está atendendo Art oralmente – não muito diferente do que fiz em um certo vídeo sobre o qual nunca falamos.

Mas não. Não é isso, embora o que realmente está acontecendo não seja muito melhor ou mais apropriado.

Papai está massageando o pé esquerdo de Art.

Sim. Foi o que aconteceu no piscar de olhos em que eu estive fora. Meu pai decidiu fazer uma massagem nos pés do meu marido. Ele está fazendo isso com tanto vigor que seu rabo de cavalo fica enrolado no tornozelo de Art.

Isso seria estranho mesmo se papai não tivesse acabado de aludir ao seu fetiche por pés.

Procuro as palavras e tudo que consigo dizer é: — Papai. Que diabos?

Papai olha para mim, seu rosto é a definição de inocência. — Art acabou de nos contar sobre sua prática de balé e como é duro para seus pés, então...

— Sim, claro — digo. — Ele pediu para você ficar de joelhos no meio da nossa cozinha?

— Eu realmente não me importo — Art entra na conversa.

Mamãe ri. — Lembro de mim como uma recém-casada. Eu ficava com ciúmes se alguém espirrasse em Harry.

Sim, o nome do papai é Harry Hyman, que nunca deixa de trazer à mente mamutes lanosos virginais.

Minhas bochechas queimam. — Eu não sou ciumenta. Estou...

— Me desculpe. — Papai solta o pé de Art, tira uma meia do bolso, coloca de volta no pé de Art, recoloca o chinelo e senta na cadeira mais próxima. — Desde que Crystal e eu começamos a aprender sobre poliamor, tenho feito o possível para esquecer que o ciúme existe.

Gambás crocantes. Minhas irmãs e eu às vezes brincávamos sobre mamãe e papai começarem uma comunidade sexual um dia. Essa piada foi claramente um azar porque pode estar se tornando realidade.

— Muita informação — Sibilo para mamãe antes de me voltar para Art em desespero. — Que tal você nos contar o que há para o café da manhã? — Aponto para a enorme mesa posta.

Art abre a tampa de uma travessa, revelando pequenas bolas pretas dentro. — Caviar.— Ele aponta para os *blins* a seguir e explica o que são, finalizando com: — *Blins* com caviar é um clássico.

Não é de admirar que ele quisesse ter certeza de que meus pais não comessem com escrúpulos. Ovos de galinha parecem perfeitamente normais no café da manhã, mas ovos de peixe – nojentos.

Como se estivesse lendo minha mente, Art move três pequenas travessas em minha direção, removendo as tampas e explicando: — Gelatina de lichia, geleia de manga e xarope de tâmaras.

Mamãe parece super impressionada. — Você fez tudo isso?

Ele assente quando eu digo: — Sim, ele até colocou as ovas de peixe.

Oh, droga. Isso está muito próximo do tópico de...

— Você sabia que Crystal é uma especialista de sexo? — Papai pergunta.

Isso é minha culpa. Eu mencionei ovos.

Art coloca *blins* no prato de cada um. — Em que sentido?

Eu olho com raiva para o meu marido. — Você esqueceu o que acabei de dizer sobre informação demais?

Ignorando-me, papai diz: — Como diferenciadora de sexo dos pintinhos macho e fêmea.

Art serve caviar para todos, menos para mim. —

Isso é fascinante. Obrigado por expandir meu vocabulário. O que é que você faz... Pai?

Suspirando, coloco um pouco de cada adoçante de frutas no meu *blin*. Nada pode distrair papai de dizer o que ele está prestes a dizer.

— Eu sou um testador de penetração — Papai anuncia triunfantemente. Como sempre, ele estava procurando uma desculpa para dizer isso. — Não é tão sujo quanto parece.

Resignada a deixar isso acontecer, eu dou uma mordida no meu café da manhã. É delicioso, embora seja difícil decidir do que gosto mais: gelatina de lichia, geleia de manga ou xarope de tâmaras.

— Ele penetra nos sistemas de computador — Mamãe diz conspiratoriamente. — Isto é, quando ele não está me penetrando.

É por isso, literalmente, que minhas irmãs e eu nunca recebemos uma amiga da escola visitando nossa casa mais de uma vez. Bem, menos o Fabio.

Curiosamente, Art não se encolhe nem pede o divórcio. Então, novamente, pelo que ele sabe, todos os pais falam dessa maneira.

— Falando em empregos — diz papai. — Art, você pode nos dizer o que a Coisa 4 faz da vida? Ela está mantendo tudo em segredo.

Oh, não. Eu não estou pronta para isso. Preciso desviar a atenção. — Mãe — digo, imbuindo minha voz com urgência. — Você é tão boa com pênis de esquilo quanto com pênis de galo?

Pronto. Se mamãe é EsquiloBoner, ela vai se entregar agora.

Mamãe me encara como se fosse eu quem estivesse agindo como uma louca esse tempo todo. — Galo não tem pênis. Ele fertiliza os óvulos usando sua cloaca.

É *nisso* que ela está focada em vez de pênis de esquilo? Ei, pelo menos a questão do trabalho foi esquecida.

Além disso, os galos não têm 'galos'? Isso é bastante irônico.

Outra nota: se Blue ouvisse essa conversa de galinha, ela surtaria.

— Espere. — Papai enfia o resto da comida na boca.

Gambás malditos. Talvez meu trabalho não tenha sido esquecido?

Quando papai engole, ele diz: — Por que você perguntou sobre pênis de esquilo?

Art olha para mim com uma expressão curiosa. Aposto que ele a) também quer saber, e b) está percebendo que esta maçã não caiu tão longe da árvore podre.

Eu imito meu pai e enfio todos os meus *blins* restantes na boca para me dar tempo para pensar.

Todos eles me observam como falcões.

Os falcões têm pênis? Provavelmente não.

— Bem — digo quando termino de engolir. — Perguntei por causa da... nossa chinchila. Nós achamos que é um 'ele', mas não consigo ver nenhum órgão genital provando seu gênero, de qualquer maneira.

— Uma chinchila? — Mamãe olha em volta, os olhos brilhando de emoção. — Não temos nenhum na fazenda.

— Certo — digo. — Mas você tem Q-Tip, um esquilo

macho, então imaginei que você poderia usar sua experiência em sexo para verificar se Fluffer é um menino.

Pronto. Se eles comprarem isso, também tentarei vender a Ponte Verrazzano.

— Posso, por favor, ver a chinchila? — Mamãe parece uma criança de cinco anos.

Lanço a Art um olhar preocupado. — Talvez depois do café da manhã?

Mamãe faz o que papai e eu acabamos de fazer: limpa o prato.

Art termina sua comida também. — Que tal eu fazer a apresentação? — ele diz. — Venham.

Meus pais o seguem como se estivessem indo para a Terra Prometida.

Quando entramos na sala e eles avistam o pobre Fluffer, mamãe grita de alegria e papai faz oohs e aahs.

Fluffer não compartilha nem um pouco do entusiasmo deles.

Eu sabia que um dia seria o café da manhã. Eu sabia.

Art pega o banho de poeira e o prepara para o 'garotinho'.

Acontece que seu medo de nós não é tão forte quanto sua vontade de tomar banho e, enquanto Fluffer rola, mamãe o observa de perto – presumivelmente para o caso de ele mostrar o membro.

Quando o banho de poeira termina, ela balança a cabeça. — Eu não faço ideia. Você terá que consultar um especialista em roedores.

— Mas ele ou ela é muito fofo — diz papai. — E me lembra da semana passada.

Mamãe sorri conscientemente. — Sim.

Eu intencionalmente não pergunto o que aconteceu na semana passada. Não há como a resposta ser algo que alguém queira ouvir.

Art não recebe o memorando. — O que aconteceu na semana passada?

— Ficamos peludos — diz papai.

— No nosso Tente uma Nova Noite Safada — Mamãe acrescenta.

Ah, as imagens. As imagens. Eu os vejo fazendo isso em trajes Wookie. Em trajes de Ewok. Amassos. Nifflers. Puffs Pigmeus. Fizgig. Gizmo. Pingos. A lista nunca vai acabar.

Alguém, por favor, limpe meu cérebro com cloro. Eu não preciso mais disso.

A julgar pela expressão de Art, ele não sabe do que papai está falando e, para seu crédito, ele não pergunta.

Não importa, no entanto. Eles vão elaborar se não forem distraídos.

— Pessoal — digo, evitando qualquer explicação. — Já contei sobre os incríveis filmes russos de Art?

A interrupção funciona lindamente. Meus pais clamam para ver um exemplo, então Art coloca *Braço de Diamante*.

O filme acaba sendo uma comédia policial, e Art tem que fazer pausas frequentes para falar sobre a Rússia com mamãe e papai – que aparentemente estão planejando uma viagem para lá.

— Você também nasceu perto do Círculo Polar Ártico? — Mamãe pergunta depois que Art explica onde fica Kolyma – um lugar mencionado no filme.

Ele diz a eles que nasceu em Riga, na Letônia, e que fica um pouco mais perto do Círculo Polar Ártico do que Moscou, a cidade em que cresceu. Ele também sugere que eles visitem a Letônia em vez da Rússia porque é mais seguro.

Quando os créditos rolam, é hora do almoço e Art convida todos para a cozinha.

O prato principal parece e tem gosto de carne de porco desfiada, mas na verdade é feito de jaca. Em geral, frutas parecem ser o tema aqui. Há sushi de frutas, salada de frutas e bolo de frutas na mesa.

— Botanicamente falando, um rolo de abacate também é sushi de frutas — diz Art enquanto serve a todos uma porção de sua doce criação. — Mas eu queria fazer algo diferente para vocês. Algo memorável.

— Está delicioso — diz papai, quando experimenta um pedaço de framboesa, manga e kiwi com manteiga de amendoim. — O único problema é que isso me dá vontade de comer sushi de verdade. — Ele e mamãe trocam olhares assustadores.

Eu me pergunto o que é isso.

Não, risque isso. Eu não quero saber. Na verdade, volto a conversa para a hipotética viagem deles a Letônia, o que leva meus pais a encher Art com mais perguntas.

Terminada a refeição, meus pais pedem para ver uma das apresentações de balé de Art. Já faz um tempo desde que eu babei por uma delas, então, estou pronta para isso também.

Art coloca *A Bela Adormecida*, onde ele é o protagonista masculino. Assistir leva uma eternidade porque meus pais ficam perguntando a ele como se chama cada um dos movimentos (uma avalanche de palavras em francês), quem escreveu a música (Tchaikovsky) e assim por diante.

Do meu lado, quando o personagem de Art aparece, eu gostaria de não estar na companhia de meus pais. Seu papel é o príncipe Désiré, o que é bastante apropriado, dados os sentimentos carnais e crus que ele evoca em mim.

Eu me mexo no meu assento desconfortavelmente. Regra para o futuro: use uma almofada ao assistir balé com Art. Ou melhor ainda, assista sem mamãe e papai.

Se eles não estivessem aqui, eu tiraria minhas roupas na frente de Art e deixaria que o resto acontecesse.

Em algum momento do Ato 3, Art recebe uma mensagem de texto. Ele lê e franze a testa.

— Tudo certo? — Eu pergunto.

Ele abaixa o telefone. — Era o nosso organizador do evento. A última previsão do tempo indica trinta por cento de chance de chuva, então o pessoal do Jardim Botânico está colocando gazebos em todas as mesas. Eles precisam que nós assinemos isso.

Sinto uma pontada de culpa. Meu nariz supersensível é o motivo da recepção acontecer ao ar livre.

Eu verifico o tempo. São quatro e meia. Meus pais provavelmente estarão pensando no jantar em breve.

— Devemos ir dar uma olhada? — Pergunto a Art.

Ele concorda.

Eu me viro para mamãe e papai. — Vocês querem vir conosco?

Mamãe balança a cabeça. — Vocês vão.

Minha culpa se aprofunda. Estou feliz que eles não virão. Eu poderia usar uma pausa para direcionar as conversas para águas seguras.

— Tem certeza de que vão ficar bem aqui sozinhos? — Art pergunta.

— Vão — diz papai. — Podemos assistir a outro filme enquanto isso.

— Devemos esperar por vocês para o jantar? — Mamãe pergunta.

— Não — digo. — Eu sei que vocês vão querer comer logo. Basta pedir algo. Provavelmente vamos comer alguma coisa no caminho.

— Parece bom — diz papai. — Quando você acha que vão voltar?

Art verifica seu telefone. — Não deve demorar mais do que algumas horas.

— OK. — Mamãe dá a papai um olhar significativo. — Vamos pedir um pouco de sushi. — Ela se volta para Art. — Você tem um menu para entrega?

Antes que eu possa contar à mamãe sobre essa invenção legal chamada Google, Art tira um cardápio de papel de uma gaveta da cozinha.

— Devemos ir — Ele diz para mim depois de entregá-lo para minha mãe.

Eu fico de pé. — Vamos.

— Você se importa se eu verificar meu portfólio? — Art pergunta quando entramos no táxi.

— Claro que não.

Ele pega o telefone e eu começo uma mensagem de texto em grupo com todas as minhas irmãs para informá-las sobre a situação dos pais. Graças à autocorreção gambazenta, o texto realmente diz:

Paus errantes estão construindo comigo e com Art. Vão em frente e aproveitem o schadenfreude.

Sério, autocorreção? Você bagunça "pais", mas não "schadenfreude"?

Blue é a primeira a responder com um *LOL*.

Sua vez vai chegar, eu escrevo. *Prepare-se para almoços e/ou jantares.*

Mantenha-os longe da manteiga de amendoim, Olive envia mensagem de texto e adiciona um emoji de cara de vômito.

Estranho. Isso foi algo que foi corrigido automaticamente ou há uma história por trás disso?

Uau, Honey entra na conversa. *Se Art ficar com você depois dessa visita, seu casamento durará para sempre.*

O resto dos textos das minhas irmãs está cheio de piadas às minhas custas.

Eu olho para Art. O mais louco é que ele realmente parece estar bem com meus pais. Não. Mais do que bem. Acho que ele está gostando da companhia deles.

Não que isso importe. Nosso casamento não é real.

O táxi para. Isso foi rápido. O tráfego deve estar extraordinariamente bom.

O organizador do evento, um cara excessivamente musculoso, nos recebe perto da entrada do jardim.

Uau. Eu conheço esse cara. Sendo uma amiga boa e solidária, assisti a todos os pornôs de Fabio, e esse cara estava em uma das cenas. Obviamente, estou muito envergonhada para comentar sobre isso, então, apenas fico quieta enquanto ele nos leva ao local onde a recepção será realizada.

Enquanto caminhamos, minha barriga parece o campo de batalha de um balé de cisnes. Nunca gostei de coisas de casamento – pelo menos não tanto quanto algumas mulheres –, mas se eu fosse imaginar um local dos sonhos, seria este. Art acertou em tudo, desde as clássicas toalhas de mesa brancas em mesas de estilo escandinavo até as lindas plantas e decorações de bom gosto.

— Então, hora da verdade — diz o organizador. — Vocês acham que os gazebos são horríveis?

Eu estudo os gazebos brancos e limpos montados sobre cada mesa. Eles fornecem sombra – importante para minha irmã que evita o sol, Olive – e proteção contra possíveis chuvas. — Eu acho que eles são bonitos.

O organizador olha para mim como se eu fosse louca. — Bonitos? Aqueles?

Art pousa a mão no ombro do cara. — Relaxe, Festus. Eles são perfeitos.

Festus? No vídeo, ele era o Paizinho.

Festus fica boquiaberto com a mão em seu ombro, parecendo prestes a desmaiar. Ou explodir de uma forma orgástica. — Se você acha que sim.

— Nós achamos — digo. — Você pode ir agora. —

Por mais bobo que seja, o único ombro que quero que Art toque é o meu.

Meu.

Art tira a mão. Festus parece desapontado, mas se recompõe rapidamente, olhando para mim, confuso. — Você está realmente bem com isso?

Ele esperava uma Bridezilla?

Concordo com a cabeça e Art sorri.

— A recepção ainda vai acontecer? — Festus pergunta, parecendo vagamente incrédulo.

— Sim — digo.

— Excelente. — Festus exala um grande suspiro. — Deixe-me ir contar ao pessoal do Jardim Botânico. — Ele sai correndo, sem dúvida com medo de que mudemos de ideia.

— Obrigada — digo a Art, apontando para as mesas ao nosso redor. — Esta será uma recepção incrível.

Pena que não seja real.

O olhar de Art é tão caloroso que é como um abraço. Dando um passo em minha direção, ele aperta minhas mãos e aperta levemente. — Estou feliz que você goste de tudo.

Umedeço meus lábios repentinamente secos. — 'Gostar' é uma palavra muito suave para o que eu sinto.

Seu olhar cai para a minha boca, e sua voz fica rouca. — Você sabe... as pessoas vão esperar que nos beijemos amanhã.

Ele levanta os olhos para mim, e eu me sinto como um pedaço de nougat preso no chocolate derretido. Minhas palavras saem sem fôlego. — Você está preocupado que pareça falso?

— É... uma preocupação.

Os cisnes em minha barriga se debatem furiosamente. — Você quer ensaiar?

Ele embala meu rosto com suas mãos grandes. — É apenas prudente.

— Prudente é meu nome do meio — Eu suspiro – e Art esmaga seus lábios contra os meus.

CAPÍTULO
Trinta E Um

Santa ocitocina.

Ele tem um leve gosto de trufas de chocolate, mas o bucalgasmo que estou sentindo envergonha qualquer doce.

Isso não é real. É surreal.

Nossas línguas dançam o balé mais complexo já encenado, e sinto como se estivesse tendo uma experiência extracorpórea. Como se seus lábios estivessem enviando arrepios pela minha alma.

Alguém limpa a garganta.

Art não parece notar ou se importar, mas eu relutantemente me afasto. Meu rosto está quente e as partes mais íntimas do meu corpo também quando me viro para encarar Festus, que está se esforçando muito para não parecer enojado.

Com uma fungada, ele diz: — Estamos prontos — Antes de acrescentar baixinho: — Agora, vão procurar um quarto.

Eu toco meus lábios inchados. — Obrigada?

Aquele que fez todos aqueles truques anais, deveria estar atirando pedras?

— Certo — Art diz, sua voz áspera. — Obrigado.

Olho para ele e partimos rapidamente, como se Festus fosse um urso nos perseguindo. Fabio o chamaria de touro, eu acho.

Minha mente está girando.

Não foi apenas um beijo de "vamos fingir que nos beijamos". Parecia chocantemente real.

Foi assim para Art? Quero perguntar, mas o que acabo deixando escapar é: — Estou morrendo de fome.

Ele parece querer dizer alguma coisa – talvez "Eu também estou faminto", mas ele aperta os lábios e acena com a cabeça em direção a um caminhão de comida mexicana estacionado do outro lado da rua. — Quer comer alguma coisa lá?

Portanto, não vamos falar sobre isso. Certo.

Pegamos a comida e o táxi.

O passeio acontece em silêncio, e meus tacos de churros estão sem gosto enquanto eu os devoro.

Art também não parece gostar de seus tacos de camarão.

———

Quando entramos no apartamento, tudo parece quieto na sala. A TV não está ligada, mamãe e papai não estão à vista e até Fluffer está tirando uma soneca.

Meus pais devem estar jantando tarde para os padrões deles.

Art lidera o caminho para a cozinha, então para de repente na entrada e olha confuso para algo dentro.

Eu o alcanço e sigo seu olhar.

Oh, gambá.

Mamãe está esparramada nua na mesa da cozinha. Ela está coberta de sushi, rolos de maki e sashimi.

O tempo parece diminuir conforme minha adrenalina aumenta.

No que parece ser um piscar de olhos, percebo detalhes indesejados, como o fato de o mamilo direito da mamãe estar coberto por sashimi de atum e o esquerdo por sashimi de salmão, com molho de soja dentro do umbigo.

Estremeço só de pensar onde eles colocaram o wasabi.

Papai também está nu, suas coisas mal cobertas pela mesa.

As coisas só pioram a partir daí. A boca de papai está se dirigindo para um dos pedaços de uni sashimi que está sobre uma folha de shiso cobrindo o "hoo-ha" de mamãe – e não tenho certeza se minha irmã Olive me fez um favor quando me informou que o uni é feito das glândulas reprodutivas do ouriço-do-mar.

As palavras que escapam da minha boca são mais um guincho. — Mas que diabos?

Mamãe se vira em nossa direção, e se ela está envergonhada, eu com certeza não sei dizer. — Ops. Vocês dois voltaram mais cedo.

— Ops? — Bato o pé como se tivesse quatro anos de novo. — Isso é o que você tem a dizer sobre isso? Ops?

Parando sua trajetória perturbadora, papai se

levanta e me dá um olhar severo. — Não fale assim com sua mãe.

Ah, meus olhos.

Meus pobres olhos.

A mesa não está mais escondendo as partes íntimas do papai.

Eu me cegaria com os pauzinhos próximos, mas quem sabe onde eles estiveram?

Minhas bochechas devem estar mais vermelhas do que o salmão cobrindo o mamilo de mamãe enquanto eu solto: — Estou indo para a sala e só vou falar com vocês dois depois que se vestirem.

Ignorando suas respostas, saio pisando duro e Art me segue.

Uma vez na sala, ele sussurra: — Ei. Eles têm uma vida amorosa saudável. É uma coisa boa.

Excelente. É disso que preciso agora – meu falso marido discutindo a salubridade dos hábitos de quarto (e cozinha) de meus pais.

— Acho que Fluffer precisa de mais feno. — Vou até a mansão para recarregar a bandeja.

Fluffer me observa como um falcão peludo.

Acontece que existe um destino pior do que simplesmente ser morto por comida. Esse destino está sendo transformado em sashimi, colocado sobre o corpo nu de um gigante e comido.

Meus pais aparecem, finalmente vestidos.

— Não vou me desculpar por ser um ser sexual — Mamãe diz logo de cara.

Eu seguro uma respiração calmante. — Que tal ignorar a higiene básica na mesa da cozinha?

Com isso, mamãe e papai trocam olhares culpados.

— Se você me disser onde guarda seus produtos de limpeza, eu lavo a mesa — Mamãe oferece.

Estou muito tentada a dizer-lhes que a mesa agora é deles, mas Art fala primeiro. — Não se preocupe. Vou cuidar da limpeza amanhã de manhã.

O olhar que papai dá a Art é quase de adoração. — Obrigado... filho.

São lágrimas nos olhos de papai? Ele quer tanto outro homem na família ou está chateado com o coito interrompido?

Eu estalo meus dedos para chamar sua atenção. — Nova regra: todos podem ser seres sexuais, mas não enquanto estivermos todos juntos neste pequeno apartamento.

Mamãe parece extremamente desapontada, mas concorda. Papai puxa a barba e levanta a mão para contar os dedos. — OK — Ele finalmente diz. — Mais dezoito horas. Acho que podemos fazer isso.

— Bom. E nada de sushi ou manteiga de amendoim. — Não tenho ideia do que eles fizeram com o último, mas é melhor prevenir do que remediar.

Mamãe e papai assentem novamente.

Eu relaxo levemente. — Vamos falar sobre arranjos para dormir. Acho que vocês deveriam ficar na cama principal, enquanto Art e eu...

— Não, não — Mamãe diz. — Trouxemos nossos tapetes de ioga.

— Huh? — É a minha resposta genial.

Papai sorri com orgulho. — Temos dormido em

tapetes de ioga nas últimas semanas. Meus problemas nas costas acabaram.

— Isso é ótimo — diz Art. — Mas não precisavam trazer seus próprios tapetes. Vocês poderiam ter pego os nossos.

Só se ele quiser queimar aqueles tapetes de ioga no mesmo fogo que a mesa da cozinha.

— Os nossos são de cortiça — diz mamãe. — Funciona melhor para nós.

Eles não usam tapetes de cortiça na hot ioga porque são mais capazes de lidar com o suor? Então por que...

Deixa para lá. Espero nunca descobrir com certeza.

Enquanto mamãe e papai tiram os ditos tapetes de uma mala e os colocam no meio da sala de estar, as implicações desse arranjo ficam claras para mim.

Com meus pais aqui, Art não pode dormir no sofá da sala.

Ele e eu estamos prestes a dividir a cama.

— Posso pegar mais alguma coisa para vocês? — Art pergunta à mamãe e papai enquanto eu processo essa percepção chocante.

— Não, obrigada — diz mamãe.

— Você tem sido um anfitrião gentil — diz papai. O olhar que ele lança para mim parece dizer: "Ao contrário de algumas pessoas".

Art sorri calorosamente. — Obrigado. Boa noite.

Meu sorriso é bem menos gracioso. — Não deixe os insetos do tapete de ioga morderem.

Art e eu vamos para o quarto principal e, a cada passo, meu batimento cardíaco acelera.

— Eu posso dormir no chão — Art sussurra assim que a porta do quarto se fecha.

— Não seja ridículo — Eu sussurro de volta. — A última coisa que queremos durante a recepção é que você tenha problemas nas costas.

Ele acena com desdém. — Minhas costas são muito fortes.

Certo. Tem que ser, para fazer malabarismos com todas aquelas bailarinas.

— Você não vai conseguir dormir bem no chão — digo. — Não queremos que você tenha olheiras em todas as fotos. Vamos apenas dividir a cama.

Para pontuar meu argumento, vou até o banheiro. Art não segue, o que considero que aceitou.

Enquanto tomo banho, parte da minha bravata evapora, substituída por apreensão.

Por que eu insisti em dormir juntos?

E se eu rolar durante o sono e acidentalmente me empalar no Sr. Big? Ou, e se Sr. Big acabar na minha boca? Há sonambulismo, então, por que não dormir chupando?

Sobrepondo essas preocupações está a repetição daquele beijo, que está girando em minha mente desde que aconteceu.

Parecia tão real. Como se ele realmente *quisesse* me beijar. E, definitivamente, me senti na iminência de ceder à tentação impossível que é Art.

À medida que as imagens passam pela minha mente, tenho que me impedir de exercitar todas as técnicas de masturbação sobre as quais já escrevi no blog. Não quero cair e ser pega. Mais um embaraço hoje e posso implodir, como uma lâmpada incandescente tentando molestar um martelo.

De alguma forma, termino minha rotina noturna e saio do banheiro com minha sanidade ainda intacta – que é quando Art entra. Agora, tenho que lutar contra a tentação dos brinquedos sexuais próximos.

Não posso.

Eu não deveria.

Mas...

A porta do banheiro se abre.

Art, vestido de pijama, sai, tranca a porta do quarto e se enfia debaixo das cobertas comigo, apagando a luz no caminho.

Uau. Foi um banho ainda mais rápido. Isso significa que ele não se masturbou. Isso significa que ele não queria? Ou ele também estava com medo de escorregar e cair?

Tudo o que sei é que, se eu tivesse cedido à tentação dos brinquedos sexuais, teria sido pega... e uma parte em mim se pergunta se isso teria sido uma coisa tão ruim.

Talvez se ele tivesse se excitado e...

— Acordada? — Art murmura.

— Não — Sussurro. — Eu sempre falo durante o sono.

— Quer falar sobre o que aconteceu?

Ele quer dizer o beijo ou o incidente do sushi?

De qualquer maneira, eu respondo: — Claro. Vamos conversar.

Ele acende a luminária de cabeceira e nos viramos um para o outro.

Oh, meu Deus.

Poucos centímetros nos separam de nos beijarmos novamente.

— Você foi meio dura lá fora — diz ele suavemente.

— Fiquei surpreso.

Então, isso é sobre o incidente do sushi. — Você está do lado dos meus pais?

Ele se aproxima um centímetro de mim. — Sem lados. É só que eles parecem legais. Além disso, devido ao seu trabalho, acho estranho como você se sente desconfortável com a expressão da sexualidade deles.

Eu fico boquiaberta com ele. — Você está me chamando de preconceituosa?

— Você disse isso, não eu.

Eu soco meu travesseiro. — Como *você* se sentiria se visse *seus* pais fazendo aquilo?

Ele se encolhe, e uma expressão triste torce seu rosto.

Oh, gambá. Agora me sinto uma idiota sem coração. Eu me aproximo até que nossos narizes quase se tocam e gentilmente coloco minha mão em sua bochecha. — Eu sinto muito. Isso foi insensível da minha parte. — Eu mordo meu lábio. — Ou talvez você apenas tenha me feito sentir como uma filha má, e eu ataquei. Não ajuda que tenhamos mentido para eles esse tempo todo e...

Ele cobre minha mão com a dele, seus calos agradavelmente ásperos nas costas lisas da palma da minha mão. — Não, me desculpe. Você está mentindo para eles por minha causa e...

Eu o beijo. Não consigo evitar. Seria um beijo reconfortante de desculpa, mas calculei mal.

Ele endurece por um instante, e então, me beija de volta com uma paixão tão crua que se eu fosse a Bela Adormecida, eu acordaria com um ataque cardíaco.

CAPÍTULO

Trinta E Três

Assim como durante nosso beijo no Jardim Botânico, experimento uma alegria etérea, fora do corpo. Se fôssemos flutuar para fora da cama, eu não ficaria nem um pouco surpresa.

Respirando pesadamente, Art se afasta para encontrar meu olhar. O calor em seus olhos de chocolate derretido poderia caramelizar o açúcar em uma dúzia de crèmes brûlées. — Eu quero você — Ele murmura, e a fome em sua voz envia um arrepio erótico na minha espinha.

Meu coração martela forte contra minhas costelas enquanto chuto o cobertor sufocante para longe de nós. — Oh? Você pode ser mais específico?

O chocolate derretido pode se transformar em magma? — Quero fazer você gozar na minha cara — diz ele, enunciando cada palavra. — E depois disso, em todo o meu pau.

Que eu possa falar é um milagre. — E a Regra Um?

— Foda-se a Regra Um — Ele rosna.

Eu lambo meus lábios. — E o acordo com meus pais? Ninguém deveria fazer sexo sob nosso teto pelas próximas dezoito horas.

— Foda-se isso também. — Ele se senta na cama e tira a camiseta.

Oh, meu Deus.

Aqueles abdominais.

Aquele V que leva ao Sr. Big.

Parafraseando Matthew McConaughey em *Magic Mike*, haverá "muitos infratores nesta casa esta noite".

Sento-me e tiro a blusa do pijama também.

Seus olhos percorrem minha carne exposta como se fosse um bufê de cupcakes à vontade, e sua voz fica ainda mais áspera. — Você é perfeita, *kislik*.

Beijo e lambida são o que eu quero também. Eu pulo da cama e tiro minha calça. — Você também não é ruim.

Ele pega minhas pernas, suas narinas queimando enquanto ele balança os pés no chão. — Como eu disse, perfeita pra caralho.

Levantando-se, ele arranca a calça do pijama – e eu quero dizer em pedaços de algodão.

Quando encaro o Sr. Big sóbria pela primeira vez na vida real, os pelinhos na minha nuca se arrepiam.

Isso me lembra da primeira vez que estive sob o Empire State Building. Sim, eu sabia que era grande o suficiente para King Kong escalar durante aquele documentário, mas uma vez que você fica embaixo dele, você realmente aprecia a escala.

Como uma estrela capturada no poço gravitacional de um buraco negro supermassivo, sinto-me atraída para a órbita de Art – e ele para a minha.

Agarrando seus ombros, fico na ponta dos pés e nossos lábios se chocam mais uma vez.

Delícia pura. Ainda melhor do que donuts com sorvete.

Sinto-me tonta, em parte por causa das sensações orais, mas muito mais por causa de seu cheiro inebriante.

Sem tirar os lábios, Art me pega e me deita na cama.

Uau. Todo aquele malabarismo de bailarino o imbuiu com as habilidades de manipulação de um deus.

Ele mordisca meu lábio inferior, e move seus cuidados da minha boca para o meu pescoço.

Porra, sim.

Eu me abaixo e acaricio o Sr. Big.

É suave, como um doce. Doces muito duros.

Grunhindo de prazer, Art retalia dando uma pequena, mas faminta mordida em meu pescoço.

Ele também está pensando em mim em termos de sobremesa? Se sim, eu aprovo.

Ele mordisca até minha clavícula, e então seu rosto está no meio dos meus seios. Eu congelo em antecipação, e então... sim! Ele se move e suga meu mamilo esquerdo, sua boca quente e molhada em minha carne sensível. Ao mesmo tempo, amassa o outro seio, intensificando as sensações.

Ofegante, eu me arqueio contra ele enquanto ele muda suas atenções para o outro mamilo. Então, como se atraído exatamente para onde eu mais o quero, ele desliza sua língua pela minha barriga até que eu sinta seu hálito quente em meu sexo.

Eu suspiro, e ele olha para cima, seus olhos ardentes.

— Você se lembra do que tem que fazer?

Minhas bochechas queimam com vigor renovado. — Me recorde.

— Você vai gozar. — Sua voz está cheia de promessas sombrias. — Da minha língua.

Eu assinto porque, o que há para dizer?

Ele beija meu clitóris, a pressão de seus lábios leves como uma pluma.

Eu respiro desesperadamente.

Ele dá uma lambida indulgente em seu alvo, do tipo que reservo para uma colher de panna cotta.

Eu enrolo minhas mãos nos lençóis.

Ele faz sua língua larga e plana.

Meus dedos dos pés se enrolam.

Ele lambe novamente.

Um gemido é arrancado de meus lábios.

Ele dá aquele lance de beijo, seguido pelo de língua solta, depois uma lambida, e então outra rodada de tudo isso, e mais outra.

Com um grito, faço o que me foi ordenado – gozo em seu lindo rosto.

— Isso é bom, *kislik* — Ele murmura asperamente, olhando para cima. — Agora, você vai gozar mais uma vez. No meu pau. — Seus lábios estão brilhantes enquanto ele passa a língua sobre eles, aparentemente saboreando o gosto.

Em resposta, rastejo até a mesa de cabeceira, localizo uma camisinha e entrego a ele, depois observo com a respiração suspensa enquanto ele começa a embainhar o Sr. Big. Mesmo que a camisinha seja magnum (eu estava otimista quando comprei), não tenho certeza se vai caber.

Ufa.

O pobre látex não rasga. Agora, vamos ver se ele cabe em *mim*.

Em um borrão de movimento fluido, Art faz sua mágica inspirada no balé novamente, e eu me encontro de quatro.

Como?

Sr. Big escova suavemente contra a minha abertura.

Oh, meu Deus. Esqueça o como. Esqueça tudo.

Concentro-me nas sensações – primeiro um alongamento, depois, uma plenitude maravilhosa.

Art agarra meus quadris com suas mãos fortes, seus polegares massageando minhas nádegas.

Porra, finalmente. Nosso *pas de deux* está prestes a começar.

O primeiro impulso é suave – *adagio*, como é chamado no balé. Os próximos também. Então Art desacelera, como se para verificar se eu me adaptei totalmente à sua (bastante grande) invasão.

Eu respondo recuando para o Sr. Big e arqueando minhas costas. Se eu pudesse rebolar os quadris para frente e para trás, faria um desses, mas, infelizmente, essa é uma habilidade que ainda não domino.

Ainda assim, Art entende a mensagem. Seu próximo impulso é mais forte e mais rápido. Então, mais duro ainda.

Eu enrolo os lençóis em meus punhos novamente. Uma enorme onda de prazer está crescendo em meu núcleo.

Os dedos de Art cavam em minha carne, seus movimentos entrando em território *allegro*.

Minha respiração se transforma em gemidos ofegantes.

— Sim — Art rosna. — Goza para mim. — Ele acelera seu ritmo até que me penetra tão rapidamente que não há um termo de balé para isso.

Ah, porra.

Aqui está.

Meu orgasmo atinge a terra e eu gozo, gritando o nome de Art.

Ele geme e Sr. Big fica impossivelmente mais duro e maior, enviando tremores sísmicos através do meu sexo hipersensível.

No momento em que sinto sua liberação, Art belisca meu clitóris e arranca outro orgasmo de mim – um que grito no travesseiro.

Na sequência, encontro-me agarrada mais uma vez, desta vez na posição de conchinha. Colocando um braço sobre minha caixa torácica, Art beija minha orelha, murmurando palavras de elogio ternas, quase inaudíveis, e um contentamento incomum me envolve, um que os monges zen podem experimentar após um mês de meditação... ou depois de quebrar seu voto de celibato.

Sentindo-me aquecida e cuidada, cercada pelo perfume tentador de Art, fecho os olhos e mergulho no melhor sono da minha vida.

CAPÍTULO
Trinta E Quatro

Eu acordo aconchegada contra Art, minha cabeça na curva de seu ombro, seu braço em volta de mim.

O calor inunda meu peito. Eu ficaria feliz em acordar assim para sempre.

Exceto... eu não tenho para sempre. Na melhor das hipóteses, tenho o tempo que leva para Art obter um green card. Na pior das hipóteses, assim que meus pais forem embora, voltaremos a dormir em cômodos diferentes.

Eu forço meus olhos abertos enquanto mais uma realidade indesejável se aproxima.

Aquele sexo de outro mundo aconteceu? Poderia ter sido um sonho?

Não. Há uma dor para provar que tudo foi real.

Mas, e agora? Os sentimentos quentes e confusos em meu peito são aterrorizantes. Eles me fazem pensar o que Art pensa sobre a coisa toda.

A noite passada significou quase tanto para ele quanto para mim?

328

Há uma batida forte na porta.

— Namastê, raio de sol — Mamãe chama em voz alta. — Se você não se levantar agora, vai se atrasar para os compromissos de cabelo e maquiagem.

Mil vezes gambá. Quanto tempo até mamãe arrombar aquela porta?

Eu me desvencilho de Art e verifico a hora.

Uau. 11h05.

Art nunca dorme até tão tarde. Nunca.

— Mãe, vou sair em um minuto — Grito, vestindo um roupão.

Art abre um olho. — Por que todo esse barulho?

— Desculpe — Sussurro, corando. — Eu tenho que estar em algum lugar. Durma um pouco mais, se quiser.

Corro para o banheiro para cuidar dos negócios. Quando estou quase terminando de escovar os dentes, Art se junta a mim, já vestido. Mais calor sobe ao meu rosto quando nossos olhos se encontram, e ele me dá um sorriso torto antes de pegar sua própria escova de dentes.

OK. Então é assim que estamos jogando, tudo bem. Entendi.

Eu escovo meus dentes vigorosamente, e ele também. A normalidade disso aperta algo dentro do meu peito. Quero cuspir a pasta de dente e enchê-lo de perguntas sobre o que a noite passada significou, mas antes que eu possa colocar em prática essa ideia duvidosa, há uma batida mais forte na porta do quarto.

— Estamos oficialmente atrasadas — Mamãe grita.

Eu encontro os olhos de Art no espelho e

acidentalmente engulo os restos da minha pasta de dente. — Eu tenho que ir.

Com a escova de dentes ainda na boca, Art me dá um sinal de positivo.

Volto correndo para o quarto, visto-me e abro a porta.

Mamãe dá uma espiada na cama. — Noite platônica, hein? — Ela pergunta, balançando as sobrancelhas.

— Uma dama não beija e conta — Murmuro.

Mamãe sorri. — Uma dama não, mas e você?

Eu não dignifico isso com uma resposta. Em vez disso, vou direto para a cozinha, onde papai está tomando uma xícara de café.

— Bom dia — digo e começo a enfiar comida indiscriminadamente na minha boca. Vou precisar de energia para o calvário de embelezamento.

Mamãe entra e me olha. — Preparada?

— Sim — Eu respondo, e nesse momento Art entra na cozinha também.

Papai sorri para ele. — Parece que você e eu teremos uma manhã de rapazes.

Engulo o último bolinho que estava mastigando. — Isso não é uma coisa.

— Faremos do nosso jeito — Art diz e se vira para meu pai. — Você já ouviu falar em banya?

Papai balança a cabeça.

— É algo que gosto de fazer quando estou estressado ou só quero relaxar — diz Art. — Uma ótima maneira de começar um grande dia como este.

Eu torço meu nariz. — Você não vai levá-lo para o *taranka*, vai?

Art parece desapontado. — A sensibilidade ao olfato é genética?

— Não — Mamãe e papai dizem em uníssono.

— Nesse caso, sim — diz Art. — Vamos para o Easy Fume.

Mamãe me puxa pelo cotovelo. — Estamos mais do que atrasadas.

Enquanto a deixo me levar para longe, me pergunto se papai e Art chegarão à segunda base no banya. É provável, mas, ei, pode parecer socialmente aceitável lá.

Assim que saímos, mamãe me empurra para um táxi, que nos leva ao compromisso número um de um milhão.

O objetivo de todos os tratamentos estéticos é que eu seja a pessoa mais bonita no baile. O bom é que minha mãe fala o tempo todo, o que me impede de pensar em Art e no que aconteceu ontem à noite.

Horas depois, mamãe anuncia que nosso objetivo foi alcançado.

Eu me encaro no espelho e assobio. Não tenho certeza se o tempo valeu a pena, mas estou ótima – o que é meio que um desperdício, já que a coisa toda é uma farsa.

— Não se preocupe — Mamãe diz, interpretando mal minha carranca. — Eu avisei suas irmãs para não usarem branco e, em geral, fazerem o possível para garantir que você seja a sêxtupla mais bonita hoje.

Bom. Espero que pareçam completamente desalinhadas.

———

Quando mamãe e eu chegamos ao Jardim Botânico, nossos maridos – o dela verdadeiro (espero) e o meu falso (infelizmente) – já estão esperando por nós.

Art me examina do penteado preso aos saltos altos, e o calor em seus olhos me dá um flashback arrepiante da noite passada.

— Você está incrível, *kislik* — Ele diz com a voz rouca, e eu não sei se ele está falando sério ou apenas fazendo sua parte para fazer isso parecer real.

De qualquer forma, respondo: — Obrigada, querido — E também o examino minuciosamente. Ele está vestindo um smoking feito sob medida, seu cabelo está cuidadosamente penteado e seu rosto está barbeado. Tentando não babar, murmuro: — Você parece bom o suficiente para deixar minhas irmãs com inveja.

Mamãe pisca para mim. — As solteiras, com certeza.

— Vocês está atrasados — Papai diz. — Todo mundo já está aqui.

— Espere — diz Art. — Vamos tirar algumas fotos.

Alcanço na minha bolsa para pegar meu telefone e percebo que deu ruim.

Gambá. Na pressa de chegar aqui, deixei no carregador.

Ah, bem. Art pode tirar as fotos com o telefone dele, e todos que provavelmente me ligarão estarão na recepção.

As fotos são tiradas, os homens nos levam aos gazebos, e fico sabendo que a "manhã dos rapazes" foi um sucesso tão grande que papai planeja fazer das viagens ao banya com Art uma coisa regular.

— Obrigada por levá-lo — Sussurro no ouvido de Art, e heroicamente resisto ao impulso de mordiscá-lo.

— Oh, foi um prazer — Ele sussurra de volta, seus lábios fazendo cócegas na minha orelha. — O único problema foi que tivemos que abreviar.

Antes que eu possa responder, entramos na clareira onde as pessoas estão se misturando e todos param de falar para olhar para nós.

Hum.

Deve ser assim que se sente quando você sai para a "primeira dança" oficial em um casamento. É divertido ser o centro das atenções. Isto é, até que vejo dois globos oculares queimando de ódio.

Os globos oculares em questão pertencem ao Cisne Negro – que claramente não tem tato algum. Por que mais ela usaria um vestido branco?

Com um sobressalto, lembro-me dela me confrontando no vestiário do banya. Eu já estava bêbada, o que tornou o incidente nebuloso em minha memória, mas me lembro claramente agora. Ela disse coisas desagradáveis para mim, ou pelo menos eu suponho que ela disse. Seu tom era cruel e ela me chamou de vaca russa. Não, desculpe, apenas de *vaca*.

Art segue meu olhar e franze a testa. Eu me pergunto se ele também não está feliz em ver o Cisne Negro aqui. Mas, se for esse o caso, por que convidá-la?

Então, novamente, acho que ele não poderia *não* convidá-la. Ao lado dela estão várias outras pessoas do balé da companhia de Art – presumivelmente todas elas. Seria estranho destacar uma colega, imagino, mesmo que ela seja uma vadia.

Talvez ele esteja franzindo a testa para o tutu branco que ela está usando. Ou porque é triste que todo o pessoal dele seja do trabalho, sem representação familiar – a menos que você conte os dois amigos do *detdom* sentados ao lado de alguns dos dançarinos. Eu os reconheço pelas fotos que Art me mostrou; eles moram em Nova York. Terei que cumprimentá-los mais tarde.

Quanto a mim, reconheço quase todos os rostos nas mesas que não são do balé como membros da minha família ou acompanhantes. Por exemplo, as gêmeas, Gia e Holly, estão sentadas com dois caras bonitos, seus namorados.

Eu espio mais de perto a mesa deles. Ao lado de Holly está uma mulher que não reconheço. Ela é mais bonita do que qualquer um dos colegas de trabalho de Art, e isso é um nível alto. Ela é uma bailarina que fez amizade com Holly, a menos social das minhas irmãs? Ou Holly e seu namorado praticam poliamor?

Espere um segundo. O namorado de Holly se parece um pouco com a mulher misteriosa. Além disso, Gia mencionou uma...

Alguém pigarreia alto o suficiente para fazer vibrar os copos de cristal sobre as mesas.

— Senhoras e senhores — diz Fabio ao microfone. — Por favor, deem as boas-vindas a Lemon e Artjoms Skulme.

Todos torcem e batem palmas.

— Docinho? — Sussurro no ouvido da mamãe. — Foi ideia sua dar o microfone a *ele*?

— Desculpe — Mamãe sussurra de volta. — Ele disse que se comportaria.

Logo vi. Ela tem uma queda por Fabio desde nossos tempos de colégio.

Quando todos se aquietam, Fabio olha para mim. — Gostaria de dançar com seu novo parceiro?

Uma dança? Ainda nem nos sentamos.

Art não parece compartilhar minha falta de entusiasmo. Muito pelo contrário. Ele graciosamente se afasta de mim e estende a mão da maneira mais extravagante possível – algo que eu esperaria ver na corte de Luís XIV, não na cidade de Nova York.

Quando pego sua mão, um formigamento se espalha por todo o meu corpo.

A música clássica começa a tocar, uma música que já ouvi Art colocar antes.

Eu estreito meus olhos para o meu marido. — Você planejou isso? — Balbucio.

Ele pisca para mim e me puxa para a dança.

Uau. Não sou dançarina de forma alguma, mas com a liderança de Art, estou realmente fazendo isso como uma profissional.

Art me puxa para mais perto. — Desculpe — Ele sussurra. — Eu não queria que você tivesse ansiedade de desempenho, então, mantive isso como uma surpresa.

Antes que eu possa responder, ele me gira.

Droga.

Isto é divertido. E quente. E falso. Essa última parte azedou minha alegria, e fico feliz quando a dança acaba logo.

— Venha. — Art me arrasta para nossos lugares enquanto Fabio anuncia que meus pais vão dançar a seguir.

Mamãe e papai sobem na pista de dança enquanto Art coloca um pouco de tudo no meu prato. A comida é ótima e, curiosamente, todos os pratos não são malcheirosos – claramente pelo design de Art.

Depois que mamãe e papai terminam a dança, Fabio manda todos comerem um pouco, mas avisa que "a pista de dança vai abrir em breve".

Assim que mamãe e papai voltam para a mesa, papai começa a contar à mamãe sobre o banya, e Art intervém de vez em quando. Eu os deixo falar enquanto encho minha cara. Faz muito tempo desde meu café da manhã apressado e estou faminta.

Assim que termino tudo no meu prato, alguém me dá três tapinhas no ombro.

Virando-me, fico cara a cara com Holly e a mulher atraente de sua mesa. — Eu queria dizer parabéns — diz Holly. — E apresentá-la a Bella.

MALDITOS GAMBÁS. Eu estava prestes a descobrir isso quando Fabio me interrompeu. Esta é Bella Chortsky – a proprietária da empresa de brinquedos sexuais Belka e a pessoa com quem tenho tentado falar sobre uma oportunidade de patrocínio.

Quando Gia a mencionou pela primeira vez, foi no contexto de Bella ser a nova melhor amiga de Holly, então, não é tão surpreendente que Holly a trouxe aqui como sua segunda acompanhante.

Exceto que eu pensei que Bella tinha me dispensado. Seu sorriso caloroso, no entanto, não parece ser aquele que teria dispensado alguém.

Percebendo que estou boquiaberta com Bella como uma idiota, fico de pé e aperto sua mão. — Lemon. Prazer em conhecê-la.

O sorriso de Bella se alarga. — Prazer em conhecê-la cara a cara assim.

É? Mas, e aquela mensagem?

— É estranho, na verdade — Bella continua. — Sinto que já te conheço.

— Mesmo? Por quê?

Ela arqueia uma sobrancelha perfeita. — Toda aquela troca de mensagens no seu blog?

Que mensagens? É alguma pegadinha?

Holly revira os olhos para Bella. — Eu te disse. Ela não sabe que *belka* significa esquilo.

Bella se vira para sua melhor amiga. — Como ela não poderia? Ela se casou com um russo.

Belka significa esquilo em russo? Espere um minuto... — Você é o EsquiloBoner?

Bella parece envergonhada. — Pensei que você soubesse. Me desculpe por isso. Caso você esteja se perguntando, Boner é o nome do meu cachorro. É a abreviação de Bonaparte.

O cachorro dela. Claro.

Ela sorri com o que deve ler no meu rosto. — De qualquer forma, agora seria um bom momento para uma conversa?

— É claro. Que tal lá? — Aponto para uma clareira onde não há mesas.

— Excelente. — Ela vai para onde eu sugeri. Enquanto a sigo, noto a mala que ela está carregando. É coberta por minúsculos pênis e vaginas multicoloridos desenhados à mão.

Huh. Aposto que minha mãe mataria a mim ou a uma de minhas irmãs para ter uma bagagem dessas.

Quando finalmente temos privacidade, não posso deixar de deixar escapar: — Estou confusa. Recebi uma mensagem sua dizendo que não precisávamos mais marcar nada.

— Bem, sim. — Bella está com sua mala peculiar na grama ao lado dela. — Holly me convidou para este evento, então pensei que poderíamos conversar hoje. Estou feliz por ter feito isso. Enquanto isso, espiar seu blog me deu todas as informações de que eu precisava. Nesse ponto, sei que Belka está interessada em colaborar com você. Só precisamos acertar os detalhes.

Uau. Isto é inacreditável. Tenho vontade de pular de alegria, mas luto contra a tentação. É melhor jogar com calma, já que precisamos falar sobre dinheiro. — Que tipo de detalhes?

Gambá. Eu me pego pulando de um pé para o outro. Espero que ela pense que preciso fazer xixi.

Bella abre a mala, revelando consolos e brinquedos suficientes para satisfazer um exército de ninfomaníacos entusiasmados. Eu luto contra um suspiro de admiração. É como a parte de *Pulp Fiction* em que uma luz dourada brilha na maleta principal.

— Gloriosos, não são? — Bella parece uma mãe orgulhosa enquanto olha para um par de contas anais. — E como seu marido me avisou para não usar perfume, eu me certifiquei de que eles também não tivessem cheiro.

Eu balanço minha cabeça, ainda impressionada.

— Que tal você testar cada um deles e escrever um post patrocinado com sua avaliação? Belka pagará cinco mil por cada postagem.

Cinco mil? Meus olhos se arregalam e um *guincho*

tenta sair da minha garganta. Eu engulo de volta, mas um sorriso traiçoeiro ainda floresce em meu rosto.

Tanto esforço para parecer calma.

Claro, a negociação ainda não acabou. — Uma coisa — digo, me esforçando para ter pelo menos um mínimo de compostura apropriada para uma reunião de negócios. — As críticas serão honestas. Se eu não gosto de um brinquedo, direi isso e por quê. Também serei transparente com meus seguidores sobre nosso acordo.

— Parece justo. Eu acredito no meu produto. — Ela enfia a mão na mala e pega um vibrador extragrande. — Resenha boa ou ruim, é uma vitória para mim.

— Oh?

— Boa é óbvio — diz ela. — Mas a ruim é útil porque se você tem boas razões para algo não funcionar, isso nos dá a oportunidade de melhorar o produto – que é o que eu gosto.

Huh. Ela é realmente dedicada ao prazer das mulheres. Nós temos muito em comum.

— A propósito, o que você acha disso? — Ela puxa as duas pontas do vibrador que está segurando, e a coisa se abre, revelando um vibrador menor dentro. Ela faz isso de novo, e há um vibrador ainda menor. Então menor ainda.

— É um protótipo — diz ela. — Por enquanto, estamos chamando-os de paus matryoshka. — Eu a observo pegar o último brinquedinho – e descubro que ele pode vibrar muito bem.

Eu franzo meus lábios. — Eu teria que usar os paus matryoshka para ter certeza, mas em minha cabeça, isso seria um ótimo companheiro de viagem para alguém que gosta de brincar com tamanhos diferentes.

— Eu sei, certo? — Ela remonta os paus matryoshka em um vibrador de grandes dimensões.

— Também é o melhor presente — digo.

— Como assim?

Eu sorrio. — Normalmente, não sabemos quais preferências de tamanho nossos amigos têm quando se trata dessas coisas, mas este é um 'tamanho único'.

— 'Tamanho único — diz ela, pensativa. — Acho que vou usar isso se você não se importar.

Abro a boca para dizer que ficaria honrada, mas a voz de Fabio ressoa.

— Vamos retomar à dança com uma dança de pai e filha — diz ele ao microfone.

Bella joga os paus matryoshka de volta na mala e fecha o zíper. — É melhor você ir. Falaremos mais em um futuro próximo. Não tenho dúvidas de que este é o começo de uma linda amizade.

Eu aperto a mão dela vigorosamente e corro para a pista de dança onde papai espera.

Quando começamos, os olhos de papai começam a lacrimejar. O meu também.

— Eu não tinha certeza se deveríamos fazer isso — diz ele, com a voz embargada. — Afinal, essa dança é fruto da história patriarcal. Mas sua mãe insistiu, e agora estou feliz por ela ter feito isso.

— Eu também — Sussurro.

Então me lembro que meu estado civil é falso e os sentimentos calorosos se transformam em tristeza.

Também me sinto culpada por mentir para papai. Ele está com lágrimas nos olhos, pelo amor de Deus.

Quando a dança finalmente termina, papai assoa o nariz e me leva de volta à mesa.

Por favor, deixe toda a porcaria formal acabar.

Não.

Fabio anuncia a próxima fase: uma dança entre a sogra e o novo genro.

Estreito os olhos para mamãe, que parece uma criança na manhã de Natal.

É por isso que ela insistiu que essas danças acontecessem? Aff. Então, novamente, Art parece tão feliz em participar que vou reprimir meu ciúme por alguns minutos... isto é, a menos que mamãe pegue sua bunda.

Não.

A dança deles é bem inocente, embora eu ainda não confie em mamãe para comer sushi esta noite.

Além disso, quando a música para, mamãe parece extremamente desapontada.

Fabio fala novamente. — Neste momento, Art gostaria de dizer algumas palavras para sua nova noiva.

Todos comemoram quando Art se aproxima e pega o microfone de Fabio antes de me encarar. Insegura quanto ao protocolo, eu me levanto.

— Lemon, minha *kislik* — Art diz cerimonialmente. — Desde o momento em que te vi, sabia que era para mim. Eu sabia que tinha encontrado minha pessoa. Minha luz. Aquilo que tornaria doce o resto da minha vida.

Meus joelhos fraquejam e não tenho escolha a não ser me jogar de volta na cadeira.

Art franze a testa preocupado.

— Estou bem — Suspiro. — Pernas cansadas. Prossiga.

É a maior mentira que já contei.

Eu não estou bem.

Estou gritando por dentro.

Suas palavras soam tão fodidamente sinceras que dói. E como sei que são mentiras, em vez de aquecerem meu coração, fazem com que pareça que está se despedaçando.

Maldito casamento falso. Eu quero que Art esteja dizendo a verdade. Eu daria qualquer coisa para ele estar dizendo a verdade, mas é claro que sei que ele não está.

— Parece que eu a surpreendi mais uma vez. — Art olha em volta, dando a todos um sorriso conspiratório.

Todos, menos eu, comemoram.

— De qualquer forma, onde eu estava? — Art olha para mim. — Ah, certo. Eu estava prestes a chamar minha esposa de a mulher mais bonita que já conheci. A mais inteligente também. A...

Mamãe soluça tão alto que perco o que Art diz a seguir.

Desde quando ela é tão sentimental? Deve ser a promessa de netos ou algo assim.

Papai aperta gentilmente seu ombro em um esforço para acalmá-la. Eu gostaria que alguém *me* acalmasse. Estou em uma montanha-russa emocional e nem sei por quê. Eu me inscrevi para esse plano. Eu não deveria sentir nada com o discurso falso de Art.

Mamãe para de soluçar e a voz de Art chega até mim novamente. — ... alguém cuja mão eu quero segurar todas as noites. Alguém que honrarei e respeitarei. Alguém a quem permanecerei fiel. Alguém que nunca abandonarei. Alguém...

Mamãe começa a chorar de novo, mais alto dessa vez, e fica inconsolável ao toque de papai. Quando ela se acalma, só consigo entender a última parte do que Art diz, que é: — Juntem-se a mim agora e bebam à saúde de minha esposa.

As pessoas bebem enquanto Art vem em minha direção. Quando ele me alcança, um monte de vozes começa a gritar: — *Gor'ko! Gor'ko! Gor'ko!*

— O que isso significa? — Eu sussurro no ouvido de Art.

— Nós treinamos para isso — diz ele. — Significa "amargo".

Eu franzo a testa. — Isso é alguma piada estranha relacionada ao meu nome? Além disso, como treinamos para isso?

— É apenas uma tradição russa. É isso que as pessoas gritam quando querem que os noivos se beijem.

Portanto, "amargo" significa "beijo". Muito russo. E agora entendo o que ele quer dizer sobre nosso treinamento.

Art olha para os meus lábios. — Obviamente, se você não...

Eu me levanto, envolvo meus braços em seu pescoço e fico na ponta dos pés para prender meus lábios nos dele. Canalizo todos os sentimentos desencadeados por sua fala no beijo.

Ao longe, ouço aplausos e mamãe chorando novamente.

Eu não dou atenção a eles. Minha cabeça gira e meu coração dispara loucamente. Eu quero tanto que Art entenda essas palavras – e eu quero que ele me tome aqui e agora.

Com grande relutância, eu me afasto do beijo.

Fabio assobia. — Isso foi um senhor DPA.

Todo mundo aplaude.

— Agora — Fabio continua dramaticamente. —, o momento que todos vocês esperavam. Qualquer um pode dançar com quem quiser!

Outro aplauso.

Art e eu sentamos, e tomo um copo d'água para me acalmar depois do beijo.

Alguém bate no meu ombro.

Bella voltou?

Eu me viro, mas não é minha nova parceira de negócios. É um homem atraente de uma das mesas de balé.

— Concede-me esta dança? — Ele pergunta com uma reverência cortês.

— Não — Art rosna assim que eu abro minha boca para concordar.

Assustada, eu olho para ele. — Por que não?

— Porque esta dança é minha — Art diz em um tom duro. — E o resto delas também.

Então, agora ele está agindo como um marido possessivo? Se isso fosse real, acho que gostaria.

— Minhas desculpas — O cara diz e se afasta.

— Você pode dançar com uma das irmãs dela — Mamãe grita atrás dele. — Elas costumam se vestir melhor e usar perfume.

Muito gananciosa? Ela está no casamento de uma filha, mas já está leiloando o resto delas.

Quando o cara está fora de vista, Art diz: — Vamos dançar?

Eu balanço minha cabeça. — Primeiro, preciso passar pó no nariz. — E colocar meu coração indisciplinado sob controle. Eu olho em volta. — Alguém sabe onde fica o banheiro?

Mamãe me diz para onde ir e eu parto rapidamente.

Entre aquele discurso, aquele beijo e tudo mais, estou prestes a não apenas ter, mas também expressar sentimentos que ele não gostaria de ouvir, especialmente em nossa falsa recepção de casamento.

O banheiro cheira a cloro. Prendo a respiração o máximo que posso enquanto cuido dos meus negócios e, quando saio, estou desesperada por ar fresco.

Em vez disso, sou atingida por uma nuvem de perfume forte.

O Cisne Negro está na minha frente, em toda a sua glória inapropriada de tutu branco.

Eu dou um passo para trás. A expressão no rosto da bailarina é tão assustadora que fico feliz por minha bexiga estar vazia.

Com um sotaque pesado e uma voz tão sexy quanto assustadora, ela sussurra: — Seu casamento. É uma fraude.

Trinta E Seis

Caralho.

Como ela descobriu? Ela vai contar ao governo? Em quantos problemas Art e eu nos meteríamos?

Imagino Art sendo deportado. Imagino advogados. Cadeia.

Mil vezes gambás.

Cisne Negro ainda está olhando para mim.

O que eu faço? Que porra eu faço?

Negação. Sim, essa é a minha melhor e única estratégia.

Estou gaguejando apenas um pouco quando digo:

— Não tenho ideia do que você quer dizer.

Cisne Negro dá um passo ameaçador em minha direção e enfia a mão na bolsa.

Merda. Estou prestes a ser esfaqueada com um caco de vidro?

Ela puxa um pedaço de papel.

Hum. Na China, costumava haver um método de

tortura chamado "morte por mil cortes". Ela quer fazer isso comigo com as bordas daquele papel?

Ela empurra o papel em minhas mãos instáveis. — Aqui. É por isso que você não é a esposa dele.

Com isso, ela executa uma pirueta e se afasta.

— Você fede pior do que Pepe LePew — Grito em suas costas. Então, confusa, dou uma olhada no papel.

Parece algum tipo de documento, mas todo em cirílico. A única coisa reconhecível é uma data, de uma década atrás.

Ainda assim, por algum motivo, o pavor se espalha por dentro de mim.

Aquela mulher não me daria nada bom para ler, com certeza.

Outra mulher desamparada vem em minha direção, uma da lista de convidados de Art. Uma bailarina? Ela vai me dar papéis também?

— Oi — digo, escondendo meu nervosismo. — Você fala russo?

Ela balança a cabeça. — Não, desculpe. Na verdade, sou americana.

— Então, posso pegar seu telefone emprestado enquanto você está no banheiro?

Ela parece hesitante, e por que não?

— Eu sou a noiva — digo. — A esposa de Art. Metade do motivo de você estar aqui.

Isso dá certo. Ela pega um telefone, desbloqueia e me entrega. — OK. Aqui está.

Ela desaparece nas profundezas do banheiro enquanto eu baixo meu aplicativo de tradução favorito e passo o mouse sobre o texto.

As palavras traduzidas me encaram da tela, tão confusas quanto impossíveis.

Não. Não, não pode ser.

Independentemente disso, um frio semelhante ao da Sibéria está se espalhando em minhas veias.

Com dedos instáveis, baixo outro aplicativo de tradução e leio o texto.

Mesmo resultado.

Localizo um site de tradução e digito as palavras "certidão de casamento" e clico em "traduzir para o russo".

O resultado é exatamente o título do documento que estou segurando.

Não há mais dúvidas.

Em minhas mãos está a prova de que um certo Artjoms Skulme já era casado quando nos conhecemos.

Trinta E Sete

O CHOQUE ESMAGA MEUS PULMÕES. É tudo o que posso fazer para arrastar pequenas respirações.

Art é casado.

Art tem uma esposa que não sou eu.

Esse era um medo irracional meu, de que ele tivesse uma esposa secreta na Rússia.

Ou talvez não tão irracional. Ele reagiu de forma estranha quando perguntei se ele era casado.

Como poderia ser verdade?

Meu coração aperta dolorosamente a cada batida frenética. Visões de mim na prisão e de Art sendo deportado voltam com força total. Não é isso que acontecerá se o governo descobrir sua poligamia? Definitivamente, e não tenho dúvidas de que o Cisne Negro vai garantir que eles descubram.

Minha boca parece lixada quando começo a respirar em ofegos. Talvez Art *fosse* casado, mas agora está divorciado? Não, isso não bate. Ele me disse que nunca foi casado. De qualquer forma, ele mentiu para mim – mas por que mentir sobre ser divorciado? Eu estaria bem sendo sua segunda esposa, falsa ou real. O único cenário que faz sentido é que ele nunca se divorciou – o que significa que ainda é casado.

Porra. Eu casei com um homem casado.

Eu sou uma destruidora de lares. Bem, uma falsa, mas, ainda assim. Na verdade, não tão falsa. Já dormi com ele duas vezes. Isso é propriamente uma destruidora de lares.

Meus pulmões se contraem ainda mais. Sinto como se um gambá obeso estivesse em pé no meu peito. Estranhamente, também há uma ardência no meu dedo indicador.

Levo o dedo ao nível dos olhos.

Exatamente o que eu preciso. Um corte de papel. Faltam novecentos e noventa e nove para que se qualifique como tortura chinesa. Tortura russa é o que já estou sendo submetida.

Uma pressão ardente aumenta atrás dos meus olhos, e eu pressiono as palmas das minhas mãos para impedir que as lágrimas tolas caiam. Idiota. Por que eu pensei que Art estaria interessado em mim? Claro que ele tem uma esposa. Claro que isso era completamente falso, um meio de obter um green card. Eu nunca deveria ter...

— Ei, Lemon — Alguém diz, e eu abaixo minhas mãos para ver Honey caminhando rapidamente em minha direção.

Franzindo a testa, ela para na minha frente. — O que é isso? Você está mais pálida que Gia.

Antes que eu possa atender, a dona do telefone sai, então eu o devolvo e agradeço com a voz trêmula.

— Você está bem? — Ela pergunta, e eu dou a ela um sorriso tenso.

— Sim, obrigada.

Ela enfia o telefone na bolsa e vai embora. Assim que ela desaparece de vista, coloco a certidão nas mãos de Honey.

Ela aperta os olhos para o documento. — O que estou olhando?

Enquanto explico a situação para ela com a voz embargada, suas mãos se fecham em punhos.

— Quer que eu corte ela? — Ela pergunta quando eu termino. — Ou ele?

Balançando a cabeça, arrasto os pés como um zumbi na direção da minha mesa. Honey diz algo reconfortante, mas não consigo entender. Tenho muito na minha cabeça, repassando todas as coisas boas que aconteceram entre Art e eu, mas vendo-as através deste novo filtro corrompido.

Mentiras, todas mentiras. Mentiras vis.

Quando chego à mesa, enfio o dedo no ombro de Art.

Ele olha para cima e franze a testa. — Qual é o problema?

Ainda canalizando um zumbi, estendo minha mão direita e aponto para o Cisne Negro.

Ele segue meu olhar e suas sobrancelhas se juntam. — Alisa disse alguma coisa?

Meu queixo treme traiçoeiramente. — Ela me contou *tudo*.

Ele aperta os olhos e solta um suspiro audível. Abrindo-os, ele se levanta e diz em voz baixa: — Posso explicar.

Ele pode explicar? Não sei o que esperava – negação, talvez – mas não isso.

Eu o empurro, mas posso também tentar empurrar uma parede de tijolos. — Fique longe de mim.

Seu olhar chocolate parece aflito. Atuação vencedora do Oscar novamente. — *Kislik*, eu...

— Não me chame assim! Não me chame de nada.

Ele pega minha mão. — Se pudéssemos apenas...

— Pare! — Eu afasto minha mão. Meu coração parece que está se despedaçando. — Acabei com essa farsa. Adeus.

Girando nos calcanhares, eu corro. Art me persegue, gritando alguma coisa, mas pego o ritmo até que estou correndo a todo vapor. Meu batimento cardíaco martela tão alto em meus ouvidos que nem consigo entender suas mentiras – e estou bem.

Já ouvi o suficiente delas.

Correndo pela saída, vejo um táxi parado próximo à calçada, com Honey dentro. Ela está segurando a porta aberta e acenando para mim.

Mergulho na cabine e avançamos como um torpedo enquanto luto para recuperar o fôlego. Os músculos das minhas pernas queimam e meus pés parecem ter sido esfregados, mas não é nada comparado a como me sinto por dentro.

— Para onde estamos indo? — Eu pergunto com uma voz oca depois de um minuto.

— Casa — diz Honey com simpatia.

Casa? Na verdade, não tenho casa. O que tenho pensado como "casa" é o lugar onde Art e eu fingimos morar juntos. Meu velho buraco de merda foi despojado de minhas coisas e sublocado, então, não é uma casa em nenhum sentido da palavra.

Um pouco disso deve aparecer no meu rosto porque Honey aperta minha mão — Eu quis dizer a minha.

— Oh. Obrigada. — A ardência em meu dedo indicador volta, então coloco o dedo na boca. Tem gosto de cobre, como sangue.

— O que você está fazendo? — Os olhos de Honey estão em meu dedo enquanto seu rosto empalidece.

— Papel cortado da certidão de casamento — digo com uma voz tensa. — Não foi o suficiente para me fazer sangrar metaforicamente. Tinha que fazer isso de verdade também.

Ao ouvir a palavra "sangrar", Honey fica branca como um fantasma. — Posso te pedir um grande favor?

Eu pisco para ela. — Claro. O que é?

— Primeiro, prometa que não fará nenhuma pergunta.

Eu concordo. De qualquer maneira, não tenho energia para interrogar ninguém.

— Não quero ver esse dedo... principalmente se houver sangue.

— Por quê? — Eu a encaro, momentaneamente distraída.

— Sem perguntas. Você prometeu.

OK, tanto faz. Eu escondo meu dedo ofensivo nas dobras do meu vestido.

A única explicação que consigo pensar é que ela tem

um problema com sangue, mas isso seria estranho. Ela é famosa por cortar as pessoas que a atravessam. Bem, ela cortou uma garota no Ensino Médio, pelo menos. Ainda assim, você não pode exatamente cortar uma cadela se a visão do sangue da dita cadela perturbar suas delicadas sensibilidades.

Em circunstâncias normais, eu a interrogaria impiedosamente, mas não tenho a menor vontade de fazer isso agora. Em vez disso, meus pensamentos se voltam para Art e suas mentiras, e a queimação atrás de minhas pálpebras retorna.

Não chore. Não chore. Ele não vale a pena.

Falando do diabo mentiroso. O telefone de Honey toca e, quando ela olha para ele, ela murmura: — Ele.

Huh? Oh, certo. Deixei meu telefone de volta em "nossa casa".

Engulo em seco. — Diga a ele que não quero mais ouvir suas mentiras.

Honey atende a ligação.

— Oi — diz ela. — Vá se foder. — Com isso, ela desliga.

Ele liga de novo.

Ela o envia para o correio de voz e apaga a mensagem que ele deixa.

Ele liga mais uma vez. Sugiro que ela bloqueie o número dele ou desligue o telefone. Ela opta pela opção de bloqueio e exclui o número dele para garantir. Assim que ela está terminando, o táxi para.

— Venha. — Ela pula para fora e segura a porta aberta para mim.

Meu peito aperta. Art sempre abria portas para

mim, mas provavelmente o faz para sua outra esposa também. Sua verdadeira esposa.

Enquanto sigo Honey, volto a andar como um zumbi.

Entrando na casa dela, quase tropeço em Bunny.

Se olhares de gato pudessem matar, eu seria um monte de cinzas agora – o que pode ser um alívio, considerando como estou me sentindo.

— Você pode ficar na minha cama — diz Honey, apontando para a porta do quarto.

— O quê? Não. Não quero impor.

Ela pega Bunny do chão e acaricia seu pelo pensativamente – ambos parecendo vilões de Bond no processo. — Que tal assim? Você pode ganhar minha cama... nunca mencionando essa parte no carro. — Ela olha preocupada para o meu dedo com o corte de papel.

Eu cerro o punho para esconder a deformidade. — A coisa do sangue?

Ela estremece. — Nenhuma pergunta também.

Eu suspiro. — Você conseguiu um acordo.

Honestamente, Honey foi tão prestativa hoje que devo a ela meu silêncio sobre a questão do sangue, mesmo sem o sacrifício do quarto.

— Se você não se importa, vou me deitar — digo cansada.

— Você quer companhia?

Eu balanço minha cabeça.

Ela estende seu gato na minha direção. — Quer abraçar algo quente?

Balanço minha cabeça novamente. Em primeiro lugar, eu só quero ficar sozinha. Mais importante, porém, ter meus olhos comidos não é o caminho que quero seguir.

— Entendido — Honey diz suavemente. — Dê um grito se precisar de alguma coisa.

Agradeço a ela e me esgueiro para o quarto.

Sinto como se estivesse me segurando por um fio – um fio que se rompe assim que fico sozinha.

Caindo na cama, enterro meu rosto no travesseiro e deixo as lágrimas caírem.

Uma batida me acorda.

Eu olho em volta grogue, me perguntando onde estou.

Então tudo volta, incluindo o fato de que estou na casa de Honey.

— Irmã, você vai querer me ouvir — Grita Honey. — Rapidão.

Eu me levanto, tropeço até a porta e a abro. — O quê?

Honey dá um passo para trás. — Pensando bem, você pode escovar os dentes primeiro.

Ela está ofendida com o *meu* cheiro? Oh, a ironia. Agora que não estou tão sobrecarregada, posso detectar todo tipo de desconforto – como areia para gatos, a jaqueta de couro de Honey, seu antitranspirante e um leve toque da colônia nojenta de Fabio.

Mesmo assim, justo é justo, então, escovo os dentes com uma escova sobressalente e jogo um pouco de água no rosto. Sentindo-me um pouco mais humana, verifico para ter certeza de que meu corte de papel – aquele ferimento horrível da noite passada – está curado o suficiente para poupar o frágil estado mental de Honey.

Sim. Nenhum sinal de sangue.

Claro, quando saio do quarto, quase tropeço no maldito gato. Ele sibila para mim e entra no quarto. Nisso, ele me lembra Woofer, que também gosta de esperar que alguém com polegares opositores abra portas para Sua Majestade.

— Então — digo quando localizo Honey na cozinha. — Qual é a emergência?

— Isso — Ela acena com o papel que o Cisne Negro me deu. — Tenho motivos para suspeitar que este não é um documento real ou, pelo menos, não é tão antigo quanto parece.

Sento-me em uma cadeira, dura. — Como você sabe?

Ela empurra um pequeno prato com um éclair para mim. — Não tenho certeza se você sabe disso, mas sou especialista em papel.

Eu mordo o éclair, mas os hormônios do estresse correndo em minhas veias fazem com que pareça uma barra de granola sem gordura e sem açúcar. — Você quer dizer isso literalmente, certo? Porque parece que você está dizendo que não é realmente uma especialista, mas no papel, você é.

Ela franze a testa. — Você quer ouvir isso ou não?

— Desculpe. Calando a boca. — Enfio o resto do éclair insípido na boca, lembrando-me tardiamente do problema que Honey teve por falsificar cupons. Sua experiência no papel deve provir desse lado de sua vida.

— De qualquer forma, como eu estava tentando dizer, ontem à noite eu estava olhando para essa certidão e percebi que parecia velha demais para a data em que foi emitida. No começo, pensei que talvez o papel russo fosse pior e, portanto, envelhecesse muito rápido, mas depois de alguns testes, estou convencida de que este é um pedaço de papel novo que foi manchado por café.

Pego o papel de suas mãos, arranco meus filtros nasais e dou uma profunda fungada.

Porra.

Ela está certa.

Sob o aroma repulsivo do perfume do Cisne Negro, há o leve toque floral e amadeirado do café de boa qualidade.

Engulo a parte do éclair presa na minha garganta. — Você acha que a certidão é falsa?

— Por que mais envelhecer assim?

Eu mordo meu lábio. — Poderia ser real, mas alguém derramou café em algum momento ao longo dos anos?

— Não. Isso foi feito com café bem diluído, senão o papel ficaria velho.

Sinto um formigamento no peito, como penas de cisne roçando meu coração. — Então, por que ele admitiria isso?

Honey inclina a cabeça. — Mas ele fez isso? Não sabemos exatamente o que ele quis dizer quando disse: 'Posso explicar'.

Gambá. Ela está certa. Eu deveria ter deixado ele falar.

— Você tem certeza disso? — Pergunto, com medo de ter esperança.

O telefone de Honey toca.

Meu pulso salta.

Art?

Mas não.

É uma mensagem de Blue, que Honey me mostra triunfalmente:

*Verifiquei a certidão de casamento contra **confidencial**. Nada disso foi emitido na Rússia naquela data. Também verifiquei **confidencial** e descobri que Art nunca se casou na Rússia ou nos Estados Unidos – isto é, até Lemon.*

Outro ping, e uma segunda mensagem de Blue aparece:

Falando em Lemon, diga a ela que a cadela dançarina recebeu o dela. Por razões misteriosas, "ela" entrou com documentos para mudar permanentemente seu nome para "Crusty Vagina", e alguém com amigos nos lugares certos garantiu que a mudança de nome fosse acelerada. No entanto, a reversão da mudança de nome, caso ela solicite uma, levará o tempo que essas coisas puderem levar.

Honey sorri para o telefone. — Imagine seu inimigo entregando a alguém uma identidade que diz 'Crusty Vagina'. Ou fazendo uma reserva em um restaurante como Crusty Vagina. Ou ir ao médico, onde vão chamar uma paciente chamada Crusty Vagina. Ou...

Eu aceno para ela. Eu não poderia me importar menos com a vingança contra o Cisne Negro no momento. Não quando estou percebendo que idiota monumental devo ter parecido para Art.

Eu não dei a ele uma chance de explicar.

Saí correndo da nossa recepção de casamento na frente de todos.

Que merda.

Ele deve estar tão chateado.

Eu estaria se fosse ele.

— Preciso ligar para ele. — Pego o telefone de Honey.

Ela o puxa para longe, fora do meu alcance. — Eu o bloqueei e apaguei o número dele, lembra? Vamos ver se Blue pode ajudar.

Ela envia uma mensagem de texto e, um minuto depois, Blue nos manda uma mensagem com o número de Art. Ela também nos informa que Art estava perguntando sobre mim ontem à noite e que ela disse a ele que eu estava bem.

— Como ela sabia que eu estava bem? — Eu pergunto a Honey.

— Nenhuma idéia. — Honey examina seus arredores como se estivesse procurando por microfones ou câmeras escondidas.

— De qualquer forma — digo. — Ligue para ele. Agora.

Honey disca o número e me passa o telefone.

A chamada vai para o correio de voz.

Meu coração afunda.

— Art, atenda, por favor.

Ele não atende.

Eu ligo de volta.

Mesmo resultado.

Caramba.

Devo falar com ele agora. Vou explodir se não o fizer.

Eu digito uma mensagem para Blue para perguntar se ela pode localizá-lo usando seu pozinho espião. Graças à correção automática, o texto é lido como:

Pode encarnar Art pescando seu lúmero?

De alguma forma, ela me entende porque ela responde com:

Vou precisar de um tempo.

Grunhindo de frustração, ligo para mamãe.

— Namastê, raio de sol — diz ela. — Você está...

— Mãe, onde está o Art? — Eu exijo.

— Não faço ideia — diz ela. — Depois que você partiu, seu pai e eu reservamos um hotel e nos mudamos para ele antes que Art voltasse para casa. Não queríamos estar no meio de um...

— Obrigada. Falo com você depois. — E desligo.

Bem, estou num beco sem saída, e Blue não retornou.

Levantando-me de um salto, digo: — Vou para casa. Ele provavelmente está lá.

— Vou com você — diz Honey.

Eu balanço minha cabeça. — Eu dou conta. Te deixo saber o que acontece depois que acontecer.

Ela me dá uma saudação nítida. — Vá buscá-lo.

Eu coloco meus filtros nasais de volta. — Eu pretendo.

———

Quando corro para nossa casa, não há sinal de Art em lugar nenhum.

Vou até a mansão de Fluffer, e o garotinho me olha com cautela.

Por que você parece e cheira como um gato mal-humorado? Você finalmente vai me comer?

A boa notícia é que a chinchila foi alimentada recentemente, então, Art veio em casa ontem à noite.

Pego meu telefone do carregador e ligo para ele.

Correio de voz.

Eu mando uma mensagem para ele.

Nada.

Mando uma mensagem para Blue para ver se ela finalmente sabe onde ele está.

Sem resposta.

Corro para o escritório de Art e uso a senha "Baryshnikov" novamente.

Ok, estou dentro. E agora?

Oh, eu sei. Eu digito "encontrar meu telefone" e clico no primeiro link que aparece.

Eureka. O telefone está em um endereço em Brighton Beach, e aposto que Art também está lá.

Meu telefone apita.

É Blue, que descobriu a mesma coisa que acabei de descobrir, mas com alguns segundos de atraso.

OK. Isso resolve tudo. Eu chamo um carro para me levar a Brighton Beach.

———

Eu me aproximo do prédio que é meu destino e meu coração afunda. A placa acima diz "Easy Fume", mas tenho chamado isso mentalmente de "o lugar taranka" e depois engasgo.

Em retrospectiva, faz sentido que ele esteja aqui. Ele disse que é para lá que vai quando está estressado. Além disso, ele não atender o telefone ou responder a mensagens de texto faz sentido agora. Ele provavelmente deixou o telefone em um armário.

Talvez eu devesse esperar aqui?

Não.

Eu tenho que consertar isso, o mais rápido possível. Ele poderia estar lá, espancando outra mulher agora.

Não no meu turno.

Respiro fundo em um esforço para saturar meu sangue com oxigênio. Com sorte, posso prender a respiração por um tempo e, assim, não sentir o cheiro do horror ao entrar correndo.

Quando me sinto quase tonta com a respiração louca, abro a porta.

Agora ou nunca.

Eu caminho para o fedor de peixe.

CARALHO. De alguma forma, posso sentir o cheiro sem sequer respirar.

Melhor fazer isso rápido.

Eu corro, ignorando os gritos preocupados da hostess. O que ela pensa, que estou tentando algum tipo de manobra de prender a respiração e acelerar?

Trinta segundos no interior do banya, não posso deixar de respirar fundo.

Meus olhos lacrimejam e preciso de toda a minha força de vontade para não vomitar.

É oficial.

O cheiro de *Taranka* é pior do que colocar o nariz sob o rabo do gambá mais fedorento da história dos gambás. Pior do que ovos podres, pão de cebola e axilas perfumadas de Cisne Negro (ou devo dizer Crusty Vagina) – combinados.

Minhas pernas estão pesadas por falta de oxigênio.

Com o esforço heróico de um triatleta que se aproxima da linha de chegada, continuo.

Ao longe, vejo um toalheiro. Atrás de mim, a recepcionista ainda está gritando em russo.

OK. Se eu conseguir chegar até as toalhas, talvez consiga sobreviver a esse ataque olfativo.

A gritaria atrás de mim se intensifica.

Gambás.

Eu me forço a correr, o que me faz respirar mais rápido, o que puxa mais fedor para o meu pobre nariz, o que me faz querer cair e me enrolar como uma bola.

Não.

Eu vou fazer isso.

De alguma forma.

Cerrando os dentes, vou em direção às toalhas.

Quase lá.

Apenas mais um pé.

Finalmente.

Pego uma toalha e tento respirar através dela. O fedor é abafado, mas respirar é muito mais difícil dessa maneira.

— O que você está fazendo? — A hostess grita, mudando para o inglês com sotaque.

Eu não respondo. Isso seria desperdiçar o precioso oxigênio.

Toalha pressionada contra o rosto, passo pela piscina próxima e corro em direção ao que deve ser uma porta *parilka*.

A maçaneta está quente o suficiente para queimar minha mão, mas eu abro a porta e grito para as profundezas fumegantes: — Art, você está aqui?

Nenhuma resposta, e o vapor torna difícil ver se ele está aqui ou não.

Fecho a porta e me viro.

Pronto. Do outro lado da piscina, um homem alto e atlético está de costas para mim, vestindo apenas um calção de banho. É Art?

É a melhor pista que tenho. Prendendo a respiração, corro para aquele lado – que é quando a hostess me aborda.

Splash.

Eu caio na piscina.

Idiota.

Começo a me debater e ofegar, a última coisa que quero fazer neste lugar.

De alguma forma, estou sobrevivendo. O fedor de cloro desta piscina normalmente me mataria, mas cobre a *taranka*, então sou grata por isso – pelo menos até engolir acidentalmente um pouco da água desagradável da piscina.

Agora não sou nada grata e temo por minha vida.

— Aguente aí, *kislik* — diz uma voz dolorosamente familiar, e então mãos fortes me agarram e me puxam para fora da água como uma boneca molhada. Em um piscar de olhos, estou sendo transportada pelo banya em um vestido de noiva.

Limpando a água da piscina dos meus olhos, eu me deleito com o lindo rosto de Art. Seu cabelo escuro está molhado e gotas de água grudam em seus cílios, destacando sua espessura.

— Oi — Suspiro.

— Não respire. Vou tirar você daqui. — Ele acelera e, em poucos segundos, saímos daquele lugar horrível e estamos na rua.

Eu inalo minha primeira respiração livre de *taranka* e quase tenho um orgasmo.

Art não me larga. Ele me carrega para o outro lado da rua e para o calçadão.

Oh, o ar do oceano. É tão bem-vindo quanto as mãos que me seguram.

Vendo a cor voltar ao meu rosto, Art finalmente me põe de pé.

— Posso respirar *agora*? — Eu pergunto.

Seus lábios se curvam. — Acho que está tudo bem.

Eu propositalmente encho meus pulmões com ar luxuriantemente salgado, então solto com um assovio. — Eu sinto muito. Eu não deveria...

— Não, sou eu que sinto muito. — Ele faz uma careta. — Eu deveria ter dito a você.

— É isso. Não tenho ideia do que é esse 'você deveria ter me dido'.

Ele franze a testa. — Mas eu pensei que Alisa...

— Ela me fez pensar que você era casado com outra mulher.

Seus olhos se arregalam. — Ela o quê?

— Ela me deu uma certidão de casamento que declarava que você era casado na Rússia.

Sua mandíbula aperta perigosamente. — Isso é mentira — diz ele em voz baixa e dura. — Eu nunca fui...

— Eu sei disso agora. — Eu espremo cerca de um galão de água da piscina do meu cabelo. — O documento que ela me deu era falso.

— Oh. — Ele agarra minha mão. — Então ela não contou o que realmente aconteceu?

Minha mão deveria estar quente em sua palma, mas isso não acontece. E se "o que realmente aconteceu" for pior do que a "esposa secreta"?

— Ela não me contou muito — digo com cautela. — Mas voce devia.

Ele suspira e solta minha mão para enfiar os dedos em seu cabelo molhado. — Lembra quando eu te contei sobre alguns encontros casuais com bailarinas?

Oh, gambá. Acho que vejo onde isso vai dar. — Aquelas que levaram a tanto drama que agora você evita bailarinas como uma praga?

Ele acena com a cabeça solenemente. — Uma em particular me fez assumir essa postura – e, como você deve ter adivinhado, foi Alisa.

Eu resisto ao impulso de bater na minha testa. Isso faz muito sentido. Agora que sei, não acredito que não suspeitei antes. Ele dormiu com ela e o drama se seguiu – e ela claramente ainda anseia por ele. Violentamente. E, ei, tendo dormido com ele eu mesma, eu meio que posso entendê-la – mas não perdoá-la.

— Você está zangada? — Ele pergunta.

Estou? Um pouco. Eu odeio a ideia dele com outra mulher. Então, novamente, aconteceu muito antes de nos conhecermos, e ele pagou por isso tendo que lidar com o tipo de loucura dela.

— Estou mais confusa do que brava — digo. — Se ela é sua espécie de ex, por que convidá-la para nossa recepção?

Ele suspira novamente. — Não convidei. Ela invadiu a festa. Eu não queria fazer uma grande cena na frente de toda a companhia. — Suas narinas dilatam. — Se eu soubesse sobre a façanha que ela iria fazer, eu a teria escoltado para fora pelo segurança.

Este é um bom momento para dizer a ele que o nome dela está prestes a se tornar Crusty Vagina? Não. Pode parecer que estou sendo mesquinha.

Eu estreito meus olhos para ele, principalmente em tom de brincadeira. — Jure que você não sente mais nada por ela, e eu vou esquecer tudo isso.

— Eu nunca tive sentimentos por ela, em primeiro lugar — diz ele. — Mas, falando em sentimentos... preciso te contar uma coisa.

— O QUÊ? — Eu sussurro e espero com a respiração suspensa por ele falar.

Ele se aproxima de mim e segura meu rosto em suas mãos.

Como se esperasse por esse momento, a brisa do mar aumenta, fazendo-me lembrar o quão molhados nós dois estamos – e no meu caso, de várias maneiras, graças ao seu toque.

— Tudo o que eu disse durante o brinde na cerimônia é como eu realmente me sinto — Art diz, seus olhos fixos nos meus. — Eu quis você desde o momento em que te peguei no meu camarim. Acho que é por isso que te pedi para ser minha esposa green card. Eu precisava conhecê-la, e esse foi o melhor pretexto em que pude pensar para trazê-la para minha vida.

Sinto que estou prestes a levantar voo quando cubro suas mãos com as minhas. — Quer dizer que não estava procurando uma esposa falsa?

— Não até eu conhecer você. A ideia me ocorreu ali

mesmo, naquele camarim. Antes disso, eu estava pensando em outras maneiras de obter o green card.

Eu mordo meu lábio quando ele deixa cair as mãos. — Por que você não disse algo antes? Me disse que não era tudo falso?

Ele estremece. — Eu não tinha certeza de como você reagiria. Eu não queria pressionar por mais e perder você. Você estava tão determinada em suas regras sobre não dormirmos juntos que pensei que tudo o que você queria do nosso acordo era o dinheiro – e eu sabia que preferia ter você em minha vida como minha esposa falsa do que não ter você.

— Então... você está dizendo que gosta de mim?

Ele balança a cabeça. — Eu e você nos encaixamos, como banya e bétulas. Então, não. Eu não apenas gosto de você. — Ele me puxa para mais perto, seus olhos quentes e suaves. — *Kislik*... eu te amo.

Meu coração explode em penas de cisne.

— Eu me apaixonei por você, forte — Ele continua. — Eu...

— Espere — Eu suspiro. — Há algo que você precisa saber. No dia em que nos conhecemos, eu não estava lá para um desafio. Eu vi você na TV muito antes disso e fiquei tão obcecada por você que entrei no seu camarim como uma stalker.

Eu paro de respirar, com medo de que minha admissão faça com que ele me afaste.

Em vez disso, ele agarra minhas mãos nas suas. Sua voz é rouca. — Estou lisonjeado, *kislik*. E que bom que você fez isso.

Ufa. Devo contar a ele o resto? É agora ou nunca. —

Eu cheirei seu cinturão de dança porque queria você fora do meu sistema — Eu deixo escapar.

Um sorriso curva seus lábios. — E como foi *isso*?

— O tiro saiu pela culatra e me fez acreditar no amor à primeira cheirada.

Ele me puxa para mais perto. — Você quer dizer...

— Eu também te amo — digo solenemente. — Eu quero continuar sendo sua esposa. Ser o seu primeiro aperto. Ser seu...

Ele me cala com um beijo.

Um beijo doce e devorador que promete um milhão de amanhãs.

ART

— ESTOU TE DIZENDO — diz Lemon, com a voz abafada pela máscara de gás. — Sinto cheiro de álcool em gel.

A médica – ou Ava, como ela insiste em ser chamada – revira os olhos, mas só para que eu possa ver. — Impossível — diz ela. — Seu marido deixou bem claro que você tem sensibilidade ao olfato, então, eu pessoalmente me certifiquei de que não houvesse compressas com álcool abertas nesta sala. Ou sobras do almoço. Ou qualquer sugestão de perfume. Ou...

Lemon grunhe de frustração dentro de sua máscara de gás. — O algodão está em uma sala próxima.

Ava olha para mim suplicante.

— Minha *kislik*. — Dou um tapinha carinhoso na parte da barriga de Lemon que não está coberta de gel. — Quanto mais cedo este ultrassom começar, mais cedo poderei levá-la para o ar fresco.

— Certo. — Lemon se vira para Ava. — Faça então. Rapidamente.

Ava faz as coisas – e para seu crédito, ela sequer

pisca quando se trata da tatuagem de APENAS DO SR. GRANDE.

Eu fico olhando para os resultados na tela, onde *algo* está acontecendo.

— Lá. — Ava aponta para uma bolha se contorcendo. — Um batimento cardíaco.

Meu peito se enche de pura alegria.

Um bebê.

Nosso bebê.

— Espere um segundo — diz Ava, me assustando quase até a morte. — Tem outro.

Eu fico boquiaberto com a tela.

Lemon arranca sua máscara de gás, revelando sua tez radiante. A gravidez fez maravilhas por seu rosto já bonito. — Você pode dizer isso de novo? — Ela diz com a voz embargada, como se estivesse tentando não inalar. — Acho que a máscara abafou minha audição.

Ava sorri. — Você vai ter gêmeos. Parabéns.

E assim, minha alegria dobra.

De uma só vez, minha nova família ficou maior – e uma grande família tem sido meu sonho desde que me lembro.

— Gêmeos — diz Lemon, parecendo atordoada. Ela parece ter esquecido tudo sobre o algodão embebido em álcool. Em vez disso, ela me olha acusadoramente. — Você colocou dois bebês lá dentro?

Uh-oh. Eu agarro a mão dela. — Você não está feliz?

Achei que ela transformaria essa situação em limonada tão rápido quanto eu. Eu estava errado?

Ela pisca, então aperta meus dedos. — Sim. Não. Eu

não sei. Estou chocada, mas provavelmente não deveria estar. Gêmeos fazem parte do DNA dos Hyman.

Eu sorrio. — E agora eles também fazem parte do DNA dos Skulme.

Ela pisca novamente, balança a cabeça e, em seguida, um sorriso lindo e lento se espalha em seu rosto, fazendo seus olhos verdes brilharem. — Gêmeos — diz ela suavemente. — Sim, acho que já me decidi: estou feliz.

No momento em que ela para de falar, no entanto, ela parece um pouco verde. Eu a ajudo a colocar a máscara de volta antes que os cheiros a façam vomitar, como fizeram no caminho para cá. E esta manhã em nossa casa. E ontem à noite. E toda vez que ela pensa em banya ou gambás ou cloro.

Ela respira fundo algumas vezes e, quando seu rosto volta ao tom pálido de sempre, ela se vira para Ava. — São apenas dois, certo? Não seis?

— Não. Dois — Ava diz. — Agora, vá. Tome aquele ar fresco.

———

Assim que entramos em nosso apartamento, certifico-me de que Lemon coma alguma coisa. Ela botou para fora o café da manhã por causa do purificador de ar do táxi e está comendo por três agora.

Depois de terminar sua torrada simples, ela parece visivelmente melhor, então, trago uma torta de frutas para ela.

— Você vai compartilhar isso comigo? — Ela pergunta.

Eu alegremente alcanço uma colher.

Metade de suas sobremesas hoje em dia é de frutas, e ela gosta muito delas, principalmente as mais exóticas e doces, como manga e chirimoia. A outra metade são misturas açucaradas como esta torta e, como não danço mais profissionalmente, ocasionalmente também me entrego, especialmente quando ela me convida para compartilhar. Não que ela esteja muito disposta a compartilhar ultimamente, com seu apetite tão imprevisível.

— A besta está com fome? — Ela pergunta quando terminamos a sobremesa.

Ela quer dizer Fluffer, mas minha mente vai para outro lugar e o que ela chama de Sr. Big se agita. Suas novas curvas exuberantes estão me deixando louco, e é tudo que posso fazer para não atacá-la vinte e quatro horas por dia, sete dias por semana. Talvez eu deva entrar em um grupo de apoio? Ou iniciar um? MaViEGA – Maridos Viciados em Esposas Grávidas Anônimos.

Com esforço, afasto minha mente dos pensamentos de lençóis emaranhados e seios macios e deliciosamente cheios. — Eu o alimentei mais cedo, não se preocupe.

Fluffer tem sido muito mais tolerante com a companhia dela ultimamente, mas ainda prefere quando eu cuido dele. Não posso dizer que me importo.

— Nesse caso, vou escrever um post — diz ela.

Devo dizer a ela para esperar, para que eu possa

finalmente revelar minha grande novidade? É um anúncio que empalidece em comparação com os gêmeos, mas, ainda assim.

Não. O trabalho dela é super importante para ela, principalmente agora, graças ao enorme sucesso que é a parceria dela com Bella.

Nós nos acomodamos juntos no sofá e eu verifico minhas posições de ações no meu laptop enquanto ela escreve no dela.

Algum tempo depois, ela limpa a garganta.

Quando olho para ela, ela franze o nariz. — Sinto cheiro de bafo de cachorro de novo.

— Já vou. — Fecho o laptop e vou até o apartamento do outro lado do corredor para pedir ao vizinho que escove os dentes de seu cachorro.

A princípio, o vizinho achou que Lemon estava imaginando o mau hálito do seu cachorro, mas depois eu e ele começamos a acompanhar as reclamações dela e percebemos que ela só fala alguma coisa quando ele esquece de escovar os dentes do bichinho.

Bato em sua porta e, assim que ele abre, entrego-lhe uma garrafa de vinho. — Obrigado pela compreensão.

Ele sorri. — Quando minha esposa estava grávida, ela também era sensível a cheiros.

Sim, mas sua esposa não tinha nariz de super-herói antes da gravidez.

Quando volto, Lemon sorri para mim. — Muito melhor. Obrigada, querido.

— De nada. Você terminou sua postagem?

Ela deixa o computador de lado. — Acabei de terminar. Por quê?

Pego o importantíssimo envelope e entrego a ela.

Ela olha para dentro, olhos arregalados. — Ele veio?

Eu concordo. — Sou um orgulhoso proprietário de um green card.

— Já? — Ela pula e me dá um grande abraço. — Yay! Achei que ia demorar mais.

Eu a abraço de volta, inalando seu cheiro doce, e Sr. Big fica em alerta novamente. É preciso tudo o que tenho para manter as coisas platônicas, mas consigo. De alguma forma. Também não digo a ela que foi sua irmã Blue quem ajudou a agilizar as coisas, já que Lemon está muito orgulhosa de como ela se saiu bem naquela entrevista do governo.

— Foi ainda mais rápido do que você pensa — digo quando ela se afasta. — Recebi há uma semana, mas estava esperando um bom momento para contar a você.

Ela me dá um doce sorriso que nunca falha em fazer meu batimento cardíaco acelerar. — Então é isso, né? Você vai ficar aqui comigo?

Caramba. Manter a luta contra Sr. Big está ficando mais difícil a cada segundo.

Ela se inclina e cheira meu pescoço.

É isso.

A luta acabou. Sr. Big ganhou.

— Sim — Eu rosno. — Eu vou ficar com você. Para todo o sempre.

E pela próxima hora, eu mostro a ela exatamente quanto poder de resistência eu tenho.

<h1 style="text-align:center; font-style:italic">Agradecimentos</h1>

Obrigada por participar da aventura de Lemon e Art! Se você deseja mais livros de Misha Bell, fique ligado em *Bilionário Mal-humorado*!

Procurando por mais comédias românticas de morrer de rir? Conheça os irmãos Chortsky nos livros:

- *Meu Código Exato* – um romance que acontece num ambiente de trabalho muito geek, sobre a testadora Fanny Pack e seu misterioso chefe russo, Vlad Chortsky
- *Seu Acessório Perfeito* – a hilária história de Bella Chortsky, uma desenvolvedora de brinquedos sexuais, e Dragomir Lamian, um potencial investidor do próximo grande lançamento dela
- *Nossos Dados Sincronizados* – uma comédia romântica sobre um namoro de mentirinha

entre uma anglófila obcecada por números primos, que faz um acordo com Alex Chortsky (também conhecido como o Diabo) para salvar o projeto dos sonhos

E se você acha que ainda há pouco sobre as irmãs Hyman, você deveria conhecer:

- *Truque Real* – um romance muito atrevido da realeza, apresentando o diabólico príncipe Tigger e Gia Hyman, uma germafóbica, obcecada por filmes de mágica
- *Fêmea (quase) Fatal* – uma comédia romântica sobre espionagem, apresentando uma aspirante a fêmea fatal, Blue Hyman, e um (possível) agente russo
- *Entre Polvos & Homens* – uma comédia romântica de inimigos-a-amantes, sobre Olive, uma bióloga marinha obcecada por polvos, e seu ardente (e irritante) novo chefe

Para ser notificado(a) sobre os próximos lançamentos, visite <u>www.mishabell.com/pt/</u> e inscreva-se para receber minha newsletter.

Misha Bell é um trabalho em conjunto entre marido e mulher, equipe de escritores, Dima Zales e Anna Zaires. Quando eles não estão fazendo você explodir de rir como Misha, Dima escreve ficção científica e fantasia, e Anna escreve romance dark e contemporâneo. Confira

O Titã de Wall Street, de Anna Zaires, para mais bilionários gostosos!

Vire a página para ler trechos de *Entre Polvos & Homens* e *O Titã de Wall Street!*

Trecho de *Entre Polvos & Homens*

O vizinho mal-humorado dos meus avós é tão "quente" quanto o sol letal da Flórida. E como o sol, ele é ruim para mim. Meu gosto para homens é péssimo – basta perguntar ao meu ex sobre a ordem de restrição contra ele.

O que estou fazendo na Flórida com meus avós, você se pergunta? Bem, meu melhor amigo é um polvo e precisa de um aquário maior, então, consegui um emprego em um aquário no Estado do Sol.

Eu não esperava que aquele rabugento sexy de cabelos compridos tentasse comprar meu polvo para algum propósito nefasto. Nem esperava me enroscar com ele durante um mergulho na praia, tarde da noite.

E a última coisa que eu esperava era topar com ele no meu primeiro dia no meu novo emprego... onde ele é meu chefe.

— Ah, Caper. O que você está fazendo?

Eu sorrio. Meu nome é Olive (meus pais são maus em seu jeito hippie), e quando vovô me chama de Caper, ele quer dizer "pequena azeitona", o que me faz sentir como uma garotinha novamente. Obviamente, nunca direi a ele que seu apelido para mim é botanicamente incorreto: as alcaparras são as flores de um arbusto, enquanto as azeitonas são um fruto de árvore de uma espécie completamente diferente.

— Levando Beaky para passear — respondo, acenando para o tanque.

Vovô aperta os olhos para o vidro, e Beaky escolhe aquele exato momento para parecer uma pedra – como faz toda vez que vovô tenta olhar para ele.

Vovô esfrega os olhos. — Existe realmente um polvo aí? Sinto que você e sua avó estão tentando me fazer pensar que estou ficando senil.

— Não. É Beaky quem está brincando com você.

Não posso culpar meu avô por não ter visto meu amigo de oito braços. Quando se trata de camuflagem, os polvos dão um banho em camaleões. Além disso, se um camaleão estivesse literalmente na água, nenhuma quantidade de camuflagem o salvaria de se tornar o almoço de um polvo.

Vovô balança a cabeça. — Por quê?

Eu dou de ombros. — Ele é uma criatura com nove cérebros, um na cabeça e um em cada braço. Tentar decifrar seu pensamento daria dor de cabeça a qualquer um.

Vovô aperta os olhos para o tanque de novo, mas Beaky permanece em seu disfarce de pedra. — Por que você anda com ele, afinal?

— Para evitar que ele fique entediado. O que ele realmente precisa é de um tanque maior, mas, por enquanto, ele terá que se contentar com uma mudança de cenário.

— Entediado?

— Oh, sim. Um polvo entediado é pior do que um menino de sete anos cheio de cafeína e bolo de aniversário. Na Alemanha, um polvo chamado Otto bloqueou repetidamente todo o sistema elétrico do Sea Star Aquarium esguichando água no holofote de 2.000 watts. Porque ele estava entediado.

Vovô levanta as sobrancelhas espessas. — Mas você não faz quebra-cabeças para ele? Deixa-o assistir TV?

Eu concordo. Fazer quebra-cabeças para polvos é, na verdade, pelo que sou famosa e como consegui meu novo emprego. — Brinquedos e TV ajudam — digo —, mas ainda tenho a sensação de que ele está se sentindo preso.

Grunhindo, vovô enfia a mão no bolso e tira uma arma do tamanho do meu braço.

— Leve isso com você. — Ele a empurra para mim.

Eu pisco para o instrumento da morte. — Por quê?

— Proteção.

— De quê? Estamos em um condomínio fechado.

Ele empurra a arma para mim com maior urgência.

— É melhor ter uma arma e não precisar dela.

Eu não aceito a oferta. — A taxa de criminalidade em Palm Islet é dez vezes menor do que em Nova York.

Vovô tira o pente da arma, verifica, enfia uma bala extra e a encaixa de volta. — Eu ficaria tranquilo se você pegasse.

— Por Cthulhu — murmuro.

— Saúde — diz vovô.

— Isso não foi um espirro. Eu disse 'Cthulhu'. — Com o olhar vazio do vovô, eu dou um suspiro. — Ele é uma entidade cósmica fictícia criada por H. P. Lovecraft. Representado com características de polvo.

— Oh. É ele nos desenhos sensuais da sua avó?

— Absolutamente não. — Eu tremo só de pensar. — Cthulhu tem centenas de metros de altura. Ele é um dos Grandes Antigos, então, suas atenções rasgariam uma mulher tão rapidamente quanto a deixariam louca.

— Justo. — Vovô tenta enfiar a arma em minhas mãos novamente. — Pegue e vá.

Eu escondo minhas mãos atrás das costas. — Não tenho nenhum tipo de licença.

— Você está brincando. — Ele me olha incrédulo. — Amanhã, eu vou te levar para uma aula para obter a licença.

Eu luto contra um revirar de olhos do tamanho de Cthulhu. — Estou meio ocupada amanhã, começando um novo emprego e tudo mais.

Com uma carranca, ele esconde a arma em algum lugar. — Que tal esse fim de semana?

— Vamos ver — digo tão evasivamente quanto posso antes de pegar minha bolsa do encosto de uma cadeira próxima e pressionar o botão do controle remoto novamente para rolar o tanque para a garagem.

Meus avós, como outros moradores da Flórida,

preferem sair de casa assim, em vez de, digamos, pela porta da frente.

Assim que meu avô está fora de vista, Beaky deixa de ser uma pedra, abre os braços nos quadris e fica com um tom de vermelho excitado.

— Você deveria ter vergonha de si mesmo — digo a ele com firmeza.

Nós somos o Imperador Divino do Tanque, ordenado por Cthulhu. Não concederemos a glória de nosso semblante aos indignos. Apresse-se, nossa fiel súdita sacerdotisa. Queremos provar a luz do sol em nossas ventosas.

Sim. Ellen DeGeneres conversou com um polvo senciente fictício em *Procurando Dory*, enquanto o meu verdadeiro fala comigo na minha cabeça. E não sou a única a ter essas conversas imaginárias. Desde que minhas irmãs e eu éramos crianças, damos vozes aos animais. Na minha cabeça, Beaky soa como nove pessoas falando em uníssono (o cérebro principal e os oito em seus braços), e seu tom é imperioso (afinal, os polvos têm sangue azul). Ah, e suas palavras saem com aquele fraco efeito sonoro de gargarejo usado em *Aquaman* quando os atlantes falavam debaixo d'água.

Abro a porta da garagem.

É super brilhante lá fora, apesar dos carvalhos antigos que proporcionam muita sombra.

Com um suspiro, pego um tubo grande do meu protetor solar mineral favorito da minha bolsa e me cubro com uma camada grossa da cabeça aos pés. O índice UV é 10, então, espero alguns minutos e depois me cubro com uma segunda camada. Faço isso furtivamente na garagem para evitar que meus avós me provoquem por aceitar um emprego no Estado do Sol enquanto sou paranoica com a exposição ao sol.

E não, eu não sou uma vampira – embora minha irmã Gia pareça suspeitosamente como uma, com sua maquiagem gótica e tudo. Evitar o sol faz sentido científico legítimo, devido aos efeitos nocivos dos raios UV, A e B, bem como da luz azul, luz infravermelha e luz visível. Todos eles causam danos ao DNA. Esse problema entrou no meu radar alguns anos atrás, quando Sushi, meu peixe-palhaço de estimação, desenvolveu câncer de pele, provavelmente devido ao aquário estar perto de uma janela. Tenho sido cuidadosa desde então, chegando a colar uma camada tripla de revestimento protetor UV sobre o tanque de Beaky.

Agora, percebo que me preocupo com o sol um pouco mais do que qualquer um que não seja um dermatologista paranoico? Claro. Mas posso parar? Não. Acho que algum nível de neurose está programado em meu DNA, pelo menos se minhas irmãs sêxtuplas idênticas servirem de amostra. Mas, ei, quando eu estiver na casa dos oitenta e parecer mais jovem do que todas as minhas irmãs, veremos quem ri por último.

Terminado o protetor solar, coloco uma jaqueta leve com zíper revestida com produtos químicos de proteção UV, um chapéu de aba larga e óculos de sol gigantes.

Pronto. Se eu levasse isso longe demais, estaria usando um daqueles visores de Darth Vader, não?

Meu batimento cardíaco acelera enquanto sigo o tanque de Beaky em pleno sol, mas me acalmo lembrando a mim mesma que o protetor solar fará seu trabalho. Quando o tanque desce pela entrada de carros e chega a uma calçada sombreada à beira do lago, minha respiração se equilibra ainda mais.

Até agora, tudo bem. Só espero não receber muitas perguntas irritantes de vizinhos intrometidos.

Um par de garças voa nas proximidades enquanto caminhamos pela margem do lago. Beaky as encara atentamente e muda de forma algumas vezes.

Queremos provar essas coisas. Seja uma boa súdita-sacerdotisa e entregue-as ao tanque.

Eu bato no topo do tanque. — Eu vou te dar um camarão quando voltarmos.

Ambos avistamos um guaxinim cavando na grama à beira do lago, provavelmente procurando por ovos de tartaruga ou jacaré.

Queremos provar isso também.

— Vou te dar um camarão sem o quebra-cabeça — digo a ele.

Normalmente, coloco suas guloseimas em uma de minhas criações, tornando a refeição ainda mais divertida para ele, mas se seu apetite abriu observando todos os animais terrestres, não quero atrasar sua gratificação.

Um jacaré de 1,5 metro rasteja lentamente para fora do lago.

Sim, definitivamente estamos na Flórida.

Ao vê-lo, Beaky pega duas cascas de coco do fundo de seu tanque e as fecha sobre o corpo, parecendo ao mundo – e ao jacaré – um coco inocente.

— Essa coisa não pode ir no tanque — digo

suavemente. — Para não mencionar, está com medo de mim. Esperançosamente.

As estatísticas sobre ataques de jacaré estão a nosso favor. Em um estado com manchetes como "Homem da Flórida espanca jacaré" e "Homem da Flórida joga jacaré na janela do drive-thru do Wendy's", os jacarés aprenderam a ficar muito, muito longe dos humanos insanos.

Como Beaky não lê as notícias nem verifica as estatísticas on-line, seu olho parece cético ao espreitar das cascas de coco.

Volto minha atenção para a calçada – e o vejo.

Um homem.

E que homem.

Ele poderia ter estrelado *Aquaman* em vez de Jason Momoa. Se eu estivesse escalando o protagonista para meus sonhos molhados, esse cara, definitivamente, conseguiria o papel.

O pensamento envia arrepios para minhas regiões inferiores, especificamente a parte que eu particularmente considero meu wunderpus – em homenagem ao *wunderpus photogenicus*, uma incrível espécie de polvo descoberta nos anos oitenta.

A propósito, uma vez tirei uma foto do meu wunderpus, e também é *fotogênicus*.

Mas, voltando ao estranho. Traços fortes e masculinos emoldurados por uma barba impecavelmente aparada, olhos azul-ciano profundos como o oceano, um corpo musculoso e bronzeado vestido com jeans de cintura baixa e um camiseta que mostra braços poderosos, cabelos grossos com mechas loiras que descem até seus ombros largos – ele pareceria um surfista se não fosse pela expressão taciturna em seu rosto.

Beaky deve ter esquecido o jacaré porque ele está sem coco e olhando para o estranho com fascínio.

Vai entender. Aquaman tem o poder de falar com polvos, junto com outras criaturas marinhas.

Percebo que também estou boquiaberta para ele e tensa à medida que ele se aproxima. Ao contrário de Nova York, onde é costume passar por um estranho sem reconhecer sua existência, aqui na Flórida, todos pelo menos cumprimentam seus vizinhos.

O que eu digo se ele falar comigo? Será que me atrevo a abrir a boca? E se eu acidentalmente pedir a ele para fazer o que quiser comigo?

Espere um segundo. Acho que já sei. Ele também está passeando com um animal de estimação, no caso dele um cachorro da raça Dachshund, também conhecido como cachorro-quente, o membro mais fálico da espécie canina. Tudo o que tenho a fazer é dizer algo sobre sua salsicha – aquela que está abanando o rabo, não seu Aqua-membro.

Quando o homem está a uns três metros de distância, ele parece me notar pela primeira vez. Na verdade, seu olhar se concentra no tanque de Beaky, e sua expressão taciturna se torna francamente hostil – maxilar cerrado, boca voltada para baixo, olhos duros. O insano é que ele não parece menos gostoso agora. Talvez mais.

O que há de errado comigo? Não é à toa que eu acabo namorando idiotas como...

Sua voz profunda e sexy é o tipo de frio que pode criar um vento gélido mesmo nesta sauna úmida. — Quanto pelo polvo?

Eu pisco, e estreito meus olhos para o estranho, meus pelos subindo como espinhos em um baiacu. Ele quer comprar Beaky? Por quê? Ele quer comê-lo?

Este *é* o estado onde as pessoas comem jacarés, tartarugas (mesmo as espécies protegidas), sapos, pítons birmanesas e torta de limão.

Trincando os dentes, aponto para o cachorro abanando o rabo ao seu lado. — Quanto pela salsicha?

Um sorriso de escárnio torce seus lábios cheios. — Deixe-me adivinhar... uma nova-iorquina?

Aquaman? Mais como Aqua-asno. — Deixe-*me* adivinhar. Homem da Flórida? — Posso imaginar o resto da manchete: — ...rouba polvo no tanque e tenta fazer sexo com ele.

Dado o que minha avó disse sobre a Regra 34 e onde estou, não é tão absurdo. Certa vez li um artigo sobre um homem da Flórida que tentou vender um tubarão vivo no estacionamento de um shopping. O que é sexo com um polvo em comparação?

Suas grossas sobrancelhas castanhas se juntam. — As histórias às quais você está se referindo são sobre novos moradores. Nunca foram sobre os realmente da Flórida.

— Oh, eu li o que você está falando — digo com uma bufada. — 'Homem da Flórida recebe o primeiro transplante de pênis de um cavalo'. Tenho certeza de que o artigo dizia que o bravo pioneiro nasceu e foi criado em Melbourne – que fica a duas horas daqui.

Oops. Fui longe demais? Todo mundo parece carregar uma arma aqui. E desde que eu o achei atraente antes, com meu histórico de namoro, ele pode se tornar perigoso.

Em vez de sacar uma arma, o estranho esfrega a ponta do nariz. — Isso é o que eu ganho por tentar discutir com uma nova-iorquina. Esqueça as notícias. Aquele tanque é muito pequeno para aquele polvo. Você gostaria de viver sua vida dentro de um Mini Cooper?

Eu seguro a respiração, meu estômago apertando. — *Você* gostaria de passear na coleira? — Empurro meu queixo em direção à sua salsicha, cuja cauda não está mais abanando. — Ou ser forçado a ignorar sua bexiga e intestinos que gritam até que seu mestre se digne a levá-lo para passear? Ou ter seus órgãos reprodutivos bagunçados?

Ele me encara. — Tofu não é castrado. Na verdade, ele...

— *Tofu*? — Meu queixo cai. — Como um cachorro-quente de tofu? Fale sobre a crueldade animal.

As veias saltando em seu pescoço parecem distraidamente sexies. — O que há de errado com o nome Tofu?

Antes que eu possa responder, Tofu choraminga lamentavelmente.

— Ótimo trabalho — diz o estranho. — Agora, você o aborreceu.

— Tenho certeza de que você fez isso. — *Ao nomear o pobre cão Tofu.*

— Essa conversa acabou.— Ele vira as costas para mim e puxa a coleira. — Venha, Tofu.

Tofu me dá um olhar triste que parece dizer, *eu não gosto quando meu pai e minha nova mamãe discutem.*

Com um bufo, rolo o tanque de Beaky na direção oposta.

———

Entre Polvos & Homens está disponível. Visite nossa página <u>www.mishabell.com/pt/</u> para saber mais.

Trecho de O Titã de Wall Street por Anna Zaires

Um bilionário que quer uma esposa perfeita ...

Aos 35 anos, Marcus Carelli tem tudo: riqueza, poder e o tipo de aparência que deixa as mulheres sem fôlego. Bilionário, ele dirige um dos maiores fundos de investimentos de Wall Street e pode derrubar grandes corporações com uma única palavra. A única coisa que ele não tem? Uma esposa que seria uma conquista tão grande quanto os bilhões em sua conta bancária.

Uma aficcionada por gatos que precisa de um encontro...

Emma Walsh, 26 anos, vendedora numa livraria, sabe que é uma Senhora dos Gatos. Ela não concorda necessariamente com essa afirmação, mas é difícil argumentar com os fatos. Roupas fora de moda cobertas com pelos de gato? Check. Último corte professional no cabelo? Há mais de um ano. Ah, e três gatos em um pequeno estúdio no Brooklyn? Sim, ela tem.

E, sim, ela não tem um encontro desde... Bem, ela não se lembra. Mas essa parte pode ser mudada. Não é para isso que servem os sites de namoro?

Um caso de erro de identidade...

Uma casamenteira da alta roda, um aplicativo de namoro, uma confusão que muda tudo... Os opostos até se atraem, mas isso pode durar?

———

Estou quase pulando de emoção quando me aproximo do Sweet Rush Café, onde eu deveria encontrar Mark para o jantar. Essa é a coisa mais louca que já fiz em longo tempo. Entre o meu turno da noite na livraria e o horário de aula dele, não tivemos a chance de fazer mais do que trocar algumas mensagens, então, tudo o que tenho são aquelas fotos desfocadas. Ainda assim, tenho um bom pressentimento sobre isso.

Eu sinto que Mark e eu podemos nos conectar.

Cheguei alguns minutos mais cedo, então, paro na porta e tiro um momento para tirar pelo de gato do meu casaco de lã. O casaco é bege, o que é melhor do que o preto, mas o pelo branco é visível em tudo o que não é branco puro. Eu acho que Mark não se importa muito – ele sabe o quanto os persas perdem pelo –, mas eu ainda quero parecer apresentável para o nosso primeiro encontro. Demorei cerca de uma hora, mas fiz meus cachos ficarem semi-comportados, e estou até usando um pouco de maquiagem – algo que acontece com a frequência de um tsunami em um lago.

Respirando fundo, entro no Café e olho em volta para ver se Mark já está lá.

O lugar é pequeno e aconchegante, com assentos em forma de bancos dispostos em semicírculo em volta do balcão. O cheiro de grãos de café torrados e moídos é de dar água na boca, fazendo meu estômago roncar de fome. Eu estava planejando ficar só no café, mas decidi pegar um croissant também; meu orçamento deve dar para isso.

Apenas alguns dos lugares estão ocupados, provavelmente porque é uma terça-feira. Eu os examino, procurando por alguém que possa ser Mark, e noto um homem sentado sozinho na mesa mais distante. Ele está de costas para mim, então, tudo o que consigo ver é a parte de trás de sua cabeça, mas seu cabelo é curto e castanho escuro.

Pode ser ele.

Reunindo minha coragem, aproximo-me do local. — Com licença — digo. — Você é Mark?

O homem se vira para mim e meu pulso dispara na estratosfera.

A pessoa na minha frente não é nada como as fotos no aplicativo. Seu cabelo é castanho e seus olhos são azuis, mas essa é a única semelhança. Não há nada arredondado e tímido nas expressões rígidas do homem. Do queixo de aço ao nariz aquilino, seu rosto é ousadamente masculino, marcado por uma autoconfiança que beira a arrogância. Uma barba por fazer escurece suas bochechas magras, fazendo suas maçãs do rosto salientes se destacarem ainda mais, e suas sobrancelhas são grossas e escuras sobre os olhos penetrantes e pálidos. Mesmo sentado atrás da mesa, ele parece alto e poderosamente bem-definido. Seus ombros são muito largos em seu terno bem cortado e suas mãos são duas vezes maiores que as minhas.

Não é possível que seja o Mark do aplicativo, a menos que ele tenha gasto algum tempo em ginástica desde que as fotos foram tiradas. Seria possível? Uma pessoa poderia mudar tanto? Ele não indicou sua altura no perfil, mas eu presumi que a omissão significava que ele era tão prejudicado verticalmente quanto eu.

O homem que eu estou olhando não é prejudicado de qualquer forma, e ele certamente não está usando óculos.

— Eu sou... Eu sou Emma — gaguejo enquanto o homem continua olhando para mim, seu rosto duro e inescrutável. Tenho quase certeza de que tenho o cara errado, mas ainda me forço a perguntar: — Você é Mark, por acaso?

— Eu prefiro ser chamado de Marcus — ele me choca, respondendo. Sua voz é um estrondo masculino profundo que puxa algo primitivamente feminino dentro de mim. Meu coração bate ainda mais rápido e minhas palmas começam a suar quando ele se levanta e diz abruptamente: — Você não é o que eu esperava.

— Eu? — *Que diabos?* Uma onda de raiva afasta todas as outras emoções enquanto eu fico boquiaberta com o gigante rude na minha frente. O idiota é tão alto que tenho que esticar o pescoço para olhar para ele. — E quanto a você? Não se parece nada com suas fotos!

— Eu acho que nós dois fomos enganados — diz ele, com a mandíbula apertada. Antes que eu possa responder, ele gesticula em direção ao banco — Você pode muito bem sentar e fazer uma refeição comigo, Emmeline. Eu não vim até aqui para nada.

— É *Emma* — eu corrijo, fumegando. — E não, obrigada. Eu vou apenas seguir meu caminho.

Suas narinas se abrem e ele caminha para a direita para bloquear meu caminho. — Sente-se, *Emma*. — Ele faz o meu nome soar como um insulto. — Vou ter uma conversa com Victoria, mas, por enquanto, não vejo por que não podemos compartilhar uma refeição como dois adultos civilizados.

As pontas das minhas orelhas queimam com fúria, mas eu deslizo no banco em vez de fazer uma cena. Minha avó incutiu polidez em mim desde cedo, e mesmo sendo adulta vivendo sozinha, acho difícil ir contra os ensinamentos dela.

Ela não aprovaria eu dando joelhadas nas bolas dele e mandando-o se foder.

— Obrigado — diz ele, deslizando para o assento em frente a mim. Seus olhos brilham azulados quando pega o cardápio. — Isso não foi tão difícil, foi?

— Eu não sei, *Marcus* — digo, colocando ênfase especial no nome formal. — Eu só estive perto de você por dois minutos, e já estou me sentindo homicida. — Revido o insulto com um sorriso feminino, aprovado pela vovó, e ponho minha bolsa no canto do meu banco, pego o menu sem me preocupar em tirar o casaco.

Quanto mais cedo comermos, mais cedo posso sair daqui.

Uma risada profunda me faz olhar para cima. Para meu choque, o idiota está sorrindo, seus dentes brilhando brancos em seu rosto levemente bronzeado. Sem sardas, noto com inveja; sua pele é perfeitamente uniforme, sem nem um grama extra na bochecha. Ele não é classicamente bonito – suas características são ousadas demais para serem descritas dessa maneira – mas ele é chocantemente bonito, de uma maneira potente e puramente masculina.

Para meu espanto, uma onda de calor lambe meu núcleo, fazendo meus músculos internos se apertarem.

De jeito nenhum. Esse idiota *não* está me excitando. Eu mal posso ficar próxima a ele.

Rangendo os dentes, olho para o meu cardápio, observando com alívio que os preços neste lugar são realmente razoáveis. Eu sempre insisto em pagar minha parte da comida em encontros, e agora que eu conheci Mark – desculpe-me, *Marcus* – eu não deixaria que ele me arrastasse para um lugar chique onde um copo d'água da torneira custa mais do que uma dose de *Patrón*. Como eu poderia estar tão errada sobre o cara? Claramente, ele mentiu sobre trabalhar em uma livraria e ser um estudante. Para que fim, eu não sei, mas tudo sobre o homem à minha frente grita riqueza e poder. Seu terno risca-de-giz abraça sua estrutura de ombros largos como se fosse feito sob medida para ele, sua camisa azul é engomada, e eu tenho certeza de que sua gravata sutilmente quadriculada é uma marca de grife que faz a *Chanel* parecer uma marca do *Walmart*.

Quando todos esses detalhes se registram, uma nova suspeita me ocorre. Alguém poderia estar fazendo uma piada comigo? Kendall, talvez? Ou Janie? Ambas conhecem o meu gosto para rapazes. Talvez uma delas tenha decidido me atrair para um encontro dessa maneira – embora o motivo pelo qual elas montariam isso com *ele*, e ele concordaria com isso, seja um enorme mistério.

Franzindo a testa, olho para o menu e estudo o homem à minha frente. Ele parou de sorrir e está folheando o cardápio, com a testa franzida em uma carranca que o faz parecer mais velho do que os vinte e sete anos listados em seu perfil.

Essa parte também deve ter sido uma mentira.

Minha raiva se intensifica. — Então, *Marcus*, por que você escreveu para mim? — Soltando o cardápio na mesa, olho para ele. — Você tem gatos?

Ele olha para cima, sua carranca se aprofundando. — Gatos? Não, claro que não.

O escárnio em seu tom me faz querer esquecer tudo sobre a desaprovação de vovó e lhe dar um tapa direto no rosto magro e duro. — Isso é algum tipo de brincadeira para você? Quem colocou você nisso?

— Desculpe-me? — Suas sobrancelhas grossas sobem em um arco arrogante.

— Ah, para de bancar o inocente. Você mentiu em sua mensagem para mim, e tem a ousadia de dizer que eu não sou o que você esperava? — Eu posso praticamente sentir a fumaça saindo dos meus ouvidos. — *Você* mandou uma mensagem para *mim*, e eu fui totalmente sincera no meu perfil. Quantos anos você tem? Trinta e dois? Trinta e três?

— Tenho trinta e cinco — diz ele lentamente, sua carranca voltando. — Emma, o que você está falando…

— Chega. — Agarrando minha bolsa pela alça, deslizo para fora do banco e fico de pé. Com ensinamentos da vovó ou não, não vou fazer uma refeição com um idiota que tenha me enganado. Não tenho ideia do que faria um cara como esse querer brincar comigo, mas eu não vou ser o alvo de alguma piada.

— Aproveite a sua refeição — rosno, dando a volta, e sigo para a saída antes que ele possa bloquear o meu caminho novamente.

Estou com tanta pressa para sair que quase derrubo uma morena alta e esbelta que se aproxima do Café e o cara baixo e rechonchudo que a segue.

O Titã de Wall Street está disponível. Visite nossa página www.annazaires.com/book-series/portugues/ para saber mais.

Sobre a Autora

Amo escrever humor (muitas vezes do tipo impróprio), finais felizes (ambos os tipos) e personagens peculiares o suficiente para serem chamados de excêntricos (porque... por que não?). Se você ama uma boa comédia, cheia de vibrações positivas, visite www.mishabell.com/pt/ e inscreva-se para receber minha newsletter.

www.ingramcontent.ccm/pod-product-compliance
Lightning Source LLC
Chambersburg PA
CBHW011915130726
47903CB00016B/2839